多感, 하소서

박 민 규

더블

더블 ·side B

박민규 소설집

Double

창비

낯잠

로마의 휴일

낮잠을 잔 게 실수였다. 잠이, 오지 않는다. 초저녁잠을 놓치면 그만 새벽까지 뜬눈이기 십상이다. 누워, 귀에 고이도록 빗소리를 들었건만 결국 눈을 뜨고 말았다. 몸을 일으킨다. 모로 한 손을 짚고서, 말린 고사리를 펴듯 허리를 조심한다. 열시쯤 됐으려나, 어둑한 주위에는 인기척이 없다. 난감하다고, 주황(朱黃)의 안내등을 켜며 나는 생각한다. 초저녁잠을 놓친 기분이 흡사 출근버스를 놓친 기분이다. 출근이라... 출근의 기억도 이제는 가물가물하다. 불과 십여년이 지났을 뿐인데, 달아난 저녁잠처럼 세월도 그렇게 지나간다. 이제 어떤 버스도 오지 않는다는 걸 나는 잘 알고 있다. 영원한 퇴근이다.

다리 사이가 축축하다. 조심조심 옆자리의 송씨가 깨지 않게 숨죽여 기저귀를 벗는다. 새 기저귀를 찰까 하다, 나는 그냥 일어선다. 괜찮겠지, 바지를 입으며 생각했다. 그저 가벼운 요실금이 있을 뿐이다. 그리고 그저 약간의 당뇨가 있을 뿐이고... 그저 조금 심장이 좋지 않을 뿐이지만, 아직은 괜찮다고 스스로를 위로한다. 단단히 뭉친 기저귀를 들고 나는 화장실에 들어선다. 갓 꺼낸 동물의 심장처럼 기저귀가 뜨끈하다. 거울을 본다. 한 손에 자신의 기저귀를 든 늙은이가 거울 속에 박혀 있다. 기저귀는 참, 따로 분리함에 넣어달랬지. 간병인의 지적이 떠오르자 화장실에 들어온 이유가 사라진다. 소변이 마렵지도 목이 마르지도 않다. 나는 그저... 거울을 보다가 머리를 빗어넘긴다. 눌렸던 머리칼이 본래의 모습을 되찾는다. 그러고 보니 근 오십년을 이 스타일을 유지해왔다. 오십년이나... 이 머리로 출근을 하고 아이들을 키우고 정년퇴직을 하고, 했다. 이 머리... 그래도 아직은 괜찮지 않은가, 라며 나는 거울 속의 사내를 향해 중얼거린다. 예순여섯이라 쳐도 흰머리가 없는 편이다. 머리숱이 옅어진 것도 아니다. 이만하면, 하는데 손에 들린 기저귀가 눈에 띈다. 이것은... 그러니까 기저귀라네 이 사람아, 하고 나는 실소를 지어 보인다. 거울 속의 늙은이도 따라 웃는다. 심장을 적출당한 동물처럼 우리는 함께 공허해진다. 문득, 그렇다.

조심조심 문을 연다. 도어의 딸각임에도 잠을 깨는 노인들이 있다. 버스에 잘 올라탄 누군가를 내 손으로 끌어내리고 싶진 않다. 발소릴 죽여 나는 복도를 걷는다. 공제실의 분리함에 기저귀를 던져넣고, 역시나 조심조심 거실을 향해 걸어간다. 안내등이 늘어선 요양원의 복도가 살아온 세월처럼 길고 아득하다. 이곳, 소명(昭明)요양원에 온 지도 삼년이 다 되었다. 노인 전문 치료기관, 이라고는 해도 일반 양로원을 갈 수 없는 노인들이 그저 간호를 받으며 여생을 보내는 곳이다. 대개가, 그래서 질환을 앓고 있다. 중풍과 치매가 많고, 나처럼 심장이 좋지 않거나 당뇨가 있거나... 혹은 멀쩡하지만 가정형편이 어려운 노인들이 죽음을 기다리는 곳이다. 오년 전 아내가 죽었을 때도, 이런 곳에서 여생을 보내게 될 줄은 정말 몰랐다. 나는 무언가... 그래도... 그랬다. 다 부질없는 생각이었다. 부질없이 평생을 살고, 부질없이 죽음을 기다린다.

혼자서 사는 게 쉬운 일이 아니었다. 끼니를 해결하는 것도, 어떤 고지서를 어떻게 처리하고... 세탁기를 사용하거나 청소를 하고... 가스검침원에게 어떤 숫자를 불러줘야 하는지도... 알 수 없었다. 그리고, 외로웠다. 주말이면 아들네나 딸네를 찾았지만, 아이들에겐 아이들의 생활이 있다는 걸 머잖아 알 수 있었다. 교회라도 좀 다니세요, 딸아이는 말했다. 교회를 싫어한 건 아니지만 나는 무언가... 그래도... 그랬다, 어떤 무언가가 내 삶에 남았을 거라 믿어왔다. 여유가 있고 비로소 자신의 삶을 살아가는, 그런 노후... 퇴직을 하고 한동안 그런 삶을 산다는 착각에 빠졌었다. 데생을 배우기도 했고, 기원을 오가고, 아주 잠깐 철학강의를 듣기도 했다. 그리고 곧, 걷잡을 수 없는 무력감이 밀려들었다. 할 일 없는 인간이 되었다는 자괴감, 쓸모없는 인간이 되었다는 허무함, 길고, 시들고, 말라가는 시간의 악취... 얼마나 놀랐는지 모른다. 다시 일을 할 수 있으면 얼마나 좋을까, 오가는 직장인들을 바라보는 스스로의 진심에 나는 좌절했다. 그토록 지긋지긋했던 그 삶이, 결국 내가 원하는 삶이었다니. 언젠가 퇴직을 하면, 하는 상상으로 삼십삼년의 직장생활을 견뎌내지 않았던가. 내 삶은 과연 무엇이었을까. 삶이란... 무엇일까.

아내가 쓰러진 것은 그 무렵이다. 자궁암이었다. 곧바로 입원을 하고 이년간 투병생활을 했다. 심장이 나빠진 것은 아마도 그때부터였을 것이다. 아내가 세상을 뜨기 두 달 전쯤이었다. 아들 내외와 딸 내외가 함께 병원을 찾아왔다. 얘기를 먼저 꺼낸 것은 딸이었다. 요는, 재산을 미리 정리해두자는 것이었다. 세금 문제라든지 갖가지 이유를 토로 달았지만 내가 느낀 요는, 미리 재산을 물려달라는 것이었다. 오빠랑 언니랑 우린 다 의견이 일치했어요, 솔직히... 이제 아빠도 준비를 하셔야 되구요. 준비 없이, 그런 얘길 들어야 했다. 고개를 돌린 아들은 아무 말도 하지 않았다. 아내의 자궁에서 뻗어나온 세상도 이미 커다란 암이 되어 있었다.

비가 내린다. 어둑한 거실을 가로질러 창가에 선다. 봄비치고는 제법 많은 양이다. 박인수라는 그 양반... 아직도 살아 있나 몰라. 창에 맺힌 점점(點點) 수증기들이 검푸른 첩첩의 산을 먹으로 얼룩 지운다. 가만히, 나는 창문을 연다. 개폐가 가능한 건 좁다란 환기창이 전부지만 불만은 없다. 습기와 빗소리,

바람과 어둠이 화선지 같은 나의 안면에 동시에 스며든다. 밤나무 숲을 누비는 바람이 보인다. 벼루 위를 맴도는 먹처럼 어둠도 숲 사이를 맴돌고 있다. 수장(水葬)된 밤꽃들이 승천하는 봄밤이다. 빗줄기가 빗어내리는 어둠의 머리칼에서 나는 심한 쉰내를 맡는다.

아내는 그렇게 갔다. 쉰내 나는, 몇올 남지 않은 머리칼을 그날 아침 마지막으로 빗겨주었다. 살갑게 평생을 살진 못했지만 언제나 곁에 있던 아내였다. 앙상한 육신에서 온기가 빠져나가는 걸 느끼며 아… 하고 나는 부르짖었다. 그것이 전부였다. 그래도 어떤 절차란 게 있겠지, 막연히 여겼던 죽음의 과정은 간결하고 간결했다. 자궁이 적출된 배 위에 얼굴을 묻고서 얼마나 울고 또 울었는지 모른다. 탯줄이 끊어진 예순두살짜리 태아가 된 기분이었다. 아내를 위해 아무것도 해준 게 없었고, 스스로를 위해서도 아무것도 할 수 없었다. 아내의 삶은 어떤 것이었을까. 우리의 삶은… 무엇이었을까.

창을 닫는다. 아내의 관 위에 던지던 한 삽의 흙처럼, 한 뼘의 쪽창이 어둠을 덮는다, 묻는다, 묻어버린다. 묻어, 보내는 일에 어느새 익숙해진 나 자신을 발견한다. 스스로를 묻는 일도 하마 그러하겠지. 몸에 이상이 생긴 걸 안 것은 장례를 마치고 나서였다. 하루 눈을 떴는데 숨쉬기가 곤란했다. 가슴을 누가 쥐어뜯는… 그 느낌을 어떻게 말해야 할까. 보이지 않는 어떤 손길이 내 심장에 전동칫솔을 갖다댄 기분이었다. 찰나의, 죽음이었다. 곧 통증은 사라졌지만 온몸이 식은땀으로 젖어 있었다. 나도 모르게 아직 버리지도 못한 경대 위,

아내의 사진을 쳐다보았다. 여보... 아무 일 아니란 듯 무표정한 얼굴 앞에서 왈칵 눈물이 났다. 마음이 흘리는 눈물이었다.

심근경색입니다. 병원을 나와 혼자 걷던 그 길이 지금도 생각난다. 앰뷸런 스가 한 대 지나갔고, 지자체 선거 현수막이 여기저기 걸려 있고, 오토바이를 세운 퀵이 휴대폰으로 위치를 묻고 있었고, 그럼 천원 더 주셔야 합니다, 했고 일 열심히 하겠습니다, 선거운동원들이 구십도로 인사를 하고, 만삭의 젊은 처자가 횡단보도 앞에 서 있고, 그 옆엔 우체통이 있고, 다릴 저는 어떤 남자 가 한 묶음의 신문을 내려놓았고, 가로수는 푸르렀고, 기사식당에서 나온 운 짱들이 커피를 든 채 이쑤시개를 물고 있었고, 구구 비둘기들이 인도 위를 걷 고 있었고, 나는 심근경색이었다.

당뇨도 있으시군요, 의사는 더욱 주의를 당부했다. 생각해보겠습니다. 수술 얘길 꺼내는 의사에게 고갤 끄덕이며 말했지만, 수술은 받지 않았다. 대신 나 는 담배를 끊었다. 사십칠년을 피워온 담배였다. 신문을 읽고, 우두커니 라디 오를 듣다가도 문득 삶이 저무는 느낌을 받던 여름이었다. 약과 주사, 약과 식 사, 주사와 식사, 식사와 설사... 의미 없이 티브이를 보다보면 겨우, 또 겨우 하루가 저물었다. 장마가 시작되면서 요실금이 찾아왔다. 쏟아지는 빗속에서 병원으로, 다시 약국으로 젖은 종이배 같은 발걸음을 옮기고 또 옮겼다. 뭘 드 릴까요? 약사는 젊은 여자였다. 기저귀를 달라는 말이, 그래서 차마 입밖으로 새지 못했다.

끊었던 담배를 딱 한 대만 피우고 싶은 밤이다. 숲이라는 벼루를 다 갈아버린 듯 창밖은 오로지 묵(墨)하고 묵(默)하다. 어두운 방 안에 두 꾸러미의 기저귀를 내려놓고, 이제 어떻게 해야 하나 창밖을 응시하던 그날이 기억난다. 그해의 구월인가 시월인가, 요실금이 부쩍 심해진 무렵이었다. 약과 주사, 약과 식사, 그리고 기저귀... 그러지 않으려 했는데... 그래도... 그랬다, 처음으로 모든 걸 정리하고 아들네로 가고 싶었다. 맞벌이를 하는 집이라 어쩌면 내가 필요할 수 있다는 생각도 들었다. 집을 봐주고 아니, 내가 왜 눈치를 봐야 하는가... 생각도 들었다. 짐이 되고 싶진 않았지만, 그래도... 그랬다, 나는 평생을... 그래서 우선은 며느리에게 전화를 걸었다. 잘 지내셨어요 아버님? 심근경색이 생겼다는 얘기를 처음으로 며느리에게 털어놓았다. 어머, 병원은 가보셨어요? 당뇨의 괴로움을... 일상의 고충을 입밖에 꺼낸 것도 처음이었다. 어떡하냐고는 했지만, 저희 집으로 오시란 얘기는 끝끝내 하지 않았다. 애야, 내가 말이다... 지금은 요실금까지 생겼구나, 이게 소변이... 며느리에게 할 얘기는 아니었지만, 며느리로부터 들어야 할 얘기 역시 듣지 못했다. 아들과 딸은 각각 한 번씩 전화를 걸어 괜찮으시냐며 안부를 물었다.

나는 괜찮았다. 주변을 정리하고 이곳을 선택한 것도 나의 의지였다. 나는 살아 있고, 스스로의 의지로 살겠다는 오기가, 생겼다. 조일호(曹一晧)가 죽었다는 전갈을 받은 것이 그 무렵이다. 이따금 전화로 소식을 나누던 하나 남은 고향 친구였다. 바쁜 일 끝나면 꼭 한번 내려감세, 입버릇처럼 했던 약속을 사십년 만에 지킬 수 있었다. 겨우 약속을 지켰건만 친구는 싸늘한 주검이 되어 누워 있었다. 만나리, 요단강 건너가 만나리… 찬송가를 들으며 생각했다. 곧 나도 건너가겠네, 이번엔 그리 늦지 않을 걸세. 죄지은 자처럼 물끄러미 친구의 늙은 얼굴을 되새기고 되새겼다. 강을 건넌다 해도 영정 속의 낯선 인물을 몰라볼 것 같아서였다. 자넨 누군가? 그런 무표정한 얼굴로 영정 속의 친구도 나를 바라보았다.

영안실에 딸린 식당에 앉아 밥을 먹을 때였다. 등 뒤로 조일호의 차남과 직장 동료들이 진을 쳤는데, 그만 본의 아니게 들어선 안될 말을 듣고 말았다. 안됐네 조과장… 그래도 호상(好喪)이지? 그럼, 그럼. 그래, 얼마 받았나? 뭘? 뭐긴 이 사람… 몰라 물어? 글쎄… 허름한 상가건물이라 팔아봐야 뭐… 이래저래 나누면 한 이억 되려나? 에이, 호상 아니네. 뭐가? 요샌 그래도 오억은 받아야 호상이지. 밥이 넘어가지 않았다. 새파란 것들이… 아직 일이란 걸 십년도 안해본 것들이 억, 억 하는 소릴 듣고 있자니 분통이 터져나왔다. 그런데 나는… 얼마나 될까? 재산을 속셈해보는 나 자신이 한없이 초라하고 비루하게 느껴졌다. 입을 헹구던 물이 소주처럼 씁쓸했다. 호상 소리 듣긴 글렀군… 나는 중얼거렸다. 헛헛한 웃음이 나왔다. 호상은 없다, 그 어떤 죽음도 비루한 일상(日常)일 뿐이다.

사십년 만에 둘러본 고향은 너무도 많이 변해 있었다. 소소했던 읍내가 시가지의 전부였는데 어느새 번화한 대도시가 되어 있었다. 늙은 친구의 옛 얼굴을 그려보듯, 소소했던 읍내의 주름살을 따라 걷고 또 걸었다. 여기였지 아마, 저기가 그러니까... 그리고 결국 학교를 발견했다. 내가 다닌 고등학교였다. 바로 이곳에서 공부를 하고 친구들과 어울렸었다. 세 칸 교실과 작은 강당이 전부였던 학교는 어느새 번듯한 인문계가 되어 있었다. 하긴 그때는, 그랬다... 그래도... 변치 않은 은행나무를 나는 볼 수 있었다. 아 하고 신음이 배어나왔다. 느려진 걸음은 접어두고, 종이학 같은 마음이 우선 밑동에 이르렀다. 오십년 전의 그, 그늘이었다. 말없는 나무를 올려보며 다녀왔습니다, 말없는 누군가에게 고하는 느낌이었다. 고향에서 죽고 싶다는 생각이 든 것은 그래서였다.

다리가 뻐근하다. 건고사리 같은 육신을 살짝 달래어 소파에 주저앉힌다. 층마다 서른 명 정도가 모인 곳이라 이곳의 거실은 매우 드넓다. 리모컨이 어디 있을까, 소파의 이음새와 틈새를 뒤져 나는 리모컨을 찾아낸다. 치매환자의 손을 피하려면 누군가 늘 이런 수고를 해야만 한다. 초저녁잠이 들었던 티브이가 어둠속에서 눈을 뜬다. 얼른 소리를 죽이고 이런저런 채널들을 돌려보기 시작한다. 수십개의 유선 채널이 들어와 있지만 정작 볼 만한 것은 많지가 않다. 수십년을 일하고 일구어도 정작 남은 게 없는 인생처럼.

집을 정리한 돈을 미련 없이 아이들에게 나눠주었다. 아내와 더불어 평생을 장만한 집이었다. 이제 됐소? 경대 위, 아내의 사진을 바라보며 그렇게 말했다. 잘했다고도, 잘못했다고도 아내는 말하지 않았다. 잘했다거나, 잘못했다거나 하는 생각이 나도 들지 않았다. 모든 짐을 정리하고, 오천 정도가 든 예금통장만 가지고 이곳으로 몸을 옮겼다. 아빠 자주 찾아뵐게요. 가식인지 진심인지 눈물을 훔치던 딸아이의 얼굴이 떠오른다. 서울에서 두어 시간 거리긴 해도 아이들이 오는 건 일년에 한두 번이다. 잘 키웠다거나 잘못 키웠다는 생각보다는, 그저 세상이 변한 거라 믿고 있다. 원망도 미련도 없다. 기다림도 없다. 냄새가 난다며 오지 않던 손주들도 그렇게 자신의 삶을 살아갈 것이다. 가만, 저 여자는

오드리 헵번이 아닌가. 채널을 고정하고 나는 뚫어지게 화면을 바라본다. 헵번이다, 그리고 저건 〈로마의 휴일〉이다. 아득한 마음으로 나는 무릎을 끌어당긴다. 미루나무를 만났을 때의 느낌처럼 오십년 전의 극장에 돌아와 앉은 기분이다. 좋은 시절이었다. 헵번을 보는 것만으로도 좋았던 그 시절의 기분이 되살아난다. 검표원을 피해다니며 세 번을 연달아 본 영화였다. 바로 저 장면, 그레고리 펙이 스쿠터에 헵번을 태우고 질주하는 저 장면을 나는 잊지 않았다. 절로 손이 머리를 빗어넘긴다. 또다시 삶이 주어진다면, 나도 꼭 한번은 저런 장면을 연출해보고 싶다. 따지고 보면 쉬운 일이다. 아내가 살았을 때 한 대의 스쿠터만 있어도 가능한 일이었다. 왜 여태 몰랐을까? 헵번은 아직도… 살아 있을까?

젊다... 영화 속의 그레고리 펙처럼 내게도 젊음은 있었다. 키 하나는 그레고리만큼이나 훤칠하지 않았을까, 소릴 죽이고 영활 봐도 줄거리는 빠짐없이 머릿속에 남아 있었다. 공주는 그레고리의 친절에 감동하고... 그렇지, 그러나 결국 궁(宮)으로 돌아가고... 돌아가지만 어떤 감정이, 떨림이 두 사람 사이엔 존재하고... 수많은 사진을 확보했지만 그레고리는 자신의 특종을 숨기고... 공주를 위해, 사랑을... 사랑을 위해... 아, 지나간 세월은 어쩜 저리도 아름다웠단 말인가, 나는 그만 눈시울이 시큰해진다. 지난 세월을 돌이키는 일은 어둠속에서 무성(無聲)영화를 보는 일과 매우도 닮아 있었다. 대사는 사라져도 줄거리는 남아 있다. 여기... 내 가슴속에, 모든 게 사라진 삶이라지만 옛날은 남아 있다.

깜짝이야, 순간 다가선 검은 인기척에 심장이 놀라 멎는 줄 알았다. 소리 없이, 누군가 곁에 서서 멍한 표정으로 티브이를 보고 있었다. 또래의 여성인데 못 보던 얼굴이다. 그렇다면 아까 낮잠을 잤을 때 들어온 게 분명하다. 어, 아버지가 여기 계셨네? 뜻밖의 인사를 건네며 여인이 싱긋 미소를 짓는다. 치매다. 뭐라 뭐라 몇마디를 더 중얼거린 그녀가 거실을 배회하기 시작한다. 종이꽃 같은 얼굴이고 무신경한 시선이다. 빗소리 때문인지 기분 탓인지 어딘가 모르게 낯익은 얼굴이다. 이런, 티브이의 절반을 가려버린다. 지금 바로 저 장면인데, 기자회견장에서 드디어 그레고리는 공주와 재회하고... 공주는 그레고리를 알아보고... 그러나 어떤 내색도 하지 않고... 하지만 저기서 공주가 보내는 눈빛... 두 사람만이 알고 있는, 두 사람만의... 그걸 봐야 하는데 그녀가 움직이지 않는다. 헵번의 눈동자가 있어야 할 곳에서 물끄러미 그녀가 고개를 돌린다. 어쩔 수 없이, 나는 그녀와 눈을 마주친다.

바보, 지금 뭐 하자는 거냐?

눈을 뜬다. 조식을 준비하는 조리사들의 분주함이 여기서도 느껴진다. 모로 한 손을 짚지 않아도 나는 거뜬하게 상체를 일으킨다... 일으켜, 진다. 이른봄의 고사리처럼 허리가 부드럽다. 젖은 기저귀를 갈고 이틀 입은 바지도 새것으로 갈아입는다. 세수를 한다. 면도를, 그리고 총무과 김군에게 부탁해 받은 올드 스파이스의 마개를 딴다, 바른다. 아, 바로 이 느낌이다. 한동안 잊고 있었다. 바로 이것이 사십년을 유지해온 내 스타일이다. 모양이 바뀐 범선 로고를 지그시 바라본 후, 면도기와 올드 스파이스를 송씨의 손이 닿지 않는 사물함 끝자락에 올려둔다. 다시 거울을 본다. 남자는 역시... 향취(香臭)다.

식탁에 앉는다. 간병인의 보조 없이도 식사를 할 수 있는 노인들이 이렇듯 빙 둘러 식탁을 차지한다. 중풍을 피한 사람들, 치매가 있어도 그나마 상태가 양호한 이들이 여기서 식사를 한다. 열댓 명 정도... 절반이 채 안되는 인원이지만 연이은 두 개의 테이블은 언제나 떠들썩하다. 고향이 좋긴 하다. 열댓 명의 노인들 중... 세 명이 동창이다. 저쪽 테이블 끝, 사각(死角)에 앉은 친구가 노성진이다. 국민학교를 함께 다녔고, 지금은 치매를 앓고 있다. 뜀박질을 잘해 다들 '노루'라 불렀는데, 여기선 아무도 노루로 여기지 않는다. 그는... '피사의 사탑'이다. 뇌가 어떻게 망가진 건지 늘 오른쪽으로 심하게 기울어 있다. 해서 노성진이 걸어갈 때면 피사의 사탑이 지나간다, 고들 말하게 되는 것이다. 릴레이에서 일등을 먹던 노성진을 기억하는 것은 나뿐이다. 해서, 지금의 노성진을 보면서도 '피사의 노루' 정도로 그를 떠올리는 것이다.

노성진의 왼편, 두 자리 건너에 앉은 놈이 정동필이다. 키가 큰 윤동필이란 친구가 있어 작은 동필이라 불리던 녀석이다. 백육십이 될까 싶은... 정말이지 작은 키다. 참견하길 좋아하고 촐싹대는 면이 있어 '똥피리'란 별명을 따로 갖고 있었다. 왜소한 체구지만 요양원을 통틀어 가장 건강하다고 할 수 있다. 그러니까, 드러난 병이 없다. 동필이가 여기 있는 이유는 오로지 가난 때문이다. 요양원도 여러 형태가 있는데 이곳은 정부의 보조를 받는 실비 시설이다. 일반 노인에겐 요양비의 절반을, 생활보호 대상자에겐 전액을 지원해준다. 말하고 보니, 동필이야말로 이곳에서 가장 아픈 노인이란 생각이 든다. 가난보다큰 질병은 세상에 없다. 내가 알기론, 그렇다. 그리고 지금
내 맞은편에 앉은, 아니, 내가 그 맞은편에 앉은... 김이선이 있다. 동갑이며 인근의 여고를 다녔는데 현재는 치매를 앓고 있다. 기억이 자주 왔다 갔다 한

다, 게다가 선셋증후군이 있어 해질녘 이후엔 배회가 심한 편이다. 수줍음이 많고 공부를 곧잘 하던 모범생이었다. 지난봄 이곳에 들어왔는데 어쩐지 낯익은 얼굴이란 생각이 들었었다. 뒤늦게 밤잠을 설친 다음날, 총무과에 내려가 김군을 구슬렸다. 김이선(金二善). 내가 알던, 그 김이선이 확실했다. 아는 분이세요? 김군의 질문에 으응, 그냥... 이라고는 했지만 으응, 그냥이라고는 할 수 없을 만큼 그녀를 잘 알고 있다. 그녀는 나의

첫사랑이었다.

인근 여고에서 그녀는 단연 눈에 띄는 존재였다. 청아한 피부와 단정한 외모... 우수 어린 커다란 눈동자가 모두의 마음을 사로잡았다. 문예부의 부장직을 맡았었는데 그해 가을의 합동 문학제(文學祭)에서 윤동주의 시를 낭송했다. 〈별 헤는 밤〉이었다. 그 밤의 기억은 아직도 생생하다. 계절이 지나가는 하늘에는 가을로 가득 차 있습니다... 로 시작해, 애잔한 키타 반주를 배경으로 잔잔히 시를 읽어내려가던 그녀의 목소리를 잊을 수 없다. 별 하나에 쓸쓸함과, 별 하나에 동경(憧憬)과... 패, 경, 옥 이런 이국 소녀들의 이름과... 어머님... 그리고 당신은 멀리 북간도에 계십니다... 강당의 지붕이 사라지고 순간 밤하늘의 별들이 내 머리로 쏟아지는 기분이었다. 그때부터 그녀는 나에게 별이 되었다.

얼마나 많은 러브레터를 쓰고, 또 버렸는지 모른다. 말 그대로 이 많은 별빛이 내린 언덕에 내 이름자를 써보고… 흙으로 덮어버리는 기분이었다. 문예반을 들고 시를 외우곤 했지만 선뜻 그녀에게 다가설 수 없었다. 그녀는 모두의 우상이었고, 나는… 부끄러운 이름을 슬퍼하는 한 마리 벌레였다. 기적처럼, 우연히 길에서 딱 한번 그녀에게 우산을 빌려준 적이 있다. 폭우가 쏟아지던 어느 여름날이었다. 이거… 쓸래요? 네? 하는 표정으로 그녀가 쳐다봤지만 눈을 마주칠 수 없었다. 난 하나 더 있어서… 거짓말까지 나왔다. 고마워요, 라는 그녀의 목소리에 심장이 터질 것 같았다. 방향이 같으면 같이 가실래요? 정말로 그런 말을 들었었다. 그리고 정말로, 지금 죽어도 좋다는 생각이 들었다. 우리집은 반대 방향이라… 그리고 길을 돌아 꼬박 오십분을 비를 맞으며 걸어갔다. 그녀의 집은 같은 방향이었다.

고등학교를 졸업하고 바로 서울로 올라왔다. 조일호를 통해 그녀가 인근 도시의 서점에 취직했다는 말을 들었지만 그걸로 끝이었다. 다시 고향을 찾아도 그녀의 소식을 아는 사람은 아무도 없었다. 방향이 같았던 그녀의 집도 이사를 간 지 오래였다. 특별히 여자를 사귄 기억이 없는 까닭은… 어쩌면 그 때문인지도 모르겠다. 중매결혼을 하면서도 내내 마음이 건조했었다. 먹고살고, 먹고, 살아야 하고… 오십년의 세상살이가 그녀를 잊게 했지만, 풀이 무성한 기억의 저변에는 그녀라는 운석이 단단한 결정(結晶)으로 남아 있었다. 그런 그녀가, 지금 내 앞에서 오이냉국을 떠먹고 있다. 그리고 시금치를, 계란찜과

두부를... 고등어를 먹고 있다. 인생의 같은 방향에서, 같은 집에서... 우리는 다시 조우했다. 인생은 참으로 신기한 것이다. 그러나 겨울이 지나고, 나의 별에도 봄이 왔다, 온 것이다. 내일 밤이 남은 까닭이고, 아직 나의 청춘이 다하지 않은 까닭이다.

잘 드셨습니까?

라고는 해도, 그녀는 예예, 고개를 끄덕일 뿐이다. 의미 있는 대화를 나눈 적은 한번도 없다. 봄이 지나고 여름이 가도... 그랬다, 차차 치매가 진행될수록 더더욱 그럴 것이다. 하지만 그녀가 좋다. 그녀와 함께 밥을 먹고, 거실에 앉아 티브이를 보고... 또 같은 공간에서 잠을 잔다는 사실만으로도 나는 행복하다. 기억이 돌아왔다 싶을 때에도 그녀는 나를 알아보지 못했다. 우리 같은 학교를 다녔습니다. 저도 제일고의 문예반이었어요. 저 한, 영, 진입니다. 모르겠어요? 웃으며 그녀는 고개를 가로저었다. 비 오는 날... 그때 제가 우산을 빌려드렸는데... 그 우산 빌려주던 한영진(韓英振)이요. 알 리가 없다. 하긴 선망의 대상이던 그녀가 나같이 평범한 남학생을 기억할 리 없다. 말하자면 나는, 헵번의 영화에 출연한 추억으로 평생을 살아가는 엑스트라일 뿐이다. 불만은 없다. 별이 인간을 헤아릴 순 없으니까. 오로지 인간이, 별을 헤아릴 뿐이니까.

그 김이선이라고? 동필이의 얼굴에도 놀라는 기색이 역력했다. 아마 똥피리도 나와 같은 느낌이었을 것이다. 그 김이선이 이런 곳엘 왜? 그랬다. 정말이지 이유를 알 수 없었다. 막연히 상상해온 그녀의 인생은 이런 것이 아니었다. 훌륭한 가문의 규수가 되고, 조신한 아내 인자한 어머니로 빛을 발하고, 이민을 갔거나 해외를 두루 둘러보며 여생을 보낼 거라 여겼었다. 설사 치매가 왔다 해도 대기업이 운영하는 호텔 같은 병원이 어울릴 김이선이다. 부군이 죽고 사업이 망했을 수도 있겠지, 사연을 알 수 없는 나로서는 그저 그런 짐작으로 그녀를 대할 뿐이었다. 어쨌거나 고마운 일이다. 고마운 일이, 아닐 수 없다.

같이 산보라도 가실까요?

외출을 할 수 있는 노인은 극히 드물다. 우선 각층을 운행하는 엘리베이터를 통해서만 일층의 현관으로 내려갈 수 있다. 치매환자들은 말할 것도 없고 설사 의식이 멀쩡하다 해도 사유가 있어야 한다. 가족의 면회라든가, 진단이나 기타 검사, 물리치료실을 이용할 때만이다. 물론 그런 경우에도 직원이나 간호사가 함께한다. 극단적인 생각을 해보자면... 도망을 치거나 자살을 할 수도 있기 때문이다. 사람의 일은 알 수 없다, 그래서다.

자신의 의지로 외출을 하기 위해선 까다로운 조건이 필요하다. 우선 의식이 맑아야 하고, 거동에 불편함이 없어야 하며, 저 사람은 어떤 문제도 일으키지 않을 거란 직원 모두의 신임을 얻어야 한다. 물론 정문 밖으로는 나갈 수 없다. 그저 왔다 갔다 요양원의 앞마당을 거니는 게 전부지만, 이곳에선 커다란 특권이자 자유가 아닐 수 없다. 나는 그런 자유를 얻은 이곳의 몇 안되는 노인이었다. 평소의 성품과 서울에서 언론사를 다녔다는 이력이 큰 도움이 되었다. 서울이 아니라 실은 경기도의 보잘것없는 신문사지만, 게다가 데스크와는 거리가 먼 총무영업이지만... 여기선 모두가 그렇게 알고 있다. 공부를 한 사람이란 대접이, 나도 싫지는 않았다.

잠시 산책 좀 다녀오겠습니다. 매일 나가는 산책이지만, 마주치는 직원마다 겸손하게 인사를 건네는 것이다. 그리고 그런 신뢰를 바탕으로 그녀를 데리고 나올 수 있는 것이다. 산보 가시나요 한선생님? 아 원장님! 덕분에 아주 잘 지내고 있습니다. 별말씀을요, 그런데 두 분이 요즘 사이가 아주 좋으시군요... 그런 얘기를 듣는 것이다. 어릴 적 친군데 여기서 만났지 뭡니까? 제가 잘 보살필 테니 염려 마시구요, 하는 것이다. 그리고 자연스럽게 그녀의 어깨나 손... 같은 곳을 잡고 이끌어 함께 산책을 하는 것이다. 그녀는 청순하고 하늘은 청연(淸姸)해 기분이 좋은 것이다. 나는, 살아 있는 것이다.

가을이 되면서 그녀와의 산책이 하나의 일과가 되어버렸다. 눈에 띄는 행동이긴 해도 추문(醜聞)이니, 그런 것에서 자유로운 나이였다. 누구냐? 동필이 정도가 관심을 가졌을 뿐 누구 하나 이상한 시선으로 우릴 보지 않았다. 외출의 느낌을 그녀도 무척 즐기는 듯했고, 의미를 알건 모르건 단둘이 얘길 나눌 수 있어 나는 좋았다. 물론 일방적인 대화였다. 예를 들면 부군은 어떤 분이셨소? 라고 묻고서 배가... 배가 참 고프네요, 란 답을 듣는 것이다. 그럼에도 불구하고 참 많은 혼잣말을 그녀에게 늘어놓았다. 때로는 넋두리를, 때로는 추억을, 또는 누구에게도 건네지 못한 가슴속 멍울들을, 혹은 가벼운 그날의 기분 같은 걸 그녀에게 털어놓았다.

사십년 가까이 아내와 살았는데 말입니다, 아무것도 해준 게 없는 겁니다. 돌이켜보니 살가운 표정 한번 제대로 지어준 적이 없어요. 신기하지 않습니까? 그런데도 그렇게 살아온 것이... 그런 기분이었던 겁니다. 산다는 게 원래 이런 거라는... 예, 돌이켜보면 그저 먹고살았던 거예요. 일하고... 벌고... 그저 먹고살고... 자식들한테 내 전부를 걸고, 바치고... 우리 내외는요... 중국집 가서 짬뽕을 한번 못 먹었어요. 왜? 더 싼 짜장면이 버젓이 보이니까... 그래서 내가 짜장면을 시키면 집사람이... 글쎄 이 바보도 짜장을 시키는 겁니다. 왜 그랬는지, 그렇게 모아서 뭘 하려고 했는지... 아무것도, 아무것도 아닌데... 정말 산다는 게 뭔지 이 나이가 되어도 모르겠어요. 안 그렇습니까?

예컨대 짬뽕을 한번... 에서 울컥 목이 메면 그녀가 그럼요, 그럼요 하며 내 손등을 만져주는 것이다. 그 손등으로 안경 속의 눈물을 훔치다보면 왠지 모를 평안함이 느껴지고는 했다. 그것은 마치 고해성사와 같은 것이었다. 그녀는 나의 여신이고 연인이었으며 친구이자 어머니였다. 자식들은 말입니다, 모든 걸 다 가져가고 아무것도 주지 않았어요. 제가 뭘 바랍니까? 다들 잘살면 그만이죠... 그래도... 그래서요, 이런 허무가 없는 겁니다. 자기들도 당해봐야 알지... 안 그렇습니까? 그럼요, 그럼요.

오늘은 하늘이 참 좋습니다, 라고 나는 말문을 연다. 벤치 주위로 핀 코스모스, 코스모스 사이를 몇마리의 잠자리가 구름처럼 서성인다. 코스모스를 보니 김상희가 생각나는군요. 그 노래 기억나십니까? 코스모스 한들한들 피어 있는 길... 무심코 한 소절을 흥얼거렸다가, 그러다 그만... 나는 숨을 쉬지 못한다. 나지막이 그녀가 노래를 불렀기 때문이다. 길어진 한숨이 이슬에 맺혀서 찬 바람 미워서 꽃 속에 숨었나. 시를 읽던 그 목소리, 그 눈빛으로 부른 노래였다. 순간 세계가 멈춰버린다. 날개를 떨던 잠자리들도 얼어붙은 듯 앉아 있다.

야, 김이선!

깜짝 놀라 고갤 돌리니 희죽한 얼굴을 하고 동필이가 서 있었다. 어쩐 일이냐, 라고는 해도 실은 건강해서 직원들의 허드렛일까지 거드는 녀석이다. 그건 그렇고 김이선이라니, 좋았던 기분이 삽시간에 망가져버렸다. 이놈이... 누구 맘대로 말을 턱턱 놓는 게냐? 따지기 무섭게 놈이 반박을 해왔다. 그럼 동기끼리 말 놓지 말 높이냐? 틀린 말은 아니지만 왠지 모르게 화가 난다. 아이고, 참 고왔는데... 글쎄 몰라봤다니까... 그래도 자세히 보니 옛날 얼굴이 남아 있네. 눈하며 요기 요 턱선이랑... 심장이 아파온다. 슬쩍 그녀의 턱을 만지는 놈의 손가락에 간식으로 나온 계피떡 가루가 묻어 있다. 아아, 화를 낼 겨를도 없이 놈의 수다가 이어진다. 나 몰라? 정동필... 우리 한동네 살았는데, 동필이 기억 안 나? 똥피리잖아 똥피리!

또... 똥피리...

풉 하고 그녀가 폭소를 터뜨린다. 기억나지 똥피리? 놈이 똥이란 단어에 힘을 줄 때마다 그녀가 어쩔 줄 몰라하며 박장대소를 한다. 신이 난 녀석이 일부러 똥, 똥을 반복한다. 그리고 급기야는 방귀 뿡 방귀 뿡 하며 제 궁뎅일 두들긴다. 뭐 하는 짓이냐, 버럭 화를 질렀건만 분이 요만큼도 풀리지 않는다. 에이 왜 그러냐? 장난친 거 갖고... 놈이 꼬리를 내렸지만 다시금 심장이 찌릿한다. 가, 갑시다. 웃음을 못 멈추는 그녀의 손을 잡고 나는 벤치를 일어선다. 슬프고 화가 난다. 마음속의 도자기 하나가 풍비박산 난 느낌이다.

상처를 받았다. 저녁을 먹고 나서... 일찍이 누워 눈을 감았다. 사극 드라마를 보는 소리가 이곳까지 들려온다. 주말이다. 모두가 모여 사극을 보고 있다. 사극은 모두에게 인기가 있다. 물을 마신다는 핑계로 거실을 에둘러 식당을 다녀왔다. 똥피리 옆에 앉아 있는 그녀를, 확실히 보았다. 벤치에서... 가자고 손을 끌어도 그녀는 오지 않았다. 방귀 뿡 방귀 뿡 하는 똥피리의 익살 앞에서 떠날 줄 모르고 웃기만 했다. 그녀의 폭소를 본 것은 처음이다. 그래서 더 화가 나는 것이다.

이선에게 섭섭한 마음은 요만큼도 없다. 치매환자를 볼 만큼 봐왔기에 그녀의 반응을 충분히 이해하는 것이다. 치매는 퇴행(退行)이다. 항문기의 유아들이 똥이나 그런 단어에 유달리 관심을 보이듯, 치매환자에게도 그런 시기가 있다. 분노가 이는 까닭은 그런 병증을 이용한 똥피리 놈의 치졸한 행각이다. 예순다섯이나 나이를 먹도록 키가 백육십도 자라지 않은 놈이다. 예순다섯이나 나이를 먹고도 방귀 뿡을 외치며 궁뎅이 북을 치는 놈이다. 어떻게, 그럴 수 있을까. 저것도 인간일까?

잠이 오지 않는다. 은근슬쩍 그녀의 손을 훔치는 놈의 얼굴이 자꾸만 떠오른다. 일어나 화장실의 거울 앞에 선다. 백팔십이 넘는 키의 훤칠한 남자가 굳게 입을 다문 채 이쪽을 노려본다. 똥피리 같은 놈과는 비교 자체가 무의미한 몸이시다. 괜한 기분을 정리하기 위해 면도를 하고 스킨을 바른다. 이~일송정 푸른 솔은... 송씨의 목소리다. 드라마가 끝났는지 우르르 방으로 돌아가는 노인들의 발소리가 들려온다. 이선씨도 잘 들어갔으려나... 아니, 아니다. 문득 마음이 불안해져 나는 고개를 가로젓는다. 불은 꺼지고, 노인들은 들어가고... 이선은 혼자 남아 거실을 배회할 가능성이 크다. 똥피리도 그 사실을 알고 있을 것이다. 놈이 만약 흑심을 품는다면... 계피떡 묻은 손가락으로 무슨 짓을 할지 모른다.

　어둑한 복도를 성큼성큼 걸어간다. 만의 하나 놈의 흑심이 발각된다면 더이상의 인내는 없다. 한주먹거리도 안되는 놈이... 했는데 거실은 텅, 비어 있었다. 왠지 머쓱한 기분이 들어 거실에 딸린 공용 화장실로 발길을 돌린다. 나온참에 방광이나 비워두자, 그래도 다행이지 뭔가... 기약 없는 소변을 기다리는데 아함, 하며 낯익은 목소리가 들려온다. 어, 한가가 웬일이냐? 너도 송씨한테 똥뒷간을 뺏겼냐? 똥피리다. 하품을 해대며 들어선 놈이 또 바짝 내 곁에다가선다. 아, 왜 이리 뒷골이 뻐근하냐? 뻐근하건 말건 저리 가 이놈아, 소리치고 싶지만... 명분이 없다. 소변기를 고르는 건 또 놈의 자유고... 그래도 어쨌거나 시원스런 소리가 부럽긴 하다. 나도 저렇게... 시원할 수 있다면... 나도... 헉

　크, 크다!

　잠을 설쳤다. 저것도 인간일까? 왠지 패배감이 일어 잠을 잘 수 없었다. 부끄럽지만 심한 질투가 일었고, 순간 망령이라도 난 듯 놈이 이선을 유린하는 망상까지 해버렸다. 왜 그랬을까... 아침에 눈을 뜨니 모든 것이 부끄럽다. 바보 같은 궁뎅이 춤에도 악의가 있다고는 볼 수 없었다. 그런데도, 왜 그랬을까. 이토록 나이를 먹고도 이딴 일에 번뇌하는 나 자신이 부끄러웠다. 한없이, 부

끄러운 것이다.

눈앞의 그녀를 똑바로 볼 수 없었다. 미역국을 뜨면서도 얼굴이 화끈거렸다. 그녀가 치매란 게 얼마나 큰 다행인가. 천진한 얼굴로 밥을 뜨는 그녀를 바라보며 나는 또다시 얼굴이 붉어진다. 그러고 보니 동필이가 보이지 않는다. 화단 작업이라도 나갔나 했는데 머리가 아파 누워 있다고 한다. 건강한 놈이 웬일일까... 잔머릴 너무 굴려 그런 게지... 아니다, 더는 추한 마음을 먹지 않아야 한다. 식탁의 끝까지 가을볕이 번져온다. 보이지 않는 누군가가 따뜻한 국 한 그릇을 엎질러놓은 듯하다. 축복받은 날씨다. 저 볕 속에서, 모든 걸 새롭게 시작하고 싶다. 같이, 산보라도 가실까요?

어제와 다른 기분으로 우리는 가을을 만끽했다. 한 시간가량 햇볕을 쬐며 요양원의 잔디 위를 걷고 또 걸었다. 얘기에 정신이 팔려 몰랐는데 어느새 등이 땀으로 젖어 있었다. 좀 앉을까요? 티끌이 뽀얀 벤치 위를 손으로 쓸고 가비야운 깃털을 얹듯 그녀를 앉게 한다. 나는, 그냥 앉는다. 그런데... 노래를 정말 잘하시던데요. 예? 노래 말입니다, 어제 부르셨지 않습니까. 아이참 선생님도... 전 노래 못해요. 아아, 살짝 얼굴이 붉어진 그녀가... 소녀 같다. 예전에 문학제에서 말입니다, 윤동주의 시를 읽으셨어요. 기억하실지 모르지만... 그때 얼마나 그 시가 좋았던지... 그래서 제가 문예반에 들었던 겁니다. 뜻도 잘 모르면서 시를 정말 많이 외웠어요. 예, 이선씨 눈에 들기 위해서 말입니다. 허허... 지금 생각하면 그게 다 추억인 겁니다. 안 그렇습니까? 그럼요, 그럼요. 그나저나 가을이고... 이렇게 함께 벤치에 앉아 있으니 그 시가 떠오르는군요. 왜, 박인환이 쓴 〈세월이 가면〉 있잖습니까.

지금 그 사람 이름은 잊었지만, 그 눈동자 입술은 내 가슴에 있네, 바람이 불고 비가 올 때도, 난 저 유리창 밖 가로등 그늘의 밤을 잊지 못하지, 사랑은 가고 옛날은 남는 것, 여름날의 호숫가 가을의 공원, 그 벤치 위에, 나뭇잎은 떨어지고 나뭇잎은 흙이 되고, 나뭇잎에 덮여서 우리들 사랑이 사라진다 해도, 내 서늘한 가슴에 있네

박... 인... 희? 무언가 생각이 난다는 듯 그녀가 중얼거렸다. 가슴이 뭉클, 했다. 그렇습니다. 바로 박인희가 박인환의 시를 노래했었지요. 무릎을 치며 나는 박인희의 곡을 흥얼거렸다. 띄엄띄엄 아련한 표정의 그녀가 노래를 따라 부른다. 그 벤치 위에 나뭇잎은 떨어지고 나뭇잎은 흙이 되고 나뭇잎에 덮여서 우... 리... 들 사랑이

깜짝이야

언제부터 보고 있었을까, 잔디 깎는 기계에 등을 기댄 채 팔짱을 낀 동필이가 삐딱허니 서 있었다. 동필... 이구나, 머리가 아프다더니. 좋은 기분은 아니었지만 내색을 않으려 애를 썼다. 뭐, 좀 누웠더니 괜찮더라고... 괜찮다고 말

하는 놈의 표정이 괜찮지가 않다. 뭔가 배알이 꼴린 얼굴로 퉤 하고 침을 뱉었다. 그나저나 노랠 부르려면 좀 똑바로 부르든가... 똑바로 부르라니 뭔 말이냐? 가사가 틀렸잖아, 가사가. 뭐가 틀렸는데? 나뭇잎은 떨어지고 나뭇잎에 덮여서 나뭇잎은 흙이 되고지!

이 무슨 생트집이란 말인가. 화가 치밀었지만 냉정해지자, 스스로를 다독거린다. 이선씨가 보는 앞이다. 이런 놈의 트집에 말려들어선 안된다. 안경을 고쳐쓰고 나는 점잖게 말을 받았다. 내가 평생을 외운 시다 동필아... 나뭇잎은 떨어지고 나뭇잎은 흙이 되고 나뭇잎에 덮여서가 맞아. 그러니까 그게 말이 되냐고? 길을 막고 물어봐라, 논리적으로 생각을 해도 나뭇잎에 덮이는 게 먼저지 흙이 되는 게 먼저냐? 인간이 상식이 있어야지.

눈을 감는다. 그리고 고개를 들어 눈을 뜬다. 맑은 하늘이다. 빈 배처럼, 새털구름 몇점 정박해 있고 깜박깜박, 어디선가 새들이 등대처럼 울고 있다. 그리고 나는 인간이, 상식이, 있어야지, 란 소리를 들었다, 듣고 말았다. 얼마나 더 살아야 번뇌의 고리를 끊을 수 있을까... 얼마나 더 살아야... 그건 말이다 동필아 시적 자유란 건데 말이다, 하는데 놈이 또다시 이선에게 수작을 건다. 야, 이선아 니 생각에도 그렇지? 나뭇잎에 덮여야 흙이 되는 거 아니냐고. 그럼요, 그럼요. 그렇다니까 방귀 뽕 방귀 뽕.

그녀가 다시 폭소를 터뜨린다. 슬프다. 나는 다시 하늘을 바라본다. 하늘을 아무리 바라봐도 한 점 부끄러움이 들지 않는다. 내가 맞다. 나뭇잎은 떨어지고 나뭇잎은 흙이 되고 나뭇잎에 덮여서가 맞는 것이다. 이런 일로 시비가 붙는다는 게 슬프고 처량하다. 천천히, 두 무릎을 짚고 나는 일어선다. 왜, 틀렸다 싶으니 꽁무닐 빼고 싶냐? 이놈을 한 대 쥐어박을까 하다… 참는다. 놈과 달리 나에겐 명예란 게 있다. 서울 근교에서 언론사를 다닌 몸이시다. 네놈이 들이댈 만한 그런 수준이 아니란 게지, 하는데 놈이 내 바지춤을 불쾌하게 주무른다. 기저귀 찼냐? 또 오줌 쌌냐? 이선의 웃음소리가 또다시 폭발한다.

이 거지새끼야.

있을 데도 없어 겨우 공밥이나 먹는 주제에… 거, 거지? 먼저 멱살을 잡은 것은 똥피리였다. 틀린 말 했냐? 되레 멱살을 움켜쥐어 나는 놈을 가슴팍까지 들어올린다. 페인트칠을 하던 인부 하나가 우릴 향해 뛰어온다. 불끈, 두 손에 힘을 가한다. 놈의 얼굴이 새파래진다.

범나비야, 너도 가자

아직도 화가 풀리지 않는다. 저녁을 먹고 나서도 놈은 그 얘기다. 노인들을 붙잡고 앉아 누구 말이 옳냐며 삼십분을 떠들어댄다. 상식적으로, 자꾸만 상식적으로 생각을 해보라며 노인들을 구슬린다. 모름지기 자연의 순리란 게... 에또... 나뭇잎에 덮이고 그런 다음 흙이 되는 게 옳겠네. 하모 하모. 속없는 노인 몇이 내 눈치를 보면서도 놈의 말을 거든다. 이토록 우매할 수가... 절로 한숨이 쏟아진다. 더욱 화가 풀리지 않는 이유는... 그녀의 눈물을 보았기 때문이다. 분위기가 험악해지자 으앙 하고 그녀가 울음을 터뜨렸다. 아뿔싸 후회가 치밀었지만 이미 엎질러진 물이었다. 나도 모르게 손에서 힘이 빠져나갔다. 내가 그녀를 울게 하다니... 인부들의 만류도 필요없이 나는 털썩 벤치에 주저앉았다.

놈을 용서할 수가 없다. 휴게실로 내려가 딸에게 전화를 걸었다. 아빠, 웬일이세요? 하는 딸에게 다짜고짜 용건만 털어놓았다. 박인환 알지? 모르면 적어라 박, 인, 환. 서점에 가면 그 양반 시집이 있을 게야. 시집을 사서 이리로 부쳐, 알겠지? 무슨 일이냐고 딸이 물었지만 무슨 일인지 말하고 싶지도 않았다. 아무튼 좀 수고를 해라. 그래, 최대한 빨리... 부탁하마. 거실로 돌아오니 놈이 여태 노인들과 희희덕거리는 중이다. 맘대로 까불어라, 니놈이 매장될 날도 얼마 남지 않았다. 등을 돌리고 앉은 채 나는 티브이를 본다. 영화 채널이 몇번이었더라... 고전영화를 자주 트는 채널이 있었는데.

　박인환의 시집이 온 것은 사흘 뒤였다. 그러나 책을, 한번도 펼치지 않았다. 펼칠 이유가 없었거니와, 펼치고 싶지도 않아서였다. 벤치에서 실랑이가 있었던 다음날 동필이가 죽었다. 뇌졸중이었다. 그렇게 건강하던 놈이... 무릎을 쳤지만, 누구도 어쩔 수 없는 일이었다. 문을 잠그고 들어가 화장실에서 혼자 울었다. 거지 운운 말을 뱉은 게 뼈아픈 후회로 고스란히 돌아왔다. 평생을 가난했던 친구가 아니었던가, 밥을 씹어도 넘어가지 않았다. 넘길 수, 없었다.

　녀석도 그녀를 사랑한 게 아닐까, 비로소 그런 생각이 드는 것이었다. 이상한 일은 아니었다. 아마도 이선은... 모두의 첫사랑이었을 것이다. 생각이 미치자 놈의 트집을, 또 시비를 나는 이해할 수 있었다. 이 친구야, 그래도 이렇게 가버리면 어떡하나... 시신을 인수하러 온 동필의 아들에게 나는 말없이 시집을 건네주었다. 이게 뭡니까? 부친이 생전에 좋아하던 시집일세. 나뭇잎에 덮인 그늘진 표정으로, 동필의 아들은 두말없이 시집을 받아 넣었다. 한 장의 나뭇잎이 또 떨어졌다. 이제 곧 흙이 되겠지, 세월은 가고... 옛날은 남는 걸까, 나의 무엇이 이곳에 남을까, 저 유리창 밖 가로등 그늘의 밤 같은 게 과연 있기나 했을까? 저무는 노을을 바라보며 나는 생각했었다. 자꾸만, 세상의 중력도 서쪽으로 작용하는 느낌이었다. 떨어지는 해처럼, 나도 떨어지겠지. 가겠지, 곧 가겠지.

시월이 와서야 한동안 삼갔던 외출을 다시 시작할 수 있었다. 나 혼자였다. 기분이 울적하기도 했거니와 천진한 이선의 눈을 마주치기가 차마 부끄러워서였다. 잘 주무셨소? 때로 아버지 하며 다가서는 그녀에게도 통상의 인사를 제하고는 대화를 건네지 않았다. 별은 멀리 있어야 한다. 인간의 손을 탈수록 그 빛을 잃기 때문이다. 다시는 그녀를 울리지 않을 것이다... 다시는 그녀를... 잃지 않을 것이다. 혼자 상념에 빠져 있다 담을 넘어온 알밤 몇개를 주워 현관을 들어설 때였다. 사무실이 시끌벅적했다. 누군가 심하게 원장과 다투는 소리가 들렸다. 혀를 차는 김군에게 무슨 일인가 물어보았다. 김이선 할머니 문제래요. 왜, 이선이 왜? 사무실을 찾은 남자는 이선의 아들이었다. 김군의 얘기론 당장 보증금을 돌려달라며 억지를 부린다는 것이었다. 보증금을 왜? 할머닐 데려갈 테니 보증금 천만원을 돌려달라는 거예요, 원장님은 정부 보조 규정을 설명하는 중이시구요. 입소한 지 아직 일년도 안되셨잖아요. 그래서 지금...

눈앞이 캄캄했다. 어디서 그런 용기가 솟았는지는 알 수 없다. 정신을 차리고 보니 어느새 몸이 사무실 안에 들어와 있었다. 김... 이선의 아들이라고, 자네가? 사십대 후반의 낯선 사내가 고개를 끄덕였다. 의외였다. 막연히 도련님 같은 인상을 떠올렸는데, 의심이 많고 풍파를 많이 겪은 얼굴이었다. 자네 모친과는 어렸을 적부터 친구였네, 한마당에서 쭉 같이 자랐지. 오누이라 해도 별반 틀린 말이 아닐 걸세, 안 그래도 내 자넬 꼭 한번 보고 싶었는데... 참견의 이유를 이런 식으로 둘러댔다. 아 예, 하며 목례를 받긴 했지만 잔뜩 끌어당긴 입꼬리에 이건 뭐야? 가 역력했다. 내가 도울 수 있는 일이 혹 있을까 해서... 우리 같이 한번 상의를 해봄세. 자네에게도 손해는 아닐 거구면.

답답한 현실이었다. 쥐구멍만한 치킨집을 운영하면서 소소히 생계를 꾸려왔는데, 덜컥 빚을 지게 되었다. 어쩌다 생긴 빚인가? 아무튼... 그렇습니다. 말해보게, 그래야 방법도 찾을 거 아닌가. 하루 배달을 다녀오다 무심코 성인오락실이란 델 가게 되었다, 처음엔 재미를 봤는데 결국 도박의 늪에 빠지고 말았다, 이천만원이 넘는 빚을 지고 말았다, 는 것이었다. 그래서 어머니 보증금을 빼겠다는 건가? 방법이 없습니다. 원장의 설명은 이랬다. 요양비를 다섯 달이나 체납해 변제가 불가피하다, 이 경우엔 정부의 지원금도 변상을 해야한다... 그런데 막무가내로 원금을 내놓으란 겁니다... 이렇게 하면 어떤가, 생각 끝에 의견을 제시했다. 내가 천만원을 줄 테니 어머니 보증금을 내 명의로 돌리는 것은... 그건 안됩니다, 원장이 말을 덧대었다. 친권자가 아니면 보증인이 될 수 없습니다. 연고가 없으면 차라리 전액 보조로 계시겠지만.

잠이 오지 않았다. 하루만 더 고민해보자며 자릴 일어섰지만, 뾰족한 해법이 떠오르지 않았다. 우선 이선의 아들에게 믿음이 가지 않는다. 조건 없이 돈을 준다 해도, 언제 또 모친을 빼갈지 알 수 없는 일이었다. 시장통의 반지하에서 부부와 두 딸이 산다고 했다. 이선이 어떤 대우를 받을지도 불을 보듯 뻔했다. 게다가 도박이라니... 답답한 마음에 거실로 나오자 어둠속을 누군가 배회하고 있었다. 그녀였다. 잠이... 잘 안 오시나봅니다? 물어도 답이 없다, 답이 없던 그녀가 물끄러미 창밖을 보며 중얼거린다. 집에 가야 하는데... 집에... 그녀의 손을 잡고서 말했다. 가시면... 안됩니다, 여기가 바로 집이에요. 아니에오, 아네요. 발음이 이상해서 보니 뭔가를 씹고 있다. 뭐지? 종이였다. 어디서 구한 걸까, 조심조심 그녀의 입에서 종이를 꺼내는데 왈칵 눈물이 치솟는다. 세상의 폭우는 여전히 쏟아지고, 나에겐 빌려줄 우산이 없다. 하지만 다시는 거짓말을 않을 것이다. 그녀의 방을 향해 나는 그녀의 손을 잡아끈다. 종이우산처럼 젖은 마음으로, 속삭인다. 우리 같이 집에 갑시다. 저희 집도... 같은 방향입니다.

여유만 있다면 자네도 어머닐 편히 모시고 싶지? 이선의 아들이 고개를 끄덕인다. 오로지 이유가 돈 때문인데... 지금 모친께서 집으로 간다면 그야말로 최악의 상황일 걸세. 치매란 게 그렇다네... 앞으로... 대소변을 받아내고 할 자신 있는가? 지금 임시로 변통을 한다 해도 상황이 계속 나빠지면 그땐 어쩔 작정인가? 긴병에 효자 없고 돈 앞에 장사 없네... 내 곰곰이 생각을 해봤는데... 그래서 이렇게 하는 게 어떻겠나. 조건 없이 내가 그 돈을 주겠네. 그리고 보증금의 명의는 내 앞으로 돌리는 게... 방법은 있네. 허위지만 모친과 내가 혼인신고를 하는 거라네. 그럼 나도 친권자가 되고... 매달 내는 요양비도 앞으론 내가 지불하겠네... 자네 기분이 좋을 리 없겠지만 내가 마음으로 원해서 하는 일이야. 잘 판단해보게, 모친이 살면 얼마를 더 살겠나. 자넨 하루하루를 살아가는 사람이지만, 우린 하루하루를 죽어가는 사람들이야.

이선의 아들을 정문까지 배웅한다. 그... 도박은 부디 그만두게나. 정말로 끊었습니다. 열심히 살아야 하네. 명심하겠습니다. 진심인지 건성인지 감사합니다, 라며 이선의 아들이 인사를 한다. 집안 얘기를 묻긴 그런데... 물어도 괜찮을까? 예, 어떤 겁니까? 그러니까... 부친은 어떤 분이셨나? 저도 잘 모릅니다, 제가 어릴 때 집을 나가서... 오래전에 제주돈가 어디서 재혼해 산다는 얘길 듣긴 했습니다만. 자네 어머니도 고생이 심하셨겠군... 그래, 어머닌 어떻게 살아오셨고? 어, 모르셨습니까? 모른다네. 젊으셨을 땐... 다방을 하셨습니다. 다방을? 예, 제가 좀 커서는 술집을 오래 하셨죠... 술집을? 예.

산길을 내려가는 이선의 아들을 바라보다 고개를 돌렸다. 스쿠터의 소음이 노을을 더욱 진동케 한다. 자욱한 노을, 자욱한 어둠... 자욱한 인생. 시작도 끝도 알 수 없는 그 자욱함 속에, 그러나 아직은 두 발을 담그고 서 있었다. 경솔한 결정이었을까, 훗날 아이들의 원망을 사지나 않을까 고심했으나 후회는 없다. 평생을 희생해왔다. 내게도 한번쯤은 살고 싶은 삶을 살 권리가 있는 것이다. 나는, 살아 있다.

마지막 피운 담배는 기억나지 않지만 그때 그, 손에 들고 있던 라이터는 기억이 난다. 투명한 플라스틱의 일회용 라이터였다. 가스가 전혀 없는데도 불꽃이 일었다. 묘한 기분이었다. 몇번이고 몇번이고 일어나던 환한 불꽃... 지금의 내 삶이 마치 그런 느낌이다. 심부름을 나간 김군에게서 세시쯤 도착할 거란 연락을 받았다. 김군이 오는 즉시 이선과 함께 요양원을 나서야 한다. 면도를 한다. 염색을 할 걸 그랬나, 중얼거리며 머리를 매만진다. 올드 스파이스의 향취가 팽팽한 범선의 돛처럼 마음을 부풀린다. 오늘만큼은... 기저귀를 차고 싶지 않다. 저기, 김군의 승합차가 올라온다. 그 소리, 미리 들린다.

이상하리만치 잔잔한 마음이었다. 십분 만에 혼인신고는 끝이 났고, 이선씨와 또 김군과 함께 동사무소를 나왔다. 김, 이, 선. 그 이름을 내 손으로 또박또박 서류에 기입했다. 수십 통의 러브레터를 썼다 구기면서 단 한번도 쓰지 못한 이름이었다. K에게... 오십년 전의 러브레터는 늘 그렇게 이니셜로만 시작했었다. 그리고 오늘, 그 K와 내가 부부가 되었다. 살을 맞대며 사는 부부는 아니지만, 돌아갈 집의 방향은 같은 부부다. 누구도 인생을 알 수 없다, 누구나 인생을 살아야 하지만.

일에는 순서가 있다. 그래도 그 정도를, 환갑을 넘기며 깨쳤다고 말할 수 있다. 우선 전화로 원장에게 감사를 표했다. 편의라니요, 한선생님께서 힘든 결정을 해주신 건데... 달가워하는 원장에게 부러 농담을 섞어 부탁을 했다. 허허, 그래도 오늘이 신혼 첫날인데... 예, 김군이 너무 수고하기도 해서... 모처럼 요릿집이라도 들러 제가 저녁을 살까 합니다... 예, 그리고 김군 차로 들어 가야죠. 예, 시내니까... 저녁 안으로 들어갈 겁니다. 예, 예.

난생처음 해삼탕이란 걸 시켰다. 삭스핀이란 것도 시켜보았다. 맛있다! 눈물이 날 정도로 맛있다! 강을 건너면... 죽은 아내에게 반드시 해삼탕과 삭스핀을 사주고 말 테다, 결심을 했다. 천천히... 다 씹고 넘기세요. 옳지, 하나씩. 허겁지겁 손을 뻗는 이선을 달래가며 접시를 비웠다. 저녁을 먹고 일어서자 이래저래 여섯시가 넘었다. 그리고 김군에게, 마다하는 김군에게 수고비 조의 용돈을 건네주었다. 고마워서 그러네, 고마워서. 물론 고맙기도 했거니와... 실은 꼭, 가보고 싶은 곳이 있어서였다.

내가 다니던 학교네. 함께 둘러보고만 올 테니 그리 늦진 않을 게야. 짧아진 해 때문에 이미 사위는 캄캄한 밤이었다. 이선의 손을 꼭 잡고 드문드문 가등이 켜진 운동장을 가로질렀다. 강당 옆의 그 벤치, 그 나무 앞에... 이 나무 기억나세요? 아무런 대답도 없었지만 어떤 약속이라도 한 듯 우리는 은행나무를 올려보았다. 달빛인지 가등인지 나무의 꼭대기엔 환(幻)이, 푸르스름한 빛의 환이 사라진 우리의 옛날처럼 희뿌연 둥지를 틀고 있었다. 이선씨... 하고 나는 속삭였다. 비로소 내 인생의, 저 유리창 밖 가로등 그늘의 밤... 같은 것을 가지는 기분이었다.

바로 이곳에서 당신을 만났었지요... 그리고 줄곧... 그랬습니다. 아세요? 당신은 저한테 별 같은 사람이었습니다... 숨쉬기가 곤란할 정도로 가슴이 벅차왔다. 하늘의 별들이 일제히 머리 위로 쏟아졌다. 길고 긴 세월이었다. 바람이 불고 비가 왔지만, 옛날은 이렇듯 내 가슴에 남아 있었다. 우수수, 낙엽 떨어지는 소리가 거대하게 들려왔다. 떨어지고, 흙이 되고, 다시 나뭇잎에 덮이는 거대한 순환과 흐름 속에 나는 두 발을 딛고 서 있었다. 어지러웠다. 내 가슴에 있던, 그 눈동자 입술이 바로 눈앞에 있었다.

아뿔싸

최악이다. 그만 소변을... 지리고 말았다. 이 무슨... 오늘만큼은 기저귀를 차고 싶지 않았다. 이 순간만큼은... 참을 수 있을 거라 굳게 믿었다. 삶의 가장 아름다운 순간에, 그만 가장 추한 남자가 되고 말았다. 아아, 그 눈동자 입술 앞에서... 나는 울고 싶었다. 눈물보다 뜨거운 그 무엇이 바지를 적시고, 양말을, 구두를, 이 대지(大地)를 적시는 느낌이었다.

죄... 죄송합니다.

그리고 어디선가 심각한 냄새가 느껴지기 시작했다. 설마 이것은... 상상하기도 싫었지만 확실히 이 냄새는 대변이란 생각이 들었다. 고개를 가로저었다. 이럴 수가... 아무런 느낌도 없었는데. 즉 이만큼이나 고장이 나버린 겐가, 서러운 눈물이 눈앞을 가렸다. 이선의 시선을 피해 나무 뒤로 몸을 숨겼다. 그리고 더듬, 바지춤을 확인했다. 대변이... 없다, 그렇다면... 발소릴 죽여 나는 그녀의 등 뒤로 다가갔다. 하늘을 올려보며 이선은 열심히 뭔가를 중얼거리고 있었다. 별 헤는 소녀처럼, 그랬다. 계절이 지나가는 하늘은 가을로 가득 차 있었다. 그리고 냄새는... 그녀의 것이었다. 뭐 하세요? 그녀의 어깨를 감싸주며 내가 물었다. 그리고 우리는 아무 말도 하지 않았다.

동그라미 그리려다 무심코 그린 얼굴, 내 마음 따라 피어나던 하얀 그대 꿈을, 풀잎에 연 이슬처럼 빛나던 눈동자, 동그랗게 동그랗게 맴돌다 가는 얼굴.

기분이 좋은 듯 이선이 노래를 흥얼거린다. 자신의 이름도 모르면서 가사를 기억하는 사실이 그저 신기할 따름이다. 하기야, 신기한 게 한두 가진가? 다시 봄... 봄이 왔다. 거실에 가로누워 나는 이선의 노래를 듣고 있다. 벌써 여섯 곡째다. 동그랗게 맴을 돌며 텅 빈 거실을 배회하던 그녀가 다가와 앉는다. 다리가 아프겠지, 나는 짐작한다. 시에서 마련한 경로잔치의 소음이 이곳, 삼층까지 들려온다. 안 가세요? 하는 송씨에게 몸이 좋지 않다고 핑계를 댔다. 아니 몸이, 안 좋은 게 사실이다. 봄감기의 여파가 아직도 남아 있다. 홀쩍, 이선도 앉아 콧물을 홀쩍인다.

따뜻하다. 지나온 모든 날들이… 옛날, 이란 사진 한 장으로 인화될 듯한 봄볕이다. 다들 즐거운 시간을 보내고 있겠지, 앰프의 진동을 느끼며 나는 노인들을 떠올렸다. 잘들 보고 오세요, 인사는 제대로 건넨 건가… 모르겠다. 잘, 기억이 나지 않는다. 겨울을 보내면서 나도 조금은 기억이 희미해졌다. 아무도 없는 걸 확인한 후 살짝 이선의 손등에 손을 얹었다. 잡으려 했으나, 웬일로 손에 힘이 들어가지 않는다. 그래도 좋은… 봄볕이다. 나른하고, 자꾸만 잠이 쏟아진다. 요새는 자꾸 낮잠이 온다. 오늘도 밤잠을 자긴 다 글렀군, 이선의 손등을 토닥거리며 나는 실없이 미소를 흘린다. 이선은 더욱 천진해졌고, 나도 조금은… 천진해졌다. 안 그런가 소년? 그런 목소리로 온몸을 쓰다듬는 듯한 봄볕이다. 나는 결국 눈을 감는다.

이보세요, 이렇게 훤한데 잠을 자면 어떡해요?

이선의 목소리가 들려온다. 아이 참 우스워서… 이보세요? 눈을 뜨지 않아도 그녀의 미소를 볼 수 있다. 그 눈동자 입술이 보이는 듯, 하다. 아버지… 일어나요, 예? 이선의 손이 어깨를 흔든다. 아주 잠깐, 그래서 눈을 떴다 다시 감았다. 잠깐 본 세상이 너무나 눈부셨다, 아름답다.

잠이 몰려온다.
이제는 정말 자야 할 것 같다.

루디

알래스카의 팍스 하이웨이(Parks Highway)를 달려본 사람은 알 것이다. 차를 모는 일이 때로 사람을 미치게 한다는 사실을. 캔트웰에서 아침을 먹고, 굳이 페어뱅크스까지 차를 몰고 간 것이 실수라면 실수였다. 뭘 봤지 보그면? 스스로에게 묻는다면 우박만 실컷 맞았다네, 가슴을 치며 답할 것이다. 산과 산... 강... 길... 나무... 하늘... 지긋지긋한 눈앞의 산이 디날리인지 맥킨리인지도 이젠 관심 밖이었다. 두어 시간 전부터 그랬다. 그나마 아침을 먹으며 본 컬링* 경기가 떠올라... 더 정확하게는 캐나다팀의 서드를 보던 낸시 코웰을 떠올리며 나는 차를 몰고 있었다. 잔뜩 긴장한 채 스톤을 밀던 그녀의 엉덩이를 못 봤다면, 다시 캔트웰에 이르기도 전에 나는 우울증에 걸렸을지도 모를

---

* 컬링(curling): 빙상에서 평면으로 된 돌(컬링스톤)을 빗자루 형태의 솔(브룸)으로 미끄러지게 해 득점을 겨루는 경기. 한 팀은 네 명이며 두 조로 나누어 진행한다.

일이다. 타임 투 잇에서 토스트를 먹는 동안에도 내겐 두 가지 생각이 전부였다. 딱 내 타입인 낸시 코웰의 엉덩이, 그리고 빨리 앵커리지로 돌아가고 싶다는 간절한 소망. 그래, 하고 나는 중얼거렸다. 험피스에서 연어요리만 맛보고 일찌감치 뉴욕으로 돌아가는 거야! 곧바로 운전이라는 미친 짓을 재개한 이유는 그래서였다. 다시 이어지던 산과 산... 나무... 길... 졸음이 밀려오기 시작했다. 전나무 사이의 도로를 마치 스윕*을 하듯 바람이 불고 있었고, 내 차는 낸시가 떠민 스톤만큼이나 느린 속도로 그 위를 달리고 있었다.

그 남자가 서 있는 모습을

멀리서부터 볼 수 있었다. 로라 호수를 끼고 쭉 뻗은 직선 도로가 이어졌으므로, 대략 반 마일 전부터도 사람이 서 있다는 걸 알 수 있었다. 몇번이고 나는 찢어지게 하품을 하던 중이었고, 차라리 차를 세우고 잠시 눈이라도 붙일까 고민하던 참이었다. 느슨한 자세로 선 남자의 손에... 라이플이 들려 있는 것도 보았다. 그저 사냥을 나온 사람이겠거니 신경도 쓰지 않았다. 배경의 산이며 나무... 알래스카의 분위기에 나는 너무 오래 휩싸여 있었던 것이다.

탕.

----

* 스윕(sweep): 컬링에서 스톤의 진로를 쓸고 닦는 동작.

사내가 총을 겨눈 것은 한순간이었다. 총성을 들으며 브레이크를 밟은 것도, 총을 맞은 것은 아닌데 총을 맞은 듯 정신이 나간 것도 한순간이었다. 총구는 분명 차를 향해 있었고, 이제 그것은 나를 겨냥하고 있었다. 사냥모자를 눌러쓴 백발의 남자였다. 놀랍도록 무표정한 얼굴과 까만 조약돌 같은 두 눈을 마주한 순간, 허벅지 왼쪽이 축축해진 것을 알 수 있었다. 오줌이었다. 총구의 끝이 좌우로 움직였다. 바보가 아닌 다음에야 그것이 내려, 라는 말임을 알 수 있었다. 시동을 끄고... 최대한 시간을 끌며 나는 차에서 내려섰다. 한여름의 도로인데도 마치 눈길인 듯 미끄럽다는 기분이 들었다. 애써 다리에 힘을 주며 나는 두 손을 들어올렸다. 제발, 이란 말은 할 수 있었는데 살려달라는 말은 입밖으로 나오지 않았다. 그 순간 주위의 풍경이 놀랍도록 참신하고 거룩하게 느껴졌다. 새삼스레, 그랬다.

쌌나?

라고 그가 물었다. 나는 고개를 끄덕였는데, 고개보다는 턱을 덜덜 끄덕이는 기분이었다. 아래를 내려다보면 정말이지 떨어진 턱뼈와, 임플란트 시술을 잘 마친 가지런한 어금니들을 볼 수도 있을 것 같았다. 이름이 뭐야? 그가 물었다. 보... 보그먼. 미하... 엘 보그먼. 어금니가 없는 인간처럼 나는 중얼거렸다. 독일놈이군, 하고 사내는 침을 뱉었다. 아니 미국인이오, 말을 했지만 새겨듣지도 않는 눈치였다. 스페어 있지? 가래를 끓으며 사내가 물었다. 아, 예라고 답하자 뭉친 가래를 뱉으며 놈이 말했다. 갈아! 그제서야 폭삭 주저앉은 오른쪽 앞바퀴를 볼 수 있었다. 떨어진 턱뼈며 어금니가 보이지 않은 게 그나마 다행이었다.

자키를 받치고 나는 타이어를 갈기 시작했다. 그사이 놈은 유유히 담배를 피우거나 툭, 총구를 내 뒤통수에 갖다대고는 했다. 제발 한 대의 차라도 지나가길 빌면서 나는 열심히 나사를 돌렸다. 끝났어? 놈이 물었다. 아, 아직입니다. 가래 끓는 소리가 간간히 들려왔다. 놈은 작업을 재촉하지도 않았고, 아무런 두려움도 없는 기색이었다. 에스키모와 탱고를 어쩌고* 하는 노래를 흥얼거리기까지 했다. 짧은 노래였다. 작업도 곧 끝이 났지만 차는 한 대도 오지 않았다. 끝... 났습니다, 라고 내가 말했다. 삐딱허니 담배를 문 채 놈은 그저 고개만 끄덕일 뿐이었다. 그제야 놈을 제대로 볼 수 있었다. 운전석에서 봤을 때보다 키가 컸고, 누구도 몽타주를 그릴 수 없을 만큼 평범한 얼굴이었다. 놈은 내 주위를 한 바퀴 돌았고, 바지 뒤춤에서 내 휴대폰을 뽑아 멀리 던져버렸다.

똥은 안 마려워? 놈이 물었다.
예? 축축한 바지를 입고 선 채 나는 스스로의 귀를 의심했다.

....
* 알마 코건(Alma Cogan)의 노래 「에스키모와 탱고를 추지 마세요」(Never Do A Tango With An Eskimo).

똥 말이야 똥. 몰라?

아... 괜찮습니다.

여기서 싸고 가. 가다가 징징대지 말고.

정말 괜찮습니다. 어젯밤에도 많이 눴구요(내가 왜 이따위 소리를 해야 한 단 말인가).

미리 싸라니까.

안 나옵니다. 진짭니다.

고집불통이구만 진짜(그러면서 놈이 총을 들이밀었다).

도대체 무슨 일이 일어난 건가. 한참을 생각해도 알 수 없었다. 총성과... 갑자기 쏟아지는 피를 보았으나... 알 수 없었다. 가솔린이라도 끼얹은 듯 갑자기 귀 언저리가 뜨겁게 불타올랐다. 오 마이 갓. 귀가 만져지지 않았다. 40년 넘게 그 자리에 붙어 있던 귀가... 왼쪽 귀가... 스페어도 없는 내 귀가... 사라진 것이었다. 그대로 주저앉아 나는 온몸을 덜덜 떨었다. 우스꽝스런 동물의 울음 같은 것이 흐느적 내 입에서 흘러내렸다. 쉭, 쉭 그런 소리가 새어나오기도 했다. 어찌나 길고 끈적한 울음인지, 자랄 대로 자란 촌충(寸蟲) 한 마리가 입에서 기어나오는 기분이었다. 오열이 멈출 때까지 놈은 가래나 끓이며 나를 빤히 바라보았다. 그리고 말했다. 저기서 싸. 총구가 가리킨 곳은 등 뒤의 자그마한 잡목 아래였다. 나는 이미 넋이 나가 있었다. 어기적어기적, 두 발짝 거리의 잡목 앞으로 걸어가 축축한 바지를 내리고 앉았다. 이상한 일이었다. 곧바로 똥이 쏟아졌고, 굉장한 양이었다.

하여간에, 하고 지저분한 천조각을 던져주며 놈이 말했다. 거짓말이 습관
이라니까! 천에서는 고약한 냄새가 풍겼고, 여기저기 누런 기름때가 번져 있
었다. 천의 양끝을 잘 접어, 어쨌거나 깨끗해 보이는 쪽으로 나는 천천히 뒤를
닦았다. 그리고 혹시나... 귀를 찾아보았다. 보이지 않았다. 대체 무슨 일이 일
어난 거지? 정신을 차려야 한다고 나는 어금니를 깨물었다. 침착해라 보그면,
돌아가신 아버지의 목소리가 자상하게 들려왔다. 한쪽 귀가 사라진 이 순간
에도... 들려온 것이다. 아아악. 비명을 지르고 난 후에야, 또 무슨 일이 벌어
졌는지를 알 수 있었다. 작은 위스키병을 꺼낸 놈이 귀가 떨어져나간 그 자리
에 소변이라도 보듯 위스키를 붓고 있었다. 나도 아버지도 술이라면 질색이
었다.

왜 일을 어렵게 만들지? 놈이 말했다.
뭐가... 말입니까? 울면서 내가 물었다.
봐, 뱃속에 전부 똥이었잖아.
몰랐습니다... 정말입니다.
늘 그 소리지, 하며 놈이 가래를 뱉었다.
나는... 하늘을 보았다.

옷이나 입어, 똥구멍 냄새 지독해. 울며, 또 가쁜 숨을 몰아쉬며 나는 바지를 끌어올렸다. 앵커리지에서 구입한 A&F*의 지퍼를 올리는 순간, 멍하니... 지퍼에 새겨진 무스**의 음각을 바라보던 그 순간 이루 말할 수 없는 수치심과 분노가 한꺼번에 밀려들었다. 왜, 도대체 왜... 생각할수록 분노가 치밀었다. 이런 순간을 맞기 위해 예일을 졸업했단 말인가. 경제학을 전공하고... 꼬박꼬박 세금을 납부했단 말인가. 동물보호협회에... 또 뉴욕 경제인연합이 주최한 모피 반대 캠페인에 내가 낸 기부금이 얼마였던가... 지혜를 짜야 한다고 나는 생각했다. 총만 뺏을 수 있다면, 총을... 하는데 목과 어깨 사이에 극심한 통증이 밀려왔다. 뭐 해, 말뚝 설 거야? 놈의 손아귀였다. 뉴욕의 증권가에선 100년을 근무한다 해도 접하지 못할 악력이었다. 나는 또다시 비명을 질렀고... 놈이 손을 풀었을 땐 이미 쇄골에 금이 간 느낌이었다. 오른팔을 들 수도 없었다. 쉭, 쉭 소리가 또다시 새어나왔다. 귀가 떨어져나갈 때보다 더한 고통이었다. 안일한 새끼, 하고 뭉친 가래를 뱉으며 놈이 말했다. 원하는 게 뭘까? 도대체 무슨 짓을 하려는 걸까? 짐작도 가지 않았다. 그저 쿡, 쿡 등을 떠미는 총구의 지시를 따를 수밖에 없었다.

다시 운전석에 앉아야 했다. 놈은 품속에서 권총을 꺼내들었고, 유유히 뒷자리에 라이플을 내던지고는 조수석에 올라탔다. 하, 하고 놈이 한숨을 쉬었

* 미국의 의류메이커(Abercrombie & Fitch).
** 북미산 큰 사슴(moose).

다. 그사이 곁눈질로 나는 놈의 눈치를 살폈다. 또래로 보이긴 했지만 좀처럼 나이를 가늠할 수 없는 얼굴이었다. 무엇보다 저 눈동자... 초점이 없고, 이상하리만치 반짝이는 두 눈에서 나는 공포를 느껴야 했다. 또다시 한숨을 쉬며 놈이 말했다.

갈 길이 멀다는 거 알지?
어디로 말입니까?
일을... 또 어렵게 만드네, 놈이 권총을 들이밀었다.
아, 알 것 같습니다.
알면서... 왜 그래?

관자놀이를 누르던 총구가 서서히 멀어져가는 걸 느낄 수 있었다. 어쩔 수 없이, 그래서 시동을 걸어야 했다. 침착하자 보그먼... 머리를 써! 보그먼... 눈 앞의 풍경을 바라보며 나는 끝없이 스스로에게 속삭였다. 그 순간 아무런 이유 없이 미치도록 쇼팽이 듣고 싶었다. 이 미친놈에게서 살아 돌아갈 수만 있다면, 말이다. 나는 지그시 입술을 깨물었다. 저녁이 가까워진 알래스카의 산들이 더없이 음산하게 눈앞에 펼쳐졌다. 알래스카는 어떠세요? 머릴 식히기엔 그만인데. 제시카 심슨... 돌아가면 당장 그 개년을 해고할 생각이다. 아니, 이성을 찾자 보그먼.

얼마나 시간이 지났을까? 한참을 달렸는데도 놈은 아무런 말도 하지 않았다. 반쯤 창을 내리고 놈은 끝없이 가래를 끓이거나, 뱉거나 했다. 그리고 담배, 또 담배... 에스키모와는 어쩌고 하는, 노래... 에스키모와는 탱고를 추지 말라고. 워찌 사우스 캐롤라이나의 여인이 알래스카의 에스키모와 춤을 춘다는겨? 노우~ 절대 안되지라! 차라리 베네수엘라의 뱃사공이랑 춤추는 게 낫지, 에스키모와 탱고춤은 노! 노! 노우~ 망할 놈의 노래를 부르는 사이에도 놈은 끝없이 가래를 끓여댔다. 미칠 것만 같았다. 상한 우유에 콘프레이크를 잔뜩 부어 마셔야 겨우 흉내라도 낼 법한 목소리였다. 그리고 뚝 노래가 멈추었다. 놈은 가래를 끓이지도 않았고, 빤히 나를 바라보는 눈치였다. 그 시선을... 느낄 수 있었다. 갑자기 찾아온 침묵이 얼마나 낯설고 두려웠는지 모른다. 딱딱 어금니를 부딪으며 나도 모르게 돈은, 이라는 말이 튀어나왔다.

얼마든지 드리겠습니다.

돈? 하고 놈이 물었다.

예, 돈!

돈 많아?

뉴욕서 작은 금융회사를 운영하고 있습니다. 이래봬도 부사장입니다.

필요없는데.

필요없어도 드리겠습니다. 살려만 주신다면.

관자놀이가 아플 정도로 총구를 들이밀며 놈이 말했다.

너 이 새끼... 날 상대로 이자놀이 하려는 거지.

아닙니다, 절대 아닙니다.

눈물과 콧물이 범벅된 채 나는 울먹였다. 제발 살려주십시오. 원하시는 게 뭔지... 그저 여행을 왔을 뿐입니다. 봄에 이혼을 하고... 이런저런 일들이 많았어요. 머릴 좀 식혀야 했고... 휴식이 필요했습니다. 실은 불행한 인간입니다. 제발... 부디... 어깨가 다시 아파왔다. 덜덜 턱을 떨 때마다 어깨도 함께 힘없이 덜렁이는 느낌이었다. 알아 알아, 그 얘긴 그만해... 짜증을 내며 놈이 말했다. 뭘 안단 말인가. 도대체 뭘... 허탈과 공포가 함께 치밀어올랐다. 그리고 귀가, 아니 귀가 있던 자리가... 말할 수 없을 정도로 따끔거렸다. 총구를 거두며 놈이 물었다. 두려워? 어떤 선택을 해야 하나 잠시 고민했지만, 결국 사실을 얘기했다. 두렵습니다.

그사이 마주 오는 한 대의 트럭을 보았지만 아무런 요청도 할 수 없었다. 고함을 치건 어쩌건 옆자리의 총보다 빠른 구원은 존재하지 않는다, 그런 생각이 들어서였다. 멀어져가는 트럭을 바라보며 나는 입술을 깨물었다. 지독한 악취가 허벅지에서 올라오기 시작했다. 오줌이 마르는 냄새였다. 정신을 차리자 보그면, 벌처럼 눈을 쏘아대는 지린내 속에서 나는 또다시 입술을 깨물었다. 다른 방법은 없을까, 궁리도 해보았다. 그럴듯한 영화에선 갑자기 핸들을 꺾는다거나 브레이크를... 그러나 그런 일이 현실에서 가능할지도 의문이었다. 옆자리의 총에 비해 구원은 멀리... 정말이지 뉴욕쯤에나... 저 자유의 여신상 아래에나 깔려 있는 게 아닐까, 생각이 들었다. 그래서 그런 글귀를 새겨놓았나?

고단한 자들이여
가난한 자들이여
자유로이 숨쉬고자 하는 군중들이여
내게로 오라[*]

엠마 라자루스의 시를 나는 떠올렸다. 왜 구원은 고난에 빠진 이를 찾아와주지 않는 것인가. 왜 모두에게 직접, 제발로 걸어오기만을 요구하는 것인가... 그나저나 우선 놈의 의도부터 파악해야 한다고 나는 생각했다. 왜... 도대체, 왜? 그리고 갈 길이 멀다니... 대체 어디로 가겠다는 것인가... 알 수 없었다. 두렵겠지, 하고 놈이 중얼거렸다. 세상을 끌고 가는 게 쉬운 일은 아니니까... 그거 알아? 뭉친 가래를 퉤, 앞유리에 뱉으며 놈이 말했다. 두렵긴 나도 마찬가지란 거... 그래도 함께 가주겠다는 거야. 암, 이자놀이를 당해주면서도 말이지. 미친놈, 하고 나는 울면서 속으로 중얼거렸다.

두려움을 잊기 위해 제일 좋은 방법이 뭔지 아나? 놈이 물었다.

....
[*] 자유의 여신상 주춧돌에 새겨져 있는 시(詩) 「새로운 거상」(The New Colossus)의 일부.

모릅니다.

구구단을 외는 거지. 해본 적 있나?

없습니다.

이런 이런, 그걸 해본 적 없다니. 자, 내가 먼저 물어줄게. 3×4?

...12(이건 또 뭐란 말인가).

굿, 이젠 나한테 물어봐. 얼마든지 물어보라구, 풰!

2×3?

6(시무룩한 목소리였다). 무시하지 말고 좀 어려운 걸 물어봐.

죄송합니다. 6×7?

42. 또, 또 얼마든지!

9×8?

78. 계속 해보라구, 얼마든지 말이야.

7×9?

57. 또, 또 덤벼보라구.

8×8?

72. 또, 그게 다야?

12×8?

음... 106!

와우, 하고 나는 엄지를 치켜들었다. 용기가 필요한 행동이었다.

흐흐, 하고 놈이 웃었다.

나도 따라 웃었다.

어때 두려움이 가시지 않나? 놈이 물었다.

간뎅이가 붓는 기분인걸요. 평생 한번도 쓴 적 없는 말투로 나는 맞장구를 쳤다.

놈이 낄낄거렸다.

따라 웃었다. 여러모로… 그래야 한다고 생각했다.

웃으니까, 하고 놈이 말했다.

보조개가 들어가네?

그렇습니까? 하고 나는 웃음을 삼켰다. 그리고 보았다. 놈의 웃음을… 어찌나 해맑게 웃는지 짜다 만 여드름이며 보이스카웃 뱃지가 없다는 게 이상할 정도였다. 게다가 그, 눈꼬리의 주름이란! 두려움이 가시니까 얼마나 좋아, 안 그래? 놈이 물었다. 예, 쓴웃음을 짓긴 했으나 실은 두려움에 머리가 돌아버릴 지경이었다. 뭐 하는 놈일까. 그리고 왜, 정말이지 왜! 머리를 써 보그먼… 나는 다시 속으로 중얼거렸다. 음악을 좀 틀까요? 내가 물었다. 좋지, 기분이 좋아진 목소리로 놈이 답했다. 나는 라디오를 틀었다. 쉽게, 가장 선명히 잡힌 채널에서 죠지 벤슨이 흘러나왔다. 노래를 들으며, 한 시간은 더

길을 달렸을 것이다. 여전히 가래를 뱉긴 했지만 놈은 제법 기분이 좋아진 표정이었다. 몇마디 농을 건네오기도 했다. 열심히 나는 맞장구를 쳐주었다.

아니, 실은 눈물이 날 만큼이나 그 농담이 반가웠다. 말하자면 '일'이, 놈이 말하는 그놈의 일이 비교적 쉽게 돌아간다는 느낌이 들어서였다. 조금씩 나도 안정을 찾고 있었다. 아니, 이쪽으로! 길을 안내하는 놈의 음성도 한결 부드러운 것이었다. 왼손을 핸들에 얹은 채 나는 끊임없이 얘기를 늘어놓았다. 내가 아는 가장 재밌는 얘기들을, 또 내가 아는 가장 음란한 얘기들을... 슬깃, 하는 놈의 반응을 살펴가며 또 머릿속으론 끊임없이 탈출의 시나리오를 그려보고 있었다. 머리를 써 보그면! 아버지의 목소리가 또다시 들려왔다. 라디오에선 다이안 슈어의 노래가 흐르고 있었고, 가물가물 2마일 정도 앞에 서 있는 작은 주유소의 간판이 눈에 들어왔을 때였다. 그런데 지금... 하고 놈이 물었다. 우리에게 가장 필요한 게 뭔지 아나?

갑작스런 질문이었다.

모릅니다.
뭐? 하고 놈이 나를 바라보았다.
아, 아니 그게 아니라...
생각을 하란 말이야, 생각을 좀!
별안간 놈이 아픈 어깨를 총으로 내려찍기 시작했다.
아악, 비명을 지른 것도 한순간이었다.
좀!

쫌!

쫌!

쫌!

세번째 이후로는 쉭 쉭, 소리도 나오지 않았다.

핸들에 얼굴을 묻고 나는 온몸을 떨고 있었다. 브레이크를 밟은 오른발에도
더는 힘이 들어가지 않았다. 서서히 미끄러지는 차에 앉아 나는 하마터면 정
신을 잃을 뻔했다. 고개 들어 새끼야. 총구를 갖다대며 놈이 말했다. 들 수 없
었다. 끝까지 일을 어렵게 만드는구만. 철컥, 소리가 남은 한쪽 귀를 관통해 지
나갔다. 젖먹던 힘을 다 짜내 나는 고개를 들어올렸다. 겨우 핸들에 손을 얹고,
브레이크를 밟았다. 내가 아는 건 오직 한 가지였다. 그 망할 놈의 '일'을 어렵
게 만들어선 안된다는 것.

그 얼굴을... 지옥에 가서도 잊지 못할 것 같았다. 놈은 빤히 나를 노려보았
고... 울고 있었다. 줄줄 눈물을 흘리면서 사과해, 하고 놈이 말했다. 니가 생각
을 안하니까... 생각이라곤 요만큼도 안하니까... 사람이 불안해 살 수가 없잖
아 새끼야, 라고도 했다. 정말로 분해 견딜 수가 없다는 얼굴이었다. 주여, 하
고 나는 속으로 기도를 올렸다.

죄송합니다, 하고 나는 말했다. 정신을 바짝 차리겠습니다, 라고도 했다. 죽

은 후에도 이 기억이 남아 있다면, 지옥의 어떤 악마라도 만만해 보일 것 같은 얼굴이었다. 아니, 어쩌면 악마의 얼굴도 실은 매우 평범한 것일지 모른다고 경련을 일으키며 나는 생각했다. 늘 그 소리... 괴롭다는 듯 중얼거리며 놈은 가래를 뱉었다. 앞유리가 아니라 내 얼굴을 향해서였다. 많은 양의 가래는 아니었지만 황산이 떨어진 듯 영혼이 아파왔다. 잘못했습니다. 가래를 닦으며 나는 힘없이 중얼거렸다. 니가 하는 말은 전부 변명이란 걸 알아둬, 개새끼! 한번 더 가래를 뱉으며 놈은 말했다. 마일즈 데이비스의 연주가 시작되고 있었다.

등받이에 목을 기댄 채 나는 꼼짝을 할 수 없었다. 모든 의지가 사라진 느낌이었다. 느리고 자욱하게 담배를 피워 문 채 놈도 말없이 전방을 응시할 뿐이었다. 바람이 불어왔다. 에이미와 이니드. 두 딸의 얼굴이 눈앞에 아른거렸다. 에이미가 여섯살, 이니드가 네살이던 시절도 생각이 났다. 작은 풀장이 딸린 정원과... 튜브를 밀어주고 물장난을 치던 기억도 떠올랐다. 참으로 귀여운 아이들이었다. 그리고 아직... 아버지가 살아 계시던 때였다. 어딘지 알 수 없는 낯선 길 위에서, 나는 처음으로 죽음을 직감하고 있었다. 쇼팽이 듣고 싶었다. 담배를 문 채

느닷없이 놈은 지진* 얘기를 늘어놓았다. 요약하자면 어렸을 때 큰 지진을

* 1964년 일어난 알래스카 대지진을 말하는 것이다. 진도 9.2의 강진이었으며 예수가 십자가에 못박힌 사건을 기념하는 성 금요일(Good Friday)에 일어났기 때문에 굿 프라이데이 지진으로 불리기도 한다. 북미 역사에 기록된 가장 강력한 지진이었다.

겪었는데 자신은 그 속에서 살아남은 아기였다는 것이다. 그래서 뭐가, 어쨌단 말인가. 나는 대꾸도 하지 않았다. 톱이 있다면 스스로 팔을 잘라내고 싶을 만큼 어깨가 아팠기 때문이며, 구원을 받았느니 어쩌니 하는 얘기 따위에 귀를 기울이고 싶지도 않았다. 놈은 완벽하게 미쳤다. 어차피 내 목숨은 노력과도, 또 놈의 기분과도 무관한 것이란 생각이 들었다. 서서히 저물어가는 하늘을 바라보며 필요한 건 오로지 '운'이란 생각을 나는 굳히고 있었다.

구원을 받아본 적 있나? 놈이 물었다.
나는 고개를 가로저었다.
사람들은 나를 〈신의 아기〉라 불렀지.
....
선택받은 고통을 아나? 다시 놈이 물었다.
모릅니다.
알게 될 거야. 신은 나를 선택하고... 나는 너를 선택했으니까.
미친놈, 하고 나는 속으로 부르짖었다.
다시 생각해봐, 우리에게 필요한 게 뭔지.
물이나... 물 한잔만 마시면 좋겠습니다.
물이라... 제법 비슷하군. 맞아, 우리에겐 기름이 필요해.

그러니까 놈은... 기름을 넣자는 얘길 한 것이었다. 눈물이 났다. 피보다 진

하고 끈적한 눈물이었다. 기름 때문에... 고작 기름 때문에 한쪽 팔을 잃어야
했다니. 감각이 사라진 오른팔을 나는 만져보았다. 징그럽고 물컹한 실리콘
의수(義手)를 만지는 기분이었다. 그래도, 하고 나는 스스로를 다그쳤다. 인간
에겐 의학이 있다... 뼈가 가루가 났어도 방법이 있을 거라 스스로를 위로했
다. 사라진 귀도 어떻게든 복원할 수 있을 것이다. 무엇보다 내겐 돈이 있다고,
어금니를 깨물며 고개를 끄덕였다. 살아야 한다 보그면, 아버지의 목소리가
화살처럼 날아와 귀에 박히는 기분이었다. 저기 보이지? 퉤. 가래를 뱉으며 놈
이 말했다. 콩알만한 주유소 간판을 바라보며 나는 힘없이 고개를 끄덕였다.
그런데 말이야, 하고 놈이 중얼거렸다. 더없이 낮은 목소리였지만 턱없이 선
명한 목소리였다. 왜 자꾸 우는 거지? 다 큰 놈이 말이야. 멍하니 창밖을 바라
보다가... 모르겠습니다, 라고 나는 답했다.

　내려.

　20년은 된 것 같았다. 그러니까, 아직도 이런 후불제 주유소*가 있다는 사실
이 믿기지 않았다. 물론 이런 곳에 내가 있다는 사실도... 저런 미친놈 때문에
불구가 되었다는 사실도 믿기지 않았다. 기름이 떨어진 것은 아니지만 어쨌든
놈을 위해 주유를 해야겠지, 그리고 최대한... 요금계산소의 직원에게 내 몰골

---

* 미국의 주유소는 대부분 셀프 시스템이며, 먼저 자신이 주유할 주유량을 말하고 요금을 계산
　하는 선불제이다.

을 보이는 게 급선무란 생각이 들었다. 어설픈 외침이나 신호는 위험하다, 놈이 눈치채지 못하게 내 처지를 알리는 좋은 방법이 없을까… 궁리했다. 유리 너머로 얼핏 두 명의 직원이 보였는데 그중 하나는 TV에 열중해 있었다. 머릿속이 터질 것만 같았다. 일반(Regular), 고급(Plus), 최고급(Super). 적어도 눈앞의 세 가지 목록보다는 다양한 경우의 수를 마련해야 한다, 나는 생각했다. 그것이 얼마나 쓸데없는 고민이었나를 깨닫게 된 것은 한순간의 일이었다. 안녕들 하신가, 하는 느낌으로 계산소에 들어서는 놈을 보았고

단 한마디 말도 없이 시작된 학살을 보아야 했다. 실제로 사람을 죽이는 광경을 본 것은 처음이었다. 놈은 기계처럼 정확하게 가슴과 머리, 가슴과 머리를 쏘았고 다시 한 발씩을 쓰러진 이들의 가슴에 박아넣었다. 왜, 도대체 왜? 라는 생각도 할 수 없었다. 내가 죽은 것은 아니지만, 나도 함께 죽었다는 느낌이었고… 내가 죽인 것은 아니지만, 나도 누군가를 죽인 듯한 기분이었다. 비명이 터져나온 것은 오히려 한참 뒤의 일이었다. 유유히 걸어나온 놈이 얼어붙은 내 손에서 주유기를 빼앗아 기름을 넣기 시작했다. 가득 기름이 차고… 기름이 줄줄 흘러넘치는데도 놈은 주유를 중단하지 않았다. 그제야 비명이 튀어나왔다. 놈은 아무런 신경도 쓰지 않았다. 한 손엔 권총을, 한 손엔 주유기를 든 채 그저 말없이 주유에만 열중할 뿐이었다. 가솔린이 질펀한 바닥에 주저앉아 나는 한동안 비명을 질러댔다. 병든 젖소의 울음 같았던 그 소리는 점차 젖소의 방귀 같은 것으로 변해만 갔다.

부츠 뒷굽이 잠길 정도로 기름을 흘려댄 후에야 놈은 미친지랄발광 같은 망할 놈의 주유를 중단했다. 그사이 나는 정신이 나간 인간처럼 요금계산소의 내부를 둘러보고 있었다. 맙소사, 스물셋? 스물다섯? 정도의 청년이었다. 또 다른 한 사람은 얼굴을 알아볼 수 없었다(피범벅이었다). 두툼한 몸집과 팔뚝의 털을 통해 다만 그보다는 나이가 많다는 걸 알 수 있었다. 오 주여... 나는 구역질을 하기 시작했다. 어떻게... 왜? 울분을 터뜨려봐야 소용없는 일이었다. 뭐 해? 하고 놈이 총을 까딱, 했다. 다시 덜덜, 턱을 떨며 나는 놈 앞으로 걸어갔다. 모자라지 않을까? 진지한 얼굴로 놈이 말했다. 추, 충분합니다. 두세 번 고개를 갸웃거린 놈이 휙, 주유마개를 던져주었다. 지옥의 문을 틀어막는 심정으로 나는 흐느끼며 마개를 돌리고 또 돌렸다. 기름값이 있는데... 돈으로 사면 되는데... 나도 모르게 그런 말들이 새어나왔다. 어이가 없다는 듯 놈은 또 한번 머리를 갸웃, 했다.

대체 뭔 소리야?
기름은 늘 이런 식으로 얻어온 건데.

아무런 생각도 할 수 없었다. 음악도 귀에 들어오지 않았다. 눈을 찔러대는 지린내와 가래 끓는 소리... 저물어가는 석양을 바라보며 나는 알래스카의 하늘을 저주했다. 오래전 놈을 집어삼키지 않은 대지를 증오했고, 스스로의 운명을 원망했다. 한 자루의 총에 모든 걸 잃어야 하는 인간의 나약함과 신의 무심함을 개탄했다. 지금 이곳은 어디일까, 그리고 대체 어디로 가는 걸까... 말없이 흐르는 강을 끼고 말없이 차는 달리고 있었다. 아버지의 목소리도 더이상 들리지 않았다. 눈앞엔 오로지 캄캄한 산이 보일 뿐이었다. 웅장하고 거대한 산이었다. 그리고 그 아래, 턱없이 작고 희미한 인간의 불빛을 볼 수 있었다. 가까이 다가가도 그리 크지 않은, 시골의 사설 드럭스토어였다. 여전히 옆에서 권총을 들이댄 채 악마가 속삭였다. 아 참, 너 말이야...

물이 필요하댔지?

심장이 멎는 기분이었다. 아닙니다, 필요없습니다. 나는 외쳤다. 필요하다 했잖아? 가래를 끓이며 놈이 말했다. 오, 제발... 정말 필요없습니다! 눈물을 등에 업은 콧물이 흘러내렸다. 난처한걸, 하고 놈이 말했다. 왜 자꾸... 사람을 인정머리 없는 놈으로 만들려 그래? 인정머리가 넘치고 싶어 미치겠다는 얼굴로 놈은 이미 탄창을 갈고 있었다. 철컥. 다시금 총구가 내 이마를 노려보았다. 널찍한 주차장의 한켠에 나는 차를 세울 수밖에 없었다. 나는 이미 지쳐 있었다. 아니, 미쳐 있었다 해도 과언이 아니었다. 제가 사오겠습니다. 1분이면 됩니다... 아니, 30초면... 머리를 조아리며 나는 흐느꼈다. 일을 또 어렵게 만든다, 중얼거리며 놈은 여벌의 탄창까지 주머니에 담고 있었다. 내려! 놈이 말했다. 시동을 끄는 그 순간, 영혼의 시동도 함께 꺼지는 기분이었다.

이번엔 나를 앞장세웠다. 들어가! 놈의 목소릴 듣긴 했지만, 유리문 앞에서 한 걸음도 발을 뗄 수 없었다. 진열대 근처를 서성이는 대여섯 명의 사람을 볼 수 있었다. 계산대엔 법 없이도 살아갈 얼굴의 아주머니가 앉아 있었고, 그녀와 얘길 나누는 두 사람의 노파를 볼 수 있었다. 안경을 고쳐쓰는 등이 굽은 영감... 수염이 덥수룩한 퉁퉁한 사내... 그리고 맙소사, 엄마의 손을 잡고 있는 어린아이가 있었다. 나는 도저히 그 평화로운 세계의 문을 열 수 없었다. 쿡, 놈의 총구가 등을 떠밀었다. 오, 제발... 이제 그만... 고개를 저으며 나는 오열했다. 그 순간 수염을 기른 사내와 눈이 마주쳤다. 한쪽 귀가 없는, 핏자국이 선명한 내 모습에 눈이 휘둥그레진 그를 볼 수 있었다. 놈의 발길질이 허리에 느껴진 것도, 그래서 엎어지듯 문을 열고 들어선 것도 모두가 한순간의 일이었다. 도망쳐요! 나는 울부짖었다.

아무도 도망갈 수 없었다. 그리고 누구에게도 저항할 힘이 없었다. 울리는 총성과 분수처럼 솟구치던 피... 아이의 손을 놓치며 허망하게 쓰러지던 젊은 여인... 무의식적으로 나는 아이를 감싸며 주저앉았다. 놈에게서 등을 돌린 채, 그리고 다시 오줌을 지리기 시작했다. 어금니를 깨물었다. 나도 총을 맞은 건 아닐까... 줄줄 신발을 적시는 오줌이 실은 피가 아닐까, 감았던 눈을 뜰 수조차 없었다. 뚜벅뚜벅 놈이 걸어다니는 소리... 무언가 부르르 떨리는 소리... 다시 총소리... 그리고 곧 주위는 쥐죽은 듯 고요해졌다. 악마의 총 앞에서 인간은 쥐 이상도 이하도 아니었고, 정말이지 커다란 쥐처럼 나는 두려움에 떨고 있었다. 툭툭, 놈이 총구로 뒤통수를 두드렸다. 품속에 가둔 아이의 숨소리를 느끼며 나는 안간힘을 다해 뒤를 돌아보았다. 자, 물! 하고 내미는 놈의 손에는 작은 생수통 하나가 들려 있었다. 아이는 그제야 울음을 터뜨렸다.

비켜, 하고 놈이 말했다. 오 주여, 내 입에선 통곡이 쏟아졌다. 아이를 감싸 안은 채 나는 놈에게 호소했다. 아무것도 모르는 아입니다. 제발... 이제 막 걸음마를 뗀 아이라구요! 담배를 꺼내 문 놈의 눈에는 어떤 동요도 자비심도 보이지 않았다. 놈의 부츠가 아작난 어깨 위를 해머처럼 내려찍었다. 찢어질 정도로 입이 벌어졌지만 목소리는 나오지 않았다. 나는 뒹굴었고, 하필이면 놈의 부츠에 얼굴을 문지르며 고통을 참아야 했다. 철컥, 탄창을 교체하는 소리가 위에서 들려왔다. 마치 까마득한 하늘 위에서 그 소리가 들려오는 기분이었다. 구원... 하고, 나는 기도를 하듯 중얼거렸다. 왼팔로 놈의 다리를 껴안은 채 울며, 흐느끼며 소리쳤다. 당신도 말했지 않습니까? 지진도... 무너진 건물도 아기만큼은 살려줬다고... 제발... 그러니 제발... 놈은 잠시 나를 내려다보았고, 구원? 하고 되물으며 고개를 갸웃했다. 신의... 아기 말입니다. 간절한 눈빛으로 나는 이 찢여죽여도 시원치 않을 '신의 아기'를 바라보았다. 엄마의 시체 옆에서 인간의 아기는 가게가 떠나갈 듯 울고 있었다.

다시 나를 앞세우고

웬일인지 놈은 가게를 그냥 나왔다. 땀과 피... 눈물과 콧물이 말라붙은 얼굴로 나는 생수를 들이켰다. 걸어갈수록 아이의 울음소리도 천천히 작아져갔다. 너 때문이야. 어둠속에서 놈이 말했다. 반문을 하기도 싫었고 반박을 할 이유도 없었다. 물을 그렇게 처먹으니 맨날 오줌을 싸지... 다 큰 놈이 말이야. 다 큰 놈을 앞에 두고 미친놈이 중얼거렸다. 마시고 또 마시고... 싸고 싸고, 또 싸대고.... 누군가가 내 왼손의 생수통과 놈의 피스톨을 바꿔치기해준다면, 나는 놈의 심장에 총알을 박고 시신에 오줌을 갈길 것이다. 벌린 입속에... 가래가 가득한 그 입속에 한가득... 아니, 그걸로는 부족하다. 놈의 눈알을 뽑아...

이상할 정도로 두려움이 가시는 기분이었다. 그리고 결국, 어차피 놈은 나를 죽일 거란 생각이 들었다. 에스키모와는 탱고를 추지 마세요~ 망할 놈의 노래를 또다시 들으며 나는 거의 삶을 포기한 상태였다. 주인을 잃은 차들을 지나... 지옥의 렌트카가 되어버린 어둠속의 차를 향해 나는 한 발 한 발 무거운 걸음을 옮기던 중이었다. 차라리 베네수엘라의 뱃사공과... 에서 갑자기 노래가 멈추었다. 불길한 기운이, 이젠 어느정도 예감이 가능해진 그 기운이 뒤통수를 간지럽히기 시작했다. 그래 쏴라, 나는 뒤를 돌아보지도 않았다. 떨리지도 않았고, 더는 목숨을 구걸할 기분도 들지 않았다. 그런데... 하고 놈은 혼잣말을 늘어놓았다. 에스키모가... 아니었잖아.

총성은 울리지 않고, 대신 가게를 향해 달려가는 놈의 발소릴 들을 수 있었다. 오, 주여! 변심한 놈이 무슨 짓을 하려는지... 어떤 마무릴 지으려는지를 한순간에 알 수 있었다. 온몸의 힘이 빠져나가는 기분이었다. 그래, 내가 뭘 할 수 있겠는가... 마음을 강하게 먹어라 보그먼! 어둠속에서 다시 아버지의 목소리를 들을 수 있었다. 그래, 하고 나는 눈이 번쩍 뜨이는 기분이었다. 적어도 나에 관한 한 놈은 실수를 한 셈이었다. 이를 악물고 나는 차를 향해 뛰기 시작했다. 문을 열고, 있는 힘을 다해 시동을 걸었다. 그대로 차를 몰아 달아났다면, 내 삶은 또 어떻게 달라져 있었을까. 뒷자리에 팽개쳐진 라이플을 발견한 것은 또 어떤 운명의 장난이었을까.

총성이 들렸다.

액셀을 밟지 않고 라이플을 집어든 이유는 아마도 그, 총성 때문이었을 것이다. 미안하다 아이야. 울음을 삼키면서 나는 라이플의 상태를 확인했다. 아직 여러 발의 탄알이 고스란히 남아 있었다. 놈이 걸어오고 있었다. 캄캄한 차 안에서 나는 라이플을 장전했다. 총신을 허벅지에 얹고 체중을 실은 오른팔로 눌러 고정시켰다. 혹 몰라 사이드 기어를 축으로 삼아 반동도 줄여줄 심산이었다. 등줄기에 땀이 흘렀다. 받은 만큼 돌려줘라! 아버지의 목소리가 들려왔다. 이자는 어쩌구요 아버지. 어둠속에서 나는 중얼거렸다. 문 앞에서 놈은 가래를 한번 끓였고 퉤, 걸죽한 덩어리를 뱉고 나서는 찰칵, 문을 열었다. 손들어

새끼야, 내가 말했다.

실내등이 켜진 탓에 놈의 얼굴을 자세히 볼 수 있었다. 새까만 눈동자를 두어 번 깜박이더니 놈은 말없이 두 손을 들어올렸다. 총은 언제 버릴래? 종종 직원들에게 쓰는 농담투로 나는 놈을 놀리듯 다그쳤다. 애처로운 미소를 지으며 놈이 밑으로 총을 떨구었다. 발은... 놀면서 월급 받으려고? 내 어깨를 밟았던 부츠 뒷굽이 툭, 떨어진 총을 뒤쪽으로 밀어 찼다. 이름은? 하고 내가 물었다. 멍하니 허공을 바라보던 놈이 루디... 라고 중얼거렸다. 나는 놈의 이름을 부르지 않았다. 그리고 나의 의지를... 굳은 의지를 손가락에 반영시켰다. 잘 가라 씹새끼야.

탕.

망가진 오른팔 때문인지 총알은 놈의 배를 관통했다. 주르륵 피가 흘러내리고 놈의 몸이 움찔했다. 쓰러지진 않았으나 놈은 자신의 배를 내려보며 적잖이 당황하는 눈치였다. 뭐, 잘된 일인지도 모른다 생각하며 나는 다시 놈의 심장을 겨누었다. 아파? 하고 나는 물었다. 놈은 천천히 나를 노려보았고 씩, 기분 나쁜 미소를 입가에 떠올렸다. 말해봐 새끼야, 하고 나는 외쳤다. 저 사람들을 왜 죽였어? 죄도 없는 아이를... 왜 죽인 거냐구?

약하니까...

늘 그래왔잖아?

놈은 도리어 어이가 없다는 표정을 지어 보였다. 씹새끼! 나는 부드럽게 방아쇠를 당겼고 이번엔 정확히 놈의 심장을 명중시켰다. 퍼덕, 한 발짝 물러서며 놈은 경련을 일으켰다. 시커먼 피가 솟구쳤다. 어, 어... 하며 놈은 한동안 비틀거렸고... 다시 중심을 잡았다. 미친 새끼, 하며 다시 한 발을 쏘았다. 한움큼, 살점이 떨어져버린 허벅지를 볼 수 있었다. 또 한 발은 빗나가고... 또 한 발은 다시 놈의 배를 뚫고 지나갔다. 쉭 쉭, 이상한 소리 같은 것이 놈의 입에서도 가래처럼 새어나왔다. 그래도 놈은 쓰러지지 않았다. 아니, 한번 몸을 휘청하더니 총을 집으러 걸어가기 시작했다. 미, 미친... 하고 나는 미친듯이 방아쇠를 당겼다. 두어 발은 빗나가고 두어 발은 적중했지만... 어딜 맞혔는지는 알 수 없었다. 잠깐 잠깐 경련을 일으켰을 뿐, 놈은 허릴 굽혀... 피〔血〕며... 창자 같은... 그런 걸 조금 쏟으며... 막... 흘려가면서... 총을 집어들었다. 찰칵, 새 탄창을 꺼내... 갈기도 했다. 그걸로 끝이었다. 더는 아무리 방아쇠를 당겨도 찰칵 이외의 소리는 들리지 않았다. 라이플을 쥔 손을 부들부들 떨며, 나는 알래스카를 뒤흔들 정도의 길고 긴 비명을 질렀다.

†

나는 살아 있다.

아니, 놈이 나를 죽이지 않았다는 표현이 옳겠지. 놈은 힘겹게 조수석에 올라탔고, 초라해진 라이플을 빼앗아 다시 뒷자리에 던져버렸다. 그리고 몇번, 더는 가래라 부르기도 뭣한 가래를 뱉은 게 전부였다. 눈을 뜨고 죽은 짐승처럼 나는 그 곁에 앉아 있었다. 앉은 채, 살아 있었다. 그리고 놈도... 살아 있었다. 실컷 가래인지 피고름인지를 뱉고 나서는 큭, 하고 코웃음을 치기도 했다. 왜 그래 갑자기? 하고 어둠속에서 놈이 물었다.

보안관 놀이를 다 하고 말이야...

그게 전부였다. 여전히 권총을 쥐고는 있었지만 겨누거나 하지도 않았다. 이제 가야지, 하고 놈이 말했다. 그 어떤 생각도 말도 없이 나는 시동을 걸었다. 끝없는 어둠... 어둠과 길... 놈에게서 벗어날 수 없음을 눈앞의 어둠을 통해 알 수 있었다. 이곳이 어딘지, 어디로 가는지도 알 수 없는 운전이 그렇게 계속되었다. 산길을 이미 한 시간쯤 접어든 차 속에서 놈이 말했다. 음악... 좀 틀지? 죽은 척하다 깨어난 짐승처럼 나는 라디오를 틀었다. 러브 미 텐더*가 흘러나왔다.

부드럽게 오래오래 사랑해주세요.
마음 깊숙이 날 간직해줘요.
내가 머물 곳 바로 그곳이기에
그래서 우린 헤어지지 않습니다.

내 모든 꿈이 이뤄졌어요.
내 사랑, 내가 사랑하는 당신
그래서 영원히 사랑합니다.

루디... 하고 나는 입을 열었다. 말라붙은 침 때문에 입술이 잘 떨어지지 않았다. 놈은 뭐라 대꾸도 하지 않았다. 피와 가래... 침과 오줌이 말라가는 냄새로 그야말로 차 안은 지옥의 하수구 같은 느낌이었다. 오래오래... 악마들이 싼 똥이 모이고 썩어, 액셀을 밟는 발목을 적시며 물처럼 흐르는 기분이었다. 뉴저지의 집도... 뉴욕의 사무실도 더는 생각나지 않았다. 아버지의 목소리도... 그래, 아버지는 이미 오래전에 돌아가셨다. 이봐, 루디... 하고 침으로 입술을 적시며 다시 물었다.

---

* 영화 「Love Me Tender」(1956)에서 엘비스 프레슬리가 부른 동명의 주제가.

넌... 뭐냐?

알잖아? 하고 놈이 말했다. 그외의 단어가 따르지 않는, 그게 전부인 대답이었다. 뭐가... 뭘 안다는 건데? 부스럭, 조끼를 뒤적이던 놈이 휴대폰을 꺼내 번호를 찾기 시작했다. 잠시 후 발신음이 울리는 전화기가 오른쪽 귀에 바짝 다가왔다. 뭐지? 그리고 이럴 수가! 전화를 받은 것은 제시카였다. 휴가중에 웬일이세요. 설마 돌아오신 건 아니겠죠? 몇마디 대화를 나누면서도 도무지 귀를 의심하지 않을 수 없었다. 제시, 자네가 어쩐 일인가? 회사로 전활 주셔 놓고 어쩐 일이라뇨? 정리할 게 있어 혼자 이 시간까지 남아 있는 거예요. 잠시 입술을 깨물었다가 나는 다시 물어보았다. 자네 루디란 남자를 아나? 알래스카를 추천한 것은 누가 뭐래도 제시카였다.

루디?

처음 들어보는 이름인데요. 아무렴, 하고 나는 속으로 중얼거렸다. 그러고 보니 제시카도 누구 못잖은 야망을 품은 여자였다. 지금 내가 루디와 함께 있네, 하고 나는 복선을 깔아보았다. 루디는 자넬 안다는데? 성까지 알려주시면 찾아나 볼게요. 그러니까 루디... 하고 나는 놈을 쳐다보았다. 워터스... 루디 워터스라고 놈이 히죽이며 말했다. 루디 워터스라네. 멀리서 찾지 말고 우리와 어떤 연관이 있는지를 좀 알아봐줘. 찾았어요, 하는 목소리가 돌아온 것은 채 10초도 지나지 않아서였다.

　　루디 워터스. 1991년 3월부터 12년간 근무했어요.
　　그럴 리가 있나, 내가 모르는 사람인데.
　　모르실 거예요. 용역으로 일하던 청소부였으니까.
　　생김새는 어떤가?
　　뭐랄까... 평범해요.
　　루디가 혹시 해고 같은 걸 당했나?
　　아뇨, 자기 발로...

　　전화기를 끈 것은 놈이었다. 도리어 골치가 아파오기 시작했다. 나는 청소부를 괴롭힌 적도 없고... 청소부와 마주칠 직위도 아니었다. 게다가 나는... 심장에 총을 맞아도 죽지 않는 청소부를 고용한 적이 없다. 그런 인간이 있다는 얘기조차 듣지 못했다. 내가 어떤 잘못을 했나? 단도직입적으로 나는 물어보았다. 눈앞의 길은 점점 어둡고, 좁고, 가팔라지고 있었다. 잘못을 했다기보다는, 놈이 어둠속에서 중얼거렸다.

　　월급을 줬지.

넌... 정말 뭐냐? 차를 멈추고 두 눈을 꼭 감은 채 나는 어금니를 깨물었다. 알면서... 같은 대답을 또 놈은 반복했다. 그리고 지그시, 총구로 관자놀이를 누르기 시작했다. 밟아... 갈 길이 멀다는 거 알잖아? 미친놈... 하고 나도 어둠 속에서 중얼거렸다. 살기 위해 다시 액셀을 밟은 것은 아니었다. 단지 머리가 터지는 것보다는 이쪽이 훨씬 수월했기 때문이다. 다시 어두운 산길을 나는 오르고 또 올라야 했다. 부드러운 길은 아니었지만

오래오래, 영원히 달려야만 할 것 같은 길이었다. 이제 라디오도 잡히지 않았다. 얼마를 더 달렸는지도, 얼마를 더 가야 하는지도 알 수 없었다. 어떤 생각의 실마리도 결국 헝클어지는 것이어서 내가 알고 납득할 수 있는 사실은 오직 한 가지뿐이었다. 나는 지금 루디와 함께 있다는 것... 그것이 전부였다. 아니, 실은 그것도 장담할 수 없는 일이었다. 잠시 한건물에 머물렀던 루디는 인간이었지만, 지금 내 곁에 앉은 루디는...

모르겠다, 갑자기 희박해진 공기를 느끼며 나는 물었다. 얼마나 더 가야 하지? 계속... 가야지. 삐져나온 창자를 만지작거리며 놈이 말했다. 오줌이 말라붙은 허벅지며... 불알이나 그런 쪽이 가려워 견딜 수 없었다. 악취는 이제 차 안의 모든 걸 집어삼켰고, 이대로 모든 것이 썩어 문드러질 것만 같았다. 어쩔 수 없잖아? 하고 놈이 말했다. 끝까지 갈 수밖에. 미친 새끼, 하고 나는 침을 뱉었다. 길의 오른쪽은 깎아지를 듯한 벼랑이었다. 겨울이 아닌 게 그나마 다행

인 셈이었다.

나는 종교를 가진 사람이야. 마음속으로 기도를 올리며 나는 말했다.

그래, 교회를 다닌다고 온동네에 떠벌렸었지.

이유가 뭔가? 정말이지 이유가 뭐냐고.

누군들... 뾰족한 이유가 있겠는가?

썹새끼!

나는 그저... 하고 놈은 말했다. 너희를 평등하게 미워할 뿐이야.

왜... 왜 내가! 나는 울부짖었다.

너도 평등하게 우릴 괴롭혀왔으니까, 놈이 말했다.

다시 눈물이 흐르기 시작했다.

길의 끝은 경사진 절벽이었다. 갑자기 환해진 하늘이 아니었다면 진입금지를 알리는 팻말을 볼 수도 없었을 것이다. 탁 트인 절벽의 끝에서 나는 차를 세웠다. 오로라였다. 푸르스름한... 초록의 거대한 섬광이 이곳이 얼마나 높고 가파른 곳인지를 깨닫게 해주었다. 달려, 하고 놈이 말했다. 눈앞의 장관을 뻔히 보고서도 액셀을 밟을 만큼의 바보는 아니었다. 더는... 못 가. 나는 힘없이 중얼거렸다. 달려! 총으로 어깨 내려찍으며 놈이 외쳤다. 이제 더는 고통도 느껴지지 않았다. 악마의 눈을 빤히 바라보며 죽여, 라고 나는 말했다. 달려, 놈이 한번 더 소리쳤다. 나는 말없이 고개를 가로저었다.

탕.

뜨겁고 단단한 것이 내 이마를 뚫고 지나갔다. 휘청, 목이 심하게 뒤로 꺾였으나... 나는 천천히 다시 고개를 들 수 있었다. 이마에 뚫린 작은 구멍을... 나는 말없이 만져보았다. 뒤통수엔 차마 손을 댈 자신이 없었다. 콸콸, 가까이서 나는 그 소리를 한쪽 귀만으로도 충분히 들을 수 있었으니까.

달려, 하고 놈이 다시 속삭였다.
쉽게 끝낼 '일'을... 왜 질질 끌고 지랄이었어? 내가 물었다.
끝이... 안 나니까, 하고 놈이 말했다.
또 우린

러닝메이트니까... 라고도 놈은 말했다. 머릿속이 어떻게 되었으므로 다른 복잡한 생각은 들지 않았다. 지금 내가 알 수 있는 것도 여전히 한 가지뿐이었다. 나는 루디와 함께라는 것

그리고 영원히
우리는 함께라는 것.

龍龍
龍龍

눈이 흩

   나렸다. 싸락눈이었다. 긴 담에 이어진 커다란 철문 너머로 작은 쇳소리가 찰칵, 했다. 사오십자〔尺〕 폭 문의 부피를 생각한다면 그저 사각, 언 땅 싸락눈 돋는 만큼의 소음이었다. 열린 것은 작은 쪽문이었다. 백발의 한 노인이 그 문을 나섰지만 기척도, 발소리도 들리지 않았다. 들릴락 말락, 운기가 소멸된 싸락눈이 그래서 더 쌀알 빻는 소리를 내고는 했다. 따라나선 교도관과 잠시 말을 주고받았지만 역시나 노인의 목소리는 들리지 않았다. 철컹, 하는 느낌으로 철문이 다시 자신의 전부를 걸어잠갔다. 남은 것은 노인과, 노인이 든 봇짐과, 듬성 싸락눈 뽀록 돋아 털 뽑힌 생닭의 거죽 같은 망망한 세계가 전부였다. 눈이 계속 흩나렸다. 삭망(朔望)의 하늘에 갈 지(之)를 그은 후, 노인의 시선이 멎은 곳은 전방이었다. 싸라기눈에도 반백이 된 세 사람의 사내가 눈사람과 같은 느낌으로 그곳에 서 있었다. 노인이 고개를 떨구었다. 대형, 세 사내의 입가에서 일제히 뜨거운 입김이 솟구쳤다. 대천권왕(大天拳王) 김일해 ─ 노인의 눈가에 나린 싸락눈 몇점이 하필 작은 물방울로 맺히는 듯하였다. 하필이면, 멀리 공항을 이륙한 비행기 하나가 고오, 소리를 내며 그들의 상공을 가로질렀다. 어찌… 하고 권왕이 중얼거렸다. 용이 하늘을 가르거늘 저리 소리가 연약하단 말인가. 안경에 서린 김을 닦으며, 세 사내 중 가장 젊은 중년의 서생이 입을 열었다. 가중등가감각소음기준(加重等價感覺騷音基準)법 때문이옵니다. 법 때문이라… 권왕의 주름진 이마 위로 다시 눈이 흩나렸다. 편편(片片), 세설(細雪)로 덮지 못할 십년의 세월이 그곳에서 선이 굵은 협곡으로 깊은 그림자를 드리웠다.

고생 많으셨습니다 대형. 나머지 두 사내 중 청룡검제(靑龍劍帝) 최일우가 입을 열었다. 팔척장신의 과묵한 거구였다. 빼앗듯, 혹은 당연하단 듯 검제가 봇짐을 받아 들었다. 내키지 않는 눈길이 잠시 미풍처럼 흰 눈썹을 흔들었지만, 봇짐을 넘기는 권왕의 손길은 순순하고 순순했다. 곁에 선 단신의 사내가 권왕을 향해 합장을 올렸다. 운무천마(雲霧天馬) 선우진. 지천명이거나, 혹은 환갑이거나 나이를 가늠키 어려운 얼굴이었다. 진갑이거나 희수거나, 가늠키 힘든 것은 검제도 마찬가지였다. 여여(如如)들… 하셨나? 넌지시 일행을 둘러보며 권왕이 물었다. 대답 대신, 검제의 검은 눈썹이 비 맞은 숲처럼 어둑하니 흔들렸다. 고오, 또 한 대의 비행기가 상공을 가로질렀다. 둘러, 나누고픈 대화를 가로막긴 했어도 가중등가감각소음기준을 위배치 않은 소음이었다. 조금씩 눈발이

끊어지고 있었다. 부지불식, 언제 운신을 했는지 천마는 벌써 몇발짝 뒤 세워진 승합차에 올라 있었다. 부릉 덜덜덜, 부릉... 덜덜덜 덜... 작고 낡은 六인승의 승합차가 건단열을 앓는 말처럼 몸을 떨었다. 차의 옆구리에 〈삼우농장〉이란 붉은 문구가 씌어 있었다. 오르시죠, 대형. 검제의 안내에 발길을 내떼던 권왕이 중년의 서생을 향해 물었다. 보아하니 무골은 아니신데 계씨(季氏)는 뉘신가? 몸을 조아리는 서생을 대신해 검제가 입을 열었다. 이장록이라고... 썩 유능한 율사(律士)이옵니다, 작금양년(昨今兩年) 저를 따르는 중입니다. 율사라... 고개를 끄덕인 권왕이 오른손을 내밀었다. 삼가 영광이옵니다. 정천대법(頂天大法) 이장록의 두 손이 심히 떨며 권왕의 우수를 받았다. 전설의 손이었다.

전해주고 싶어 슬픈 시간이 다 흩어진 후에야 들리지만
눈을 감고 느껴봐 움직이는 마음 너를 향한 내 눈빛을

라디오는 잡음이 심했다. 차는 잠시 국도를 탔고, 작은 톨게이트를 거쳐 한

적한 고속도로를 달리고 있었다. 누구 하나 입을 열지 않았으므로 권왕은 행선지를 알 수 없었다. 허나 묻지 않았다. 묻어둔 세월 속에 후배들의 무연(武緣)에도 어떤 변화가 있을지 알 수 없었다. 빙해천수(氷海千手) 조인덕의 모습이 보이지 않았다. 어쩌면 조인덕의 거처를 향할 수도, 혹은 어떤 반목이 있을지도 모른다고 그는 생각했다. 때로 듬성, 때로 촘촘 과부 머리를 긁빗기는 음양소 자욱처럼, 불규칙한 눈발이 희뿌연 차창에 빗살을 치고 있었다. 권왕은 지그시 눈을 감았다. 십년 사이 강산도 세상도 또 많이 변했을 터였다. 휩쓸려, 또 변했을 인심과 민심... 봉밀통을 향해 가는 개미떼처럼 인간이란 강물도 여전히 흐르고 있을 터였다. 그랬다, 정말이지 세간이 개미집만도 못하게 보이던 시절이 있었다. 많은 문파를 이끌고, 대의명분에 따라 사람을 살리고 죽이던 시절이었다. 그는 전설이었고... 신이었다. 대의와 명분이 살아 있던 시대였으니 이미 까마득한 과거의 일이다. 길고 긴 꿈이라도 꾸고 난 듯 그는 다시 눈을 떴다. 창 너머 이어지는 산과 산, 물... 그리고 물. 올해로 꼭 이백여든 해를 살았다. 일국의 흥망을 몇번이나 지켜봤고, 무림의 소멸을 뜬눈으로 목격했다. 전 무림이 찬양하던 금강불괴의 몸이, 그는 이제 지긋지긋하게 느껴졌다.

특별한 기적을 기다리지 마 눈앞에 선 우리의 거친 길은

알 수 없는 미래와 벽 바꾸지 않아 포기할 수 없어

다시 눈을 감았다. 마지막으로 무공을 겨뤄본 게 언제였던가. 아마 백년도

더 되었을 것이다. 중원을 평정하고 건너온 학익무선(鶴翼武仙) 사마천... 만주에서 가졌던 그와의 일전이 어슴푸레 떠올랐다. 그믐달이 막 떠오른 광활한 청보리밭이었다. 그의 광동어를 알아듣진 못했으나 두 고수의 합(合)에는 어떤 말도 필요치 않았다. 무선의 권은 바람을 거스르지 않았고 권왕의 권은 대지를 억누르지 아니했다. 학의 날갯짓에 백리 밖 북해까지 그믐달이 밀려갔고, 용의 승천에 전남 장흥의 동백 하나가 늙은 꽃잎을 떨구었다. 동이 틀 무렵 먼저 출수를 거둔 것은 무선이었다. 두 사람은 잠시 호흡을 다듬었고, 목례를 나누고선 서로가 온 곳을 향해 발길을 뒤돌렸다. 그것이 끝이었다. 무선이 이겼니 권왕의 승리니 소문은 무성했지만 정작 두 본좌는 누구도 입을 열지 않았다. 다만 세월이 하 흐른 후, 취중의 무선이 남긴 싯구 하나가 세간의 입을 통해 풍문으로 전해졌다. 밤새 그의 권은 한 포기의 보리도 해하지 않았거늘, 나의 권은 그만 두 포기의 보리를 꺾고 말았네.

조선이 멸하고 일제가 물러가고 자유당과 민주당이 들어서고 자유와 법치, 삼권의 분립... 그리고 전쟁은 무림의 맥을 결정적으로 끊어놓았다. 숱한 고수들이 폭격에 목숨을 잃었고 이념으로 나뉜 문파들, 밀고와 음해, 북으로 일본으로 뿔뿔이 흩어진 협객들, 산으로 숨어버린 은자들... 그리고 말해, 무엇하리오. 이어진 공화당과 유신... 산업과 경제개발... 유수처럼 흘러간 장강의 하구에서 어느새 권왕은 개인으로 전락한 스스로를 발견할 수 있었다. 불사의 육신은 시대가 바뀔 때마다 새로운 적(籍)을 만들어야 했고, 새로운 세계 속에서 그는 언제나 무학의 늙은이였다. 무신(武神) 대천권왕 김일해. 그는 이미 죽은 인물이었다. 청룡검제와 운무천마, 빙해천수... 불사의 신기를 얻은 그들 역시 마찬가지였다. 절대 무림의 사천왕, 중국 중원을 떨게 했던 동방 四룡(龍)의 운명은 그런 것이었다.

인걸은 간 데 없고 가난과 싸워온 반세기였다. 무학의 노인네가 할 수 있는 일은 농사와 칩거, 막노동이 전부였다. 무공을 겨룰 상대도 비급을 시전할 대상도 사라진 지 오래였다. 법이 정의를 대신하고 금전이 힘을 대신하는 세상이었다. 용을 믿는 세계도, 용이 필요한 세계도 아니었다. 세계는 이미 무목(無目) 무각(無覺)으로 무리지어 이동하는 작고 소소한 개미들의 것이었다. 천하 최고수의 자리를 놓고 일합을 벌이기도, 때로 대립의 각을 세우기도 했던 四룡의 무연도 그것으로 끝이었다. 서로의 처지를 알면 알수록 스스로가 비참한 세월이었다. 과거의 용은 화석이 되었고, 남은 것은 네 마리의 위타(委蛇)였다. 대의와 명분이 사라진 세계에는 연명(延命)만이 남아 있었다.

그해 여름의 일은 아주 사소한 사건에서 시작되었다. 경성 외곽, 그러니까 서울 변두리의 어느 신도시였다. 사건은 권왕이 거처하던 허름한 숙소 근처 주점에서 비롯되었다. IMF니 불경기니 해서 몇달이나 밀린 보호세가 원인이었다. 들이닥친 건달 몇이 기물을 부수고 난동을 부리는 중이었다. 우연히 앞을 지나던 권왕의 눈에 주점 주인의 눈물과 희롱을 당하는 그의 아낙이 들어왔다. 멈춰라. 그리고 곧 주변은 조용해졌다. 이튿날 어찌 숙소를 알아낸 패거리들의 습격이 있었는데 그저 어인 일인가? 물었을 뿐이었다. 그리고 곧 주변은 싸늘해졌다. 무신의 권이었다. 에프킬라를 맞은 모기가 스스로의 사인을 알 수 없듯 건달패들도 영문을 알 수 없었다. 어쨌거나, 저희 형님께서 좀 뵙자고 하십니다. 며칠 후에는 그런 초대가 있었다. 정중한 초대라기보다는, 흉계와 함정이 도사린 나름의 납치였다.

차를 타고 간 곳은 중심 유흥가의 한 나이트클럽이었다. 대낮이라 영업이 시작되기 전이었고 홀은 텅 비워져 있었다. 그리고 어두웠다. 피식. 권왕과 대면한 무리의 두목이 어이가 없다는 듯 후 한숨을 내쉬었다. 나 참... 후... 무슨... 후... 이바요, 영감님... 왕년에 스포츠 좀 하셨나... 바요? 봐요가 아닌 그 바요가 권왕에겐 불손하게 느껴졌다. 고을의 나쁜 놈들이 모두 모인 듯 어둑한 클럽 안은 사내들로 가득했다. 권왕은 아무 말도 하지 않았다. 다만 잠시 어둠이 출렁였고 두목은 지구의 어떤 스포츠맨보다 멀리, 더 높이, 더 빠르게 날아 무대 위에 떨어졌다. 잠꿔인지 담꿔인지 불분명한 신음소릴 누군가 내뱉었다. 홀 가득 함성과 꺼내든 회칼들이 밤바다에 떠오른 학꽁치떼처럼 은은하게 파닥거렸다.

형님 여기 애들 좀 보내주셔야겠습니다, 얼른요. 클럽 밖으로 두 대의 세단과 다섯 대의 승합차가 도착했다. 우루루. 건장한 사내들이 클럽 안으로 뛰어들었다. 형님 지금 전쟁이라니깐요, 싸게싸게요. 아홉 대의 승합차가 추가로 도착했다. 우루루 살기를 띤 사내들이 와르르 연장을 꺼내들고서 홀 안으로 뛰어들었다. 형님~ 형니~임! 으아아아... 악. 급기야 서울 번호판을 단 세 대의 전세버스가 클럽 앞에 도착했다. 뭐여, 머시여... 왜검과 전기충격기, 가스총과 엽총까지 꺼내든 사내들이 인산인해를 이루며 클럽 안으로 뛰어들었다. 얼마나 시간이 지났을까... 일대가 고요해지고 더는 누구도 형님을 부를 수 없었다. 하지만 많은 차들이 클럽으로 몰려왔다. 다섯 대의 경찰차, 세 대의 전경버스, 이윽고 다다른 열아홉 대의 앰뷸런스. 현장에 내려간 경찰의 입에서 주여... 소리가 나왔다. 계단과 복도, 무대와 홀은 말해 무엇하며... 서른 개의 룸과 대기실, 다섯 칸의 여자화장실 중 네번째 칸까지 쓰러진 떡대들이 널브러져 있었다. 꼿꼿이 서 있는 건 나머지 한 칸 속의 두 자루 밀대, 그리고 한 사람의 노인이 전부였다. 뒷짐을 진 자세로 노인은 아무 말도 하지 않았다. 여기 직원입니까? 주여... 를 외쳤던 경찰이 청소부로 보이는 노인을 향해 물었다. 대꾸를 한 건 아니지만 권왕은 그저 조금 홀가분한 기분이었다. 청소를 끝낸 인간처럼, 그랬다.

당연 저쪽도 조직이지요, 어따... 급습을 했다니까요. 나머진 다 튀었고... 저 노인네가 두목이랑께롱. 민중의 지팡이들께서 출동이 늦어부러... 어따 힘없는 사람 못살겠구마, 우리도 세금 꼬박꼬박 내는 민주시민들인디. 노인이 묵묵부답으로 일관했으므로 조사는 패거리들의 진술을 바탕으로 진행되었다. 사실입니까? 긍정도 부정도 않은 채, 노인은 그저 창밖의 허공을 응시할 뿐이었다. 아마도 몇마리 새가 흘러가고 때로 비가 내렸으며 졸리운 햇살이 결국 잠들어 또다시 밤을 부르는 나날이었다. 세 명이 죽고 열두 명이 불구가 되었다고는 하나, 권왕에겐 아무런 느낌이 없었다. 연장질과 헛손질에 죽고 다친 이가 나왔을 뿐, 그것은 결코 무신의 권이 아니었다. 밟으면 죽는 여치떼처럼 허약하고 미미한 상대들이었다. 악(惡)이라 하기에도, 응징을 논하기에도, 하물며 죽이기도 부끄러운 상대였다. 요는 밟으면 죽는 여치떼들을 밟아, 죽일 수도 없는 세상이었다. 대의가 사라진 세계엔 법이 있었고, 그 세계에 이미 그는 지쳐 있었다. 우리... 마, 버, 법으로 해결하입시더. 떨며 매달리던 목소리가 귓전을 맴돌았다. 그때 그 어둠속에서 권왕은 문득 외로웠다. 악한에게도 명분이 있던 시절이 있었다. 싸울 만한 나쁜 놈이 없다는 외로움, 더는 그림자를 만들 수 없는 빛의 외로움을 어느 누구도 헤아릴 수 없었다.

인정하십니까? 그는 고개를 끄덕였다. 협박과 사주를 받은 주점 주인 내외가 패거리들에게 유리한 증언을 첨부했다. 창 너머 어디선가 새들이 호드기 소리를 내었고, 해와 달이, 또 별들이 가댁질로 시간을 탕진하고는 했다. 인정하십니까? 그는 또다시 고개를 끄덕였다. 패거리들에겐 유능한 변호사들이 있었고, 그들은 검찰과 끈이 닿아 있었다. 법에 의해, 법적으로 모든 것이 해결되는 세상이었다. 고개를 끄덕임으로써 그는 순순히 이 세계를 인정해주었다. 한 그루 도래솔처럼 쓸 곳 없는 스스로의 권을 봉하며, 그는 끌끌한 마음으로 끄덕이고 끄덕였다. 세계는 흘러갈 터였다. 정의도 악도 윤슬 같고 는개 같아진.

사랑해 널 이 느낌 이대로 그려왔던 헤매임의 끝

이 세상 속에서 반복되는 슬픔 이젠 안녕

라디오 좀 끄지 그러냐. 검제가 무거이 입을 열었다. 볼륨에 손을 얹고도 천마는 네, 신청해주신 소녀시대의 〈다시 만난 세계〉였습니다. 윤아 제시카 넘넘 사랑하신다고요... 까지를 듣다가 볼륨을 돌렸다. 애들... 이쁘더라... 감방에서도 인기가 많아... 허공에 눈길을 붙박은 채 권왕이 나지막이 중얼거렸다. 늠픔 있는 세상은 아니라해도 도담다담 다시 만난 이 세계가 성장해가길 바라는 마음이었다. 검제도 묵묵히 창밖을 바라보았다. 멀리 희끗한 솔숲 너머로 눅눅한 해무리가 어슴푸레 번져 있었다. 주변 어드메 공장이 있는지 더 멀리 청산 하나가 자신의 상봉(上峯), 상상봉에 슈룹 같은 삿갓구름을 얹고 있었다. 그, 한 폭의 세계를 굽어보며 검제도 지그시 눈을 감았다. 덜, 덜. 낡은 차체의 진동이 도투락을 맨 그의 장발을 흔들고 또 흔들었다. 아무도 듣지 않는 신청곡처럼, 맥연히 그 리듬이 애잔하고 서글펐다. 영웅의 시대는 끝이 났다. 바야흐로, 소녀들의 시대였다.

四룡의 존위가 있다 해도, 검제가 우러르는 무신은 권왕뿐이었다. 장(掌)으로 자신의 강기가 실린 백팔근 배달검을 받아낸 인간은 권왕이 유일했다. 천하제일의 자리를 놓고 겨룬 백이십년 전의 일합이었다. 남해 금산 묏마루에서

94

시작된 일전은 몇개의 섬을 건너뛰며 배래로 이어졌다. 권왕의 격산타우(隔山打牛)를 견딘 검과 인간도 검제가 유일했다. 백팔근 무게의 검이 삼십장 허공에서도 남해의 파랑을 가르고 또 갈랐다. 때로 그것은 한 자루의 천둥이었고 때로 그것은 작렬하는 폭죽이었다. 어검비행(馭劍飛行), 이기어검(以氣馭劍)... 세 개의 섬이 사라지고 통영과 대마도에 해일이 일었으나 권왕은 단 한번도 부동의 자세를 흩뜨리지 아니했다. 검의 울음소리를, 검제는 들었다. 삼가 이 행성을 양단한다 해도 눈앞의 권왕을 어찌할 수 없다는 생각이 들었다. 잰 며 느리만 본다는 음력 초사흗달이, 그리고 곧 자취를 감출 즈음이었다. 돌연 발경을 거두며 권왕이 온화한 미소를 지었다. 그만 명검을 거두심이 어떠하오 대협. 그제서야 알 수 있었다. 검격이 미치는 이십리 안, 두 척의 어선이 들어와 덤벙 그물을 내리는 중이었다. 대형! 부끄러운 손방으로 이 무녀리가 아조 귀잠이 들었나보옵니다. 서너 평 바위섬에 무릎을 꿇고 검제가 예를 올렸다. 손방을 따지자면 내 어찌 입을 열겠소, 다만 오늘의 승부는 저 해심에, 혹은 해미에 묻었다 생각하심이 어떨까 싶소. 손사래를 치며 권왕이 말했다. 드레에 눌린 검제의 심중에, 하여 고독한 무도(武道)의 길섶에도 운김이 서리는 느낌이었다. 허, 허허, 허. 두 무신의 호탕한 웃음소리가 밤바다를 한결 출렁이게 만들었다.

  그리운 시절이었다. 권과 검... 천하는 권왕과 검제로 양분되었다는 정설이 중원을 거쳐 사라센까지 호령하던 무렵이었다. 한 자루 검에 자신의 전부

를 건 초인들이 산과 사막을, 물을 건너 도전장을 내밀었다. 서인도의 검성 이
브레임, 누란의 후예 신장위월도 검제의 칼 앞에 무릎을 꿇어야 했다. 무운(武
運)이 꺾인 것은 一九四五, 을유년 여름의 일이었다. 친일오적 중 셋의 수급을
베고 난 후 고가의 인선(忍仙) 타케마루 한조의 방문이 있었다. 본좌가 어찌
대제의 칼을 받으리오, 다만 일국의 체면이 걸린 일이라 절명을 무릅쓰고 동
해를 건넜소이다. 무릇 무림의 일은 무림에서 푸는 것이 도리, 여기 대동아(大
東亞) 공영의 국검 키바가미 주베이의 결투장을 전달하오. 거북의 갑골에는
짧은 한편의 하이쿠가 새겨져 있었다. 나 혼자라면, 죽은 자를 위한 염불도 들을 일이 없겠지.
한 호흡 한 획, 전설의 영검 후쓰노미타마의 검혼이었다. 답장을 바라는 갑골
의 하단을 향해 검제가 잔즛이 검지를 들어올렸다. 휘익. 검지가 갑골 위를 스
친 것과, 갑골이 다시 타케마루의 무릎 앞에 던져진 것은 거의 동시였다. 손톱
을 깎고 가겠노라 너희 국검에게 일러라. 검제의 일갈에 타케마루가 머릴 조
아렸다. 존명. 갑골의 하단에는 역시나 짧은 한 줄의 시가 새겨져 있었다. 나 혼
자라도, 손톱은 곱게 깎아야겠지.

　결가부좌를 틀고서 키바가미 주베이는 앉아 있었다. 일국의 국검다운 기개
가 신사의 너른 마당과 주변의 숲들을 장악하고 있었다. 히로시마 근교의 미
야지마, 이쓰쿠시마 신사에 검제가 닿은 것은 몇쌍의 종다리가 황망히 숲을
박차오른 고요한 오전이었다. 배를 실어나른 호수의 물도 나무도 숲도, 그래
서 모두가 가부좌를 틀고 앉은 느낌이었다. 긴 호흡으로, 타케마루 한조가 참

관인의 선서를 읽어내렸다. 백팔근 무게의 배달검이 순간 지잉, 하고 너볏한 징울음을 울었다. 그 소리에 인근의 솔수펑이가 잠시 흔들, 하고는 주춤했다. 동굴을 빠져나온 용처럼, 서서히 칼집을 빠져나온 후쓰노미타마가 주변의 대기에 눈부신 용린(龍鱗)을 뿌리고 또 뿌렸다. 천하제일검. 하늘 아래 두 자루의 칼이 설 수 없음을 우선 두 자루의 칼이 시나브로 느끼고 있었다. 타오름달의 무더운 오전이었다. 손안 가득 흥건한 땀을 느끼면서도 타케마루 한조는 장방 백리의 마루와 아라가 얼어, 붙은 듯 느껴졌다. 칼끝을 겨눈 채 두 검신은 꼼짝 않고 서로를 노려보았다. 어디선가 철없는 여치 한 마리가 맨망스런 울음을 울었다. 그 소리에 쩡, 장방 백리의 빙판에 커다란 금이 가버린 듯하였다.

BOOM!

순간 누구도, 그것이 무엇인지 알 수 없었다. 귀청을 에듯 큰 폭음이기도 했고, 귀청이 나간 듯 적막한 느낌이기도 했다. 우선 빛이, 마루의 해가 터진 듯한 빛이 누리를 에워싼 후 서서히 사라졌다. 열풍이 휘몰아쳤다. 부지불식, 거검을 방패 삼아 주저앉은 채 검제는 검으나 흰 잿(灰)더미가 되어 있었다. 얼마나 시간이 흘렀을까. 재를 털고 저린 오금을 펴자 모든 것이 사라졌음을 알 수 있었다. 풀썩, 하고 만년한철의 배달검이 종이처럼 바스라졌다. 폭발을 등지고 섰던 키바가미 주베이는 자신의 검과 함께 뼈째 녹아 있었다. 사라진 순간 십리 밖을 난다던 타케마루 한조도 한 토막의 검은 숯이 되어 있었다. 아아, 호신강기가 파괴된 검제의 몸이 힘없이 앞으로 고꾸라졌다. 살아도 산 것이 아니었다. 검이 지켜준 자신의 연명이 구차했고, 검을 잃고 난 자신의 여생이 끔찍했다. 재가 뒤섞인, 검으나 흰 뜨거운 눈물이 검제의 눈을 타고 흘러내렸다. 천하제일은 따로 있었다.

백두대간을 따라, 다시 태백과 소백을 유랑하며 간신히 검제는 원기를 회복했다. 허나 더는 예전의 검제가 아니었다. 세상 역시 예전의 세계가 아니었듯. 만년한철을 구할 수도, 더는 그런 칼을 벼릴 만한 인재도 없는 세상이었다. 실낱같던 무림의 명맥도 자취를 감춘 지 오래였다. 산으로 산으로, 검제는 숨어들었다. 움막과 동굴, 화전과 텃밭을 전전하다가도 우두망찰, 흘러오는 세상의 소식에 가슴이 하 답답하고 허망하였다. 무릇 검의 이치는 무엇인가, 무인이 나아갈 길은 어드메며, 정의와 대의란 무엇인가, 스스로에게 묻고 또 물었다. 물오름달 버드나무 가지 하나를 꺾어들고, 검제는 다시 원점으로 돌아갔다. 무림이 사라진 세상에선 새마을운동이 한창이었다.

다시 세간을 찾은 것은 삼십년, 정도의 세월이 흐른 후였다. 여즉 세상을 이끄는 것은 다만 주인을 바꾼 개들이었고, 다시 만난 세계는 뭐랄까 BOOM! 한 느낌이었다. 어쨌거나 새 주인은 밥을 많이 주나보구나. 십오년 만에 만난 천마와 차를 마시다 불현듯 검제가 중얼거렸다. 말도 마소, 단군 이래 이리 배부른 적이 없었소 대형. 발빠르게, 그나마 천마는 새로운 세계에 적응해 있었다. 제법 번듯한 도장 하나를 갖고 있었고, 따르는 제자가 언뜻 보기에도 기십은 되는 것 같았다. 일전엔 미국을 다녀왔습니다. 미국을! 그러믄요, 저기 사진 보이십니까? 예, 바로 저 사진... 옆에 선 저 사람이 바로 조지 부시 미대통령입니다. 조지, 부시? 그러믄요 조지, 부시. 취임식을 둘러보고... 또 LA를 갔는데 말입니다... 미국이란 나라가 어떤지 아십니까? 그래, 어떠하더냐? 놀라지 마십시오 대형... 거지도 비만으로 살 수 있는 나랍니다. 어허, 거렁뱅이가 어찌 비만이 될 수 있단 말이냐. 삼백근이 넘는 거지도 이 눈으로 똑똑히 봤습니다. 어허, 하고 권왕은 할 말을 잇지 못했다. 얼마나 좋아진 세상인지... 모릅니다, 모르시겠지만... 좋아진 세상 속에서, 허나 쓸쓸한 표정으로 천마는 말을 흐렸다. 그나저나 자네의 경공이 이제 신의 경지에 올라섰네그려, 그래 태평양을 건넜다니 이 어찌 왜자할 일이 아니겠는가. 검제의 물음에 은사죽음을 한 사람처럼 천마는 눈을 깜박였다. 미국은... 비행기를 타고 다녀왔습니다.

그래도 대견한 일일세, 지금도 축지와 경공을 배우는 이들이 저리 있다니. 축지라니요 대형, 하고 천마가 헛헛한 웃음을 흘렸다. 무릇 행자(行者)가 됨이 우선이요, 하여 행각(行脚)을 깨친 후에야 축지의 축이라도 논할 수 있겠거늘... 그저 이따금 명주바람도 못 되는 장풍이나 보여주며 관비나 받아먹고 있습지요. 연명이라니, 생각을 하면서도 검제는 천마를 책망하지 아니했다. 술(術)을 펼쳐 득세를 원한다면 세간의 주목을 한 몸에 받고도 남을 천마였다. 대형... 대의를 가져선 살 수 없는 세상이고, 대인은 어느 한 곳 설 자리가 없는 세상입니다. 대의가 없다니, 일국이 섰고 남아와 기개가 이리 들끓거늘 어찌 대의가 없을 수 있겠느냐? 아아... 한숨을 쉬며 천마가 말했다. 대의가 있다면... 서른두 평 아파트입지요, 혹 기개를 품은 남아라면 쉰 평 정도를 생각할 수도 있겠습니다. 그리고 대형, 지금은

돈이 최곱니다

그때였다. 수련생의 모친 하나가 면담을 원한다며 관장실에 들어섰다. 예, 관장님... 예예, 하면서 아낙이 살랑였다. 이제 특목고 준비도 해야 해서요. 아, 그렇습니까? 하고 천마가 너털웃음을 지었다. 대화의 의미는 알 수 없으나 대화의 성질을 검제는 느낄 수 있었다. 구름에서 내려온 말이 마구간 구유 속에 스스로를 숨겼구나, 천마의 책상 위에 한 줄 시를 남기고서 검제는 홀연히 도장에서 사라졌다. 권왕의 행방은 도무지 알 길이 없었다.

수많은 알 수 없는 길 속에 희미한 빛을 난 쫓아가

언제까지라도 함께하는 거야 다시 만난 나의 세계

속으로 곡조를 흥얼거리며 천마는 지그시 액셀을 밟았다. 운무천마 선우진. 중원의 무협들이 그가 二종보통 운전면허로 이런 후덜덜한 차를 몬다는 사실을 알았다면, 아마도 땅이 꺼져라 통한의 한숨을 쉬었을 것이다. 중원을 휩쓸고 고비를 다듬은 바람도, 개마대산을 넘으면 자취를 감춘다는 소문은 바로 동방사룡 중 천마, 선우진을 일컬어 생겨난 말이었다. 그는 바람의 신이었고 경공의 신장이었다. 그의 천마행공(天馬行空)과 능공허도(凌空虛道)는 전 무림의 추앙과 질시의 대상이었다. 권왕의 권도 검제의 검도 천마를 잡지는 못하나니... 무렵 외룡(外龍)으로 떠오르던 빙해천수의 싯구는 그 자체로 권왕과 검제에 대한 도전장이 되기도 했었다. 인선 타케마루 한조와의 경공 대결은 불씨가 꺼져가던 무림의 마지막 전설이었다.

장소는 금강산이었다. 귀공의 존함이 등평도수(登萍渡水)로 바다를 건너왔기에 내 오늘 친히 자웅을 겨뤄볼까 하오. 오만한 얼굴로 초상비(草上飛)를 취하고 선 인선의 말에 천마가 답했다. 거, 풀님들 무겁게 왜 그러시오. 마침 자정이요, 공산에 달도 밝으니 차라리 든든한 산정일랑 밟으며 놀아봅시다. 두루 족적 하나씩을 남겨봄이 어떠하오? 이곳 일만이천 봉 일만이천 산정에 말이외다. 물도 산도 낯설 터이니 본좌가 수를 접음이 도리일 터, 나는 가장 낮은 봉우리에서 오름새를 취할 테니 귀공께선 상상봉 비로봉에서 내림새를 취하소서. 말하자면 귀공의 첫발 찍는 소리가 오늘밤 놀이의 시작이오.

안다미를 놓은 풀들이 잠시 한번 몸을 푼 사이 만월이 걸린 비로봉 꼭대기에 인선이 올라섰다. 해밑 같은 밤하늘임에도 마치 웃비가 내리는 듯 산 전체가 긴장했다. 그리고 투둑, 비로봉 멧부리에 소나기 한 방울 떨어지는 소리가 들렸다. 인선이 사라진 것도, 천마가 자취를 감춘 것도 그 순간이었다. 금강의 구릉과 산맥을 따라 곳곳에서 산돌림 소리가 들리고 또 들렸다. 궁신탄영(弓身彈影) 허공답보(虛空踏步) 일위도강(一葦渡江) 어기충소(御氣衝溯). 내려서는 인선도 천마의 족적을 볼 수 있었고, 올라서는 천마도 인선의 족적을 만날 수 있었다. 둥근 달만이, 오로지 두 무신의 궤적에서 비교적 자유로울 수 있었다.

일만이천! 마지막 봉우리에 족적을 찍고서 인선은 귀를 기울였다. 산돌림 소리가 한번이라도 들린다면 자신의 승리가 분명한 순간이었다. 어떤 소리도 들리지 않았다. 아니, 천마의 기척조차 느낄 수 없었다. 어떻게 된 일인가, 안절부절 상공을 맴도는 텐진(天神)을 쳐다보았다. 벼락을 따돌리고, 천리 밖을 내다보는 천하의 영물, 수지니였다. 끼익 하고 울음을 운 텐진이 남쪽을 향해 날기 시작했다. 금강산 굽이굽이에 어슴푸레 새벽이 첫 족적을 찍고 있었다. 텐진이 사라진 방향으로 인선은 몸을 날렸다.

강과 벌판을, 그리고 바다를 건너야 했다. 숨을 고르며 내려선 곳은 제주 서귀포의 어느 바위 위였다. 쪼그려 앉은 채, 천마는 그곳에서 생선회를 뜨고 있었다. 오셨습니까? 하고 해맑은 얼굴로 천마가 미소를 지었다. 비봉폭포에서 먹을 감고 오느라 두 마리밖에 잡지 못했습니다. 이것이 다금바리라고... 뜨거운 눈물이 인선의 뺨을 타고 흘렀다. 곡주와 내미는 회 한 점을 거절하고 타케마루 한조는 발길을 뒤돌렸다. 옆구리 살을 몽땅 베인 생선처럼, 제주의 해풍이 시리고 서러웠다. 끼릭, 하고 텐진이 구슬픈 울음을 울었다.

　외곬인 권왕이나 검제와 달리, 천마는 변화에 순응하고 풍류를 아는 무신이었다. 세간의 여자를 얻어 손(孫)을 얻기도 했으며, 또 집을 떠나 정처없는 삶을 살기도 했다. 무림의 소멸과 현대사의 질곡을 거쳐오며, 그는 자신을 그저 그런 인물로 포장할 줄도 알았다. 장풍·축지 간판을 내걸고 조촐한 도장을 운영하기도 했으며, 어차피 배울 인간이 없다는 걸 알았으므로 그것을 사기라 여기지 아니하였다. 이런 사진 하나 걸어두면 여러모로 좋습니다, 공무원들 태도도 달라지구요. 어찌 알게 된 모리배가 귀띔을 해주면 거 나도 하나 만들어주게, 쉽게 말하는 인물이었다. 그런 그를, 그래도 따르는 관원들이 있었다. 간혹 보여준 새발의 피, 아니 벼룩의 똥만한 발경 시범, 겨우 콧바람만한 장풍 방사만으로도 입을 허 벌리는 제자들이 있었다. 그런 어느날이었다. 사부님, 하고 사범 황일규가 말문을 열었다. 왜 그러느냐. 솔직히 말씀드리겠습니다 사부님... 주변 다른 유파의 도장들에 떠도는 소문이 있습니다. 때문에 떨어져나간 관원들도 많구요... 사부님... 사람들이... 사부님을 사기꾼이라고 합니다. 그럴, 수도 있겠다고 천마는 생각했다. 그리고 사부님... 솔직히 저 사진은... 합성한 티가 너무 납니다... 아아.

그럼 어째야 쓰겠느냐? 대여섯 사범급 제자들의 바람은 마침 열풍이 불기 시작한 실전 종합격투기 대회에 출전, 장풍으로 세상을 놀라게 해달라는 것이었다. 그, 그런 대회가 있느냐? 실낱같은 무림 재현의 기대를 품고 천마는 제자들을 향해 물었다. 제대로 된 장풍을 견딜 만한 인재들이 있느냐 이 말이다. 사부님... 하고 황일규가 입을 열었다. 전국의 괴물들이 모두 출전합니다. 해외에서 오는 고수들도 있구요. 비록 외공이라 하더라도 그런 고수들이 모인다는 사실이 천마를 흥분케 했다. 종적을 감춘 권왕이나, 혹 산골로 들어간 빙해천수를 만날 수 있다는 생각도 들었다. 천마는 참가를 결심했다. 이게 아니란 생각이 든 것은 종잇장 같은 글러브를 끼고서 링 위에 올라간 직후였다. 장풍을 방사하거나, 행여 무공을 썼다가는 죽거나 불구가 될 만큼 허약한 상대였다. 아아, 절로 신음이 터져나왔다. 인간이 개미를 다치지 않게 때릴 수 없듯, 영종도를 이륙한 비행기가 인천 간석동 34번지에 내릴 수 없듯 발경의 조절에도 한계가 있는 법이었다. 달려든 상대를 끌어안은 채, 천마가 해야 할 일은 한사코 얼른 탭을 치는 것이었다. 시합 종료가 선언되었다. 그 순간 탭의 장력에 의해 링이 무너졌지만, 누구도 그것이 내공에 의한 것임을 알아채지 못했다.

　그럼 어째야 쓰겠느냐? 탄식을 해도 아조 제자들은 벌레를 씹은 얼굴들이었다. 무렵 부산 지부를 연 제자의 부친상 소식이 전해져왔다. 기차나 차편으로 문상을 다녀오려는 제자들을, 천마는 굳이 김포공항으로 끌고 갔다. 합이 일곱, 편도 부산행 비행기의 티켓을 끊어주자 황일규가 물었다. 사부님께 선 안 가십니까? 먼저들 가거라, 뒤따라 갈 터이니. 의미심장한 사부의 표정에 서 황일규는 범상치 않은 기운을 읽을 수 있었다. 혹시... 하는 예감이 벼락처 럼 뇌리를 스치고 지나갔다. 영안실에 들어선 순간 이미 도착한 사부의 뒷모 습과, 삼십분 전에 오셨다네 증언하는 사형의 얼굴이 어떤 기시감으로 눈앞에 떠올랐다. 그날의 마지막 비행기였고 김해공항 인근의 병원이었다. 전설의 축 지가 아니고선 불가능한 일이었다.

비행기의 이륙을 지켜본 후 천마는 부산을 향해 축지를 시작했다. 얼마만 의 축지인가... 어둑 땅거미가 깔려가는 경기 일대의 벌판을, 땅거미보다 먼저 접수하며 그는 번져가기 시작했다. 한 점의 바람이었고, 바람을 탄 한 점의 구 름이었다. 답설무흔(踏雪無痕). 누구도 지나치는 그의 잔영을 볼 수 없었고, 천 상제(天上梯)와 능파미보(凌波迷步)로 전신주와 오가는 차들을 넘고 또 피하 였다. 사고가 일어난 것은 일위도강(一葦渡江)을 앞두고 대전 근처의 고속도 로를 사선으로 넘을 때였다. 그만 천마의 눈이 놓친 차가 있었으니 방학을 맞 아 모처럼 고국을 찾은 약관의 유학파 이창희의 엔초 페라리였다. 방금 뭐 부 딪히지 않았어? 조수석의, 역시나 모처럼 고국을 찾은 유학소녀 방지선이 소 리쳤다. 쭙쭙 스타벅스 화이트초콜릿 모카를 두 모금 빨며 이창희가 중얼거렸 다. 몰라... 새겠지 뭐.

병실을 찾아온 것은 황일규뿐이었다. 전신에 깁스를 한 채 누워 천마는 말 없이 눈물만 흘릴 뿐이었다. 도장은... 도장은 어떻게 되었느냐? 고개를 숙인 제자는 대답을 하지 않았다. 그래... 너도 가거라. 입술을 약간 꿈틀였을 뿐, 제 자는 역시 말이 없었다. 허리의 감각이 느껴지지 않았다. 진통제를 맞았음에 도 왼손, 왼어깨의 통증이 격렬하고 섬칫했다. 그래... 의사는 뭐라더냐? 회복 력... 하나는 좋다고 했습니다. 간단히 목례를 하고, 홍삼드링크 한 박스를 올 려놓은 후 황일규는 물러갔다. 회복력 하나는 좋은 스승을 남겨두고, 천마의 마지막 제자는 그렇게 사라졌다.

거처와 도장을 처분해 병원비를 지불하고, 천마는 수소문 끝에 빙해천수 조 인덕을 찾아갔다. 소백의 끝자락에 위치한 심심산천이었다. 두서넛 도제를 거 느리고, 천수는 그곳에서 미꾸라지 양식을 하고 있었다. 오면 오고 가면 가고, 도제의 수는 언제나 들쑥날쑥이었다. 어찌 자네가 이리 되었단 말인가! 목발 을 짚고 선 천마를 보고 가슴을 치며 천수는 한숨을 내쉬었다. 경공이란 게... 끝없이 자신을 덜어내는 길 아니겠습니까. 허허롭게 허공을 바라보는 천마를 향해 천수가 담배를 내밀었다. 꽁초를 버리듯 목발을 던지기까지, 그리고 춘 하추동, 소설과 대설이 지나야 했다.

톨게이트를 빠져나온 차는 다시 이삼십분 국도를 내달렸다. 듬성했던 눈발 이 소백의 끝자락에 들면서 거세지기 시작했다. 잠시 선잠에 들었던 이장록은

106

차분히 자세를 고쳐앉아 안경알을 닦기 시작했다. 눈은 금세 길을 덮고, 사방 앙상한 숲에 은빛 새순을 틔우더니 우매한 짐승을 잠재우듯 덜덜덜, 이어져온 엔진의 소음을 나지막이 가라앉혔다. 자드락길 초입부터는 닦은 안경을 쓰고도 밖이 보이지 않을 만큼의 대설이었다. 고요히, 검제와 권왕은 귀잠에 빠져 있었다. 길이나 있을까 몰라, 그런 눈 속으로 혹은 산 속으로 네 사람을 태운 차는 말없이 스며들고 있었다.

이장록이 구속된 것은 이십삼년 전의 일이었다. 젊은이들이 군부독재와 맞서 싸우고, 도모하고, 끝없이 세계의 혁명을 논하던 시절이었다. 간첩죄, 국가보안법 위반, 국가반역 및 내란음모... 징역 이십년을 언도받고도 살아남았음이 죄스런 날들이었다. 솔아, 푸르른 솔아... 쓰러져간 청춘들과 쓰러지지 않던 적들... 함박, 눈으로도 다 덮지 못할 기억 속의 감옥을 떠올리며 그는 허공을 응시했다. 과연 눈부셨으나

맑지 않은 하늘이었다. 특사로 감옥을 나선 것은 구년 전의 일이었다. 시호시호(時乎時乎), 민주정부가 들어서고 시재시재(時哉時哉), 민주화와 통일에 대한 기대가 한껏 드높은 세상이었다. 옥바라지에 바랜 아내의 손을 잡을 수 있어 좋았고, 훌쩍 소녀가 된 딸을 안을 수 있어 더 좋았다. 바로 오늘 같은 하늘이었다. 과연 아름다웠으나, 맑지 않은 하늘이었다. 동지들과, 따르던 후배들 사이에서 그는 전설이 되어 있었다.

눈이 참 많이 옵니다. 적막을 이기지 못하고 이장록이 입을 열었다. 여기선 라디오도 안 잡힐 거구먼. 천마가 중얼거렸다. 그나저나... 어찌 속인이 저 양반과 연을 맺었소? 외곬도 저만한 외곬이 없는데... 천마의 물음에 아, 하고 이장록이 고개를 끄덕였다. 법조계 물을 먹는 친구가 있습니다. 그 친구 귀띔으로 어쩌다... 그것은 정말 특이한 사건이었다. 무단 벌목으로 피소된 한 노인의 이야기였다. 현장사진을 보니 부채꼴로 삼 헥타르 면적의 나무가 싹 잘려 있는 거야, 야구장 하나 세우면 딱이겠더라구. 그런데 범인이 노인네야, 주변에 움막을 짓고 사는데... 노인은 그것을 위법이라 생각지 못했고, 변명도 변호도 하지 않았다. 보기에도 세속을 떠난 인물임이 확연하긴 했으나 더욱이 특이한 것은 벌목의 이유였다. 새 칼을 시험해보느라 그랬소. 그리고 노인은 굳게 입을 다물었다.

이상한 어떤 힘에 끌려, 이장록은 현장을 찾았다. 허리 높이 나무의 절단면은 절삭된 다이아의 일면처럼 매끄럽고 빛이 났다. 삼 헥타르에 달하는 나무 전체가 그랬고, 자라도 대고 자른 듯 그 높이가 일정했다. 문제의 노인을 만나지 않을 수 없었다. 한칼에 베어진 것이니 그렇지... 허황된 말을 노인의 입은 뱉었으나 노인의 눈은 진실을 말하고 있었다. 이장록은 누구보다 진실에 민감한 인물이었다. 죽어간 이들의 진실을 보았고, 살아 진실을 논하는 자들의 거짓을 참아야 했었다. 변질과 변절, 변이와 변태... 적도 동지도 사라진 세상 속에서 그는 홀로이 외롭고 외로웠다. 싸워야 하지만 싸울 수 없는 세계... 다시 만난 세계는 그런 것이었다.

혹시 컴퓨터도 써보셨습니까? 물론, 四龍 중 아마 내가 유일할 거외다. 천마가 너털웃음을 지었다. 감옥을 나와 처음 컴퓨터를 배울 때 말입니다, 어느날 이런 메시지가 뜨는 것이었습니다. 예외정보: 개체 참조가 개체의 인스턴스로 설정되지 않았습니다. 그걸 처음 봤을 때의 기분... 그러니까 작금의 세계를 살아가는 제 기분이 딱 그런 것입니다. 두서없는 대화를 나누는 사이 삼우농장 10km라 쓰인 작은 입간판을 볼 수 있었다. 다 왔구려. 부릉, 하고 천마가 힘을 줘 액셀을 밟았다. 그러니까 저는... 하고 잇대려던 말을 이장록은 껌처럼 입 안에 가두어 곱씹었다. 어떤 얘기도, 여전히 개체 참조가 개체의 인스턴스로 설정되지 않은 느낌이 들어서였다.

오로지 눈뿐인 세상이었다. 정치꾼이 된 동지도, 귀족노조가 된 후배도, 재벌의 뒤를 닦는 변호사 선배도, 고문후유증으로 여즉 노모가 대소변을 받아야 하는 친구도, 실은 독재가 그리웠던 이웃도, 잘살면 그만인 민족도, 여전히 건재한 친일 후손도, 그보다 더 건재한 발포 책임자도, 어쩌지 않고 어쩔 생각도 없는 대다수도, 실은 있지도 않았던 이념도, 있어도 소용없는 법도, 아빠도 2번 찍지그래? 하던 딸도, 있지도 않았던 민주와 민중도, 그래서 모두가 이미 테이션처럼 느껴지는 골짜기였다. 하나만 여쭤봐도 되겠습니까? 천마가 고개를 끄덕였다. 무림은... 무림은 실제로... 존재했던 겁니까? 쏟아지는 폭설을 바라보며 천마는 그저 희미한 미소를 지을 뿐이었다.

어둑해진 산중턱에 올라서자 멀리서도 희미한 불빛을 볼 수 있었다. 찾아가, 처음 검제를 만났던 움막이 떠올랐다. 정치판을 뿌리치고, 정치판이 아니어도 밥그릇 싸움과 파벌 싸움, 결국 부패하는 세계에 시달리다 참선에 빠져있던 무렵이었다. 나는 이제 이 세계에서 사라져야 할 것 같소. 검제의 얘기를 듣는 순간, 십년 전 감옥의 창살로 만들어진 소리굽쇠 하나가 징, 심중에서 커다란 공명음을 울리는 느낌이었다. 이 시대에 무슨 의미가 있겠냐마는, 정천대법이란 아호를 지어주며 검제는 쓸쓸히 수염을 쓸었었다.

일행이 차에서 내리자 들떼밀 같은 표정의 도제 하나가 마당의 눈을 쓸고 있었다. 그저 끄덕 치레하듯 말듯 한 인사를 건넨 도제를 지나치자 대형! 하는 우레와 같은 목소리가 터져나왔다. 북방 외룡, 절대 무림의 신비고수 빙해천수 조인덕이었다. 누추한 방이었지만 따스한 아랫목에 권왕을 모시고 나머지 세 무신이 원형으로 둘러앉았다. 있을 수 없는 일이었고 있어선 안될 일이었다. 어슴푸레 내 짐작은 했네만... 허허로운 표정으로 권왕이 쓴웃음을 지었다. 무제록(武帝錄)에 쓰인 그대로입니다. 버릇처럼 수염을 쓸며 검제가 얘기했다. 그래도... 저녁은 드셔야 하지 않겠습니까? 천수가 입을 열자 천마가 고개를 끄덕였다. 그리고 네 마리 용은 아무런 말이 없었다.

쏟아질 줄 알았던 전설과 신화 대신, 도제 두엇이 조촐한 저녁상을 들고 들어왔다. 추어탕이었다. 그럭저럭 탕을 끓여본 솜씨였으나 상을 놓는 동작에도, 수저를 추리는 자세에도 어디 하나 존경의 염이 배어 있지 않았다. 어찌 도제들이... 하고 이장록이 운을 떼자 월급을 안 줘서 저런다오, 천마가 말을 가로막았다. 거야 뭐 얼마 된다고... 사부란 자가 일만 부리고 가르쳐주는 게 없어 저러는 게지요. 텁텁히 밥술을 뜨며 천수가 중얼거렸다.

빙공(氷攻)! 권왕에 패한 자는 목숨을 부지해도, 천수에 패한 자는 절명을 못 면하니... 백이십년 전, 빙해천수란 이름 앞에 전 무림이 공포에 떤 이유는 바로 그만의 극악빙공 때문이었다. 일지풍(一指風)으로 달리는 말을 꽁꽁 얼리고, 빙백장(氷白掌)으론 잎새달 꽃 핀 산을 빙산으로 만든다는 천수였다. 그와의 대결은 곧 죽음을 의미했으므로 오히려 고독했던 북방의 외룡이었다. 내권을 섞어보지 않았으나 내공의 극강함은 천수가 위지 않겠소? 구한말 권왕의 발언이 퍼지며 번외룡이 무림의 중심에 우뚝 섰으니, 四룡의 신위가 갖춰진 것은 바로 그때부터였다. 그런 연유로 권왕은 천수에게 넘어야 할 산이자, 자신을 수립해준 산맥의 본산이었다. 하늘은 권왕과 검제로 양분되고, 땅은 권왕과 천수로 나뉜다는 말이 그래서 생겨났다. 내외공, 경공과 술법에 고루 능한 천수에게도 하지만 한 가지 약점이 있었다. 추운 북방을 벗어나면 위력이 약해지는 빙공 자체의 특성이 그것이었다. 권왕과 천수가 맞붙지 않은 것도, 하여 무림의 지도가 남북으로 양단된 것도 바로 그러한 연유에서였다.

기천아! 하고 수저를 내려놓은 천수가 소릴 질렀다. 부르셨습니까? 뜨악하니 도제 하나가 방문을 연 것은 제법 한참이나 시간이 지나서였다. 들때밀 같은 표정으로 마당의 눈을 쓸던 바로 그 도제였다. 아까 내 전음(傳音)을 들었느냐 못 들었느냐? 어떤 전음 말이옵니까? 깻잎 말고 방앗잎을, 후추 말고 산초를 치라 일렀지 않았느냐. 머리를 긁적인 도제가 불콰해진 얼굴로 목소릴 울먹였다. 사부님... 그리 긴 전음을 도대체 언제쯤 들을 수 있다는 겁니까? 오년 수련에 오라 가라 간단한 전음도 들을까 말까인데... 그리고 그런 말은요... 휴대폰으로 하시면 되는 겁니다, 예? 어허, 고얀지고. 어느 안전이라고 네놈이... 내 오늘 세 분 무신께서 모이신다 그리도 일렀거늘! 울먹이던 도제가 결국 펑펑 울음을 터뜨렸다. 四龍께서 모이면 뭘요... 뭘... 정부라도 엎을 겁니까? 네 분이 힘 합치면 뭐... 삼성한테 이길 수 있습니까?

눈 내린 마당으로 뛰쳐나간 도제가 흐느끼며 숲속으로 사라졌다. 수저를 집지 못한 채 천수는 말이 없었고, 나머지 무신들도 아무런 말이 없었다. 천수의 미간이 세인처럼 잔뜩 일그러졌다. 동란을 피해 내려온 부산에서 겨우 반 평 얼음집을 열었을 때도, 지구온난화로 십갑자의 내공을 고스란히 잃고서도 이토록 처참한 기분은 아니었다. 두평 반 천장의 격자무늬를 올려보며 천마가 말없이 담배를 꺼내 물었다. 물지 않아도 담배를 문 것처럼, 이장록은 또다시 개체 참조가 개체의 인스턴스로 설정되지 않은 기분이었다. 어느새 탕은 싸늘하게 식어 있었다. 겨우 전음이 통했는지, 숨죽인 도제 두엇이 길고양이 걸음으로 밥상을 빼내갔다. 깻잎과 후추가 흩뿌려진 적막의 수면을 그 누구도 휘젓지 아니하였다. 밤이 깊고, 또 자정이라면 혹 모를까.

여기 예언이 있습니다. 검제가 품에서 고서 한 권을 꺼내든 것은 자정이 가까운 깊은 밤이었다. 이 비서(秘書)를 어디서 구했단 말이냐? 권왕의 눈이 호랑이처럼 꿈틀, 했다. 무제록... 사백년 전 인제 출신의 기인 밀공선사가 집필한 무림의 과거와 미래, 시작과 끝이 모두 적혀 있다는 전설의 책이었다. 무제록을 읽은 자 자신의 권을 폐기하고, 검사는 칼을 녹여 괭이와 호미를 만드나니... 일찍이 권왕의 스승이던 삼라만권(森羅萬拳) 강기철은 그런 연유로 무제록의 탐독을 전 무림에 금했었다. 삼백년 전 폐기된 절대 금서가 지금 이 순간 권왕의 눈앞에 버젓이 펼쳐져 있었다. 측자파자(測字破字)와 하도낙서(河圖洛書)를 푸느라 꽤나 애를 먹어야 했습지요. 조목조목 검제가 책의 목록에서부터 해설을 이어가기 시작했다. 이리하여 신유년, 삼라만권의 억울한 죽음과... 또 그 복수를 그의 제자 대천권왕이 한다... 이렇게 다 나와 있습니다. 빙해천수의 본이 중강진이란 것도 나와 있을뿐더러... 이리하여 결국 이 나라는 외세를 이기지 못하구요, 또... 동란과 무림의 소멸에 관해서... 불탄 대지 위에 오직 네 그루 철갑송이 남았으나 세간이 이를 풀포기만큼도 여기지 않을지니...

하여 이 나라는... 결국 일국이 있어도 백성이 사라지니... 영리한 자는 눈치를 보고 영악한 자만이 살아남으리라. 이는 국운을 쫓고 시장(市場)을 세운 자들의 책임이나 그 기세와 외세를 이길 자가 없겠구나... 백성은 날로 어리석어지나, 이는 약해짐이 아니라 독하고 악해짐을 뜻하나니... 무릇 충효의 필요를 논할 일이 없겠구나, 밥과 지전을 던져주면... 하여 끊어진 허리를 다시 잇고... 이게 아마도 통일을 말하는 듯합니다만, 아무튼... 이는 이익과 이윤에 의한 것이니 남은 무림의 후예들은 현혹되지... 대체, 그럼 이 나라는 어떻게 되는 겐가? 검제의 말을 끊고서 불같은 얼굴로 권왕이 일갈했다.

그냥 계속 이렇게 살 거랍니다.

새지 않는, 호롱불 같은 목소리로 검제가 말을 이었다. 그리고 이 부분인데 말입니다. 바로 이 부분이 동방 무림의 끝입니다. 죽지 못한 불사신기의 四룡은 결국 한자리에 모이니 그 형국이 궁궁을을(弓弓乙乙)이더라, 태극의 진법으로 일기(一氣)가 되어 죽은 땅을 피해 비로소 새 하늘로 날아오른다고... 자, 어떻게들 보십니까? 말하자면... 넷이 모여 죽는다는 겁니까? 천마가 물었다. 소인의 식견으론 비로소 소멸이 가능하다는 얘길 수도, 혹은 새로운 차원이 열리거나 그곳으로 이동한다는 해석도 가능한 게 아닌가 싶습니다. 이장록의 얘기에 가부좌를 틀고 있던 천수가 다리를 풀며 말했다. 나는 동의하오.

고요한 새벽이었다. 그런 새벽이 올 때까지, 태극진을 친 자세로 무신들은 오래 의견을 나누었다. 남은 것은 결행이었다. 자넨 어쩔 생각인가? 이장록을 향해 검제가 물었다. 함께 갈 텐가, 아니면 남을 텐가? 저도... 말입니까? 이장록이 되물었다. 노려보고, 굽어살피는 사천왕의 표정으로 네 사람의 무신이 일제히 고개를 끄덕였다. 잠깐... 생각할 시간을 주십시오. 그늘진, 도제의 발자국이 얼어 있는 마당으로 이장록은 발길을 내려놓았다.

뜨고 싶은 세상이기도 했고, 할 일이 더 많아진 세상인 듯도 했다. 부패를 못 막으면 발효라도 시켜야 할 거 아닌가. 움막에서 들었던 검제의 일언도 다시금 머릿속에 오롯이 떠올랐다. 하릴없는 마음으로 이장록은 전화기를 꺼내 들었다. 잠결의 딸이 쉰 목소리로 전화를 받았다. 그 목소리에, 문득 사별한 아내가 그리운 마음이었다.

민주니?

오... 뭐야 아빠, 이 시간에.

미안하구나... 급히 좀 할 말이 있어서 말이다.

글세 뭐냐니깐?

민주야... 만일 말이다... 아빠가 사라지면 너 어떻게 살래?

나 원, 별 걱정을 다 하네... 언제 아빠가 경제 책임진 적 있어?

그래, 할 말이 없구나...

그래도 민주야... 경제가 전부는 아니잖니.

몰라, 어려운 얘기 하지도 마. 난 돈이 전부야. 또 이상한 사람들하고 같이 있지?

그게 무슨 말이냐.

아, 몰라 끊어. 그리고 아빠... 제발 개량한복 좀 입지 마! 나 쪽팔려 죽겠어.

고갤 들어, 눈 그친 밤하늘을 올려다보았다. 저 둥근 것은, 그러니 달이었다. 방으로 돌아가면 할 말이 아주 많을 듯도, 할 말이 아주 없을 듯도 하였다. 고요한 묏채를 말없이 바라보다 이장록은 발길을 뒤돌렸다. 행여 전화가 오지 않을까, 뒤춤의 손은 전화기를 꼭 쥔 채였다. 잘살겠다고, 잘살고야 말겠다고... 산을 오른 누군가가 등성이 너머에서 야호 소리를 지르고 또 질렀다. 언뜻 그 소리가

닭울음 같았다.

비치보이스

다큐멘터리하곤 완전 다르네, 재이(材吏)가 중얼거렸다. 그러게, 에릭도 고개를 끄덕였다. 서핑 같은 건 꿈도 꾸지 말아야겠다고 나는 생각했다. 김(金)은 아무 말도 하지 않았다.

그것이 바다를 본 우리의 소감이다. 터벅터벅, 누가 먼저랄 것도 없이 우리는 차로 돌아왔다. 짧은 거리지만 자갈로 덮인 지표였고, 다들 찡그린 표정이어서 어딘가 모르게 피곤한 느낌이었다. 재이와 나는 담배를 물었다. 에릭의 차는 발아래, 저 짧은 우리의 그림자들이 타기에도 비좁은 느낌의 소형차다. 찐다 쩌, 생수통의 마개를 따며 에릭이 중얼거렸다. 시동이 걸린 차가 냉각될 때까지, 우리는 그렇게 자외선에 노출되어 있었다.

힘들다.

이렇게 인간이 많을 거라곤 상상조차 하지 않았다. 피서철이잖아. 金이 그런 얘기를 할 때까지 나는 계속 불만을 늘어놓았다. 그러고 보니 피서철이었다. 나만 몰랐나? 했는데 참 그렇지, 라며 재이가 중얼거렸다. 그러게, 물을 벌컥인 에릭이 나중에야 고개를 끄덕였으므로, 결국 피서철임을 알고 있었던 건 金뿐이라는 사실이 드러났다. 아멘, 하고 주차요금을 받는 아저씨가 펜스 너머에서 큰 소리를 질렀다.

다른 데도 마찬가지겠지? 꽁초를 획 던지며 재이가 얘기했다. 재이의 성향은 〈강력한 지도자〉인데, 아무튼 ― 아무렴, 하고 金이 맞장구를 쳤다. 어딜 가나 마찬가지야. 金은 〈온화한 조정자〉라 그렇다 치지만, 또 〈남다른 몽상가〉인 에릭까지 거드는 바람에 나는 그만 김이 팍 새버렸다. 서핑은 그럼 못하는 거네. 재이가 던진 쪽으로 다시 꽁초를 던지며 내가 외쳤다. 나는 스스로를 〈신중한 현실파〉라 여기지만, 아무튼.

우리는 차로 들어갔다. 그림자까지 따라 탄 듯 비좁은 느낌이지만, 그래도 에어컨의 시원한 공기가 더할 나위 없이 좋았다. 살았다, 에릭이 중얼거렸다. 밀폐된 소형차 속에서 해변을 바라보며, 우리는 대부분 엇비슷한 감정에 잠겨 있었다. 뭐가 대자연(大自然)이냐? 사람이 훨씬 많은데. 재이가 키득거렸다.

철조망 너머의 백사장에서 순간 눈이 아찔한 정도의 반사(反射)가 일어 나는 어지러웠다. 다시 아멘, 하는 목소리가 귀를 때렸다. 이런 무더위 속에서 아멘이라니, 이유야 어쨌건 〈꼼꼼한 노력가〉가 아닐 수 없다고 나는 생각했다.

니들이 크라잉 넛이냐? 소릴 들을 때만 해도, 실은 아무도 바다 같은 델 올 생각은 하지 않았다. 한동안 그 소리에 줄창 시달렸는데, 이유는 우리 넷이 한날한시에 영장을 받아서였다. 크라잉 넛이라, 좋지. 金과 에릭은 쉽게 웃어넘겼지만 나는 달랐다. 나는 확, 짜증이 일었다. 세상이란 게 그렇다. 동반입대만 하면 크라잉 넛을 갖다붙인다. 잘 알지도 못하면서, 허구한 날 TV만 보다가, 누가 어쩐다 소리만 들으면 브러브러브러브러.

브러브러브러브러

실은 그래서, 그런 느낌이 들었다. 여지껏 살아온 게 순식간에 브러브러브러브러해진 느낌. 나도 그래, 나도 그래, 재이와 金도 고개를 끄덕였다. 에릭은 가글을 하고 있었는데 양치한 물을 브러브러브러브러하고 난 다음 별다른 말을 하지 않았다. 뭔가 하자는 생각이, 그래서 우리를 지배하기 시작했다. 그 느낌은 아주 생소했지만, 또 모두에게 공통된 것이었다. 초·중·고, 게다가 열여섯 개 학원의 동창인 우리에겐 그런 미묘한 네트워크가 있었다.

입대하기 전에 이런 일을 꼭 해보자 — 의논 끝에 결정된 것은 먼저 〈아보가드로 습격〉이었다. 아보가드로는 고등학교 때의 선생인데, 일단 죽이고 법원에서 이유를 설명하면 — 판사에 따라 무죄판결을 받을 수도 있을 만큼 죽일 놈이었다. 왜 아보가드로인지에 대해선 잘 모르겠다. 아무튼 선배들이 그렇게 불렀으므로, 우리도 아보가드로를 아보가드로라고 불렀다. 패자. 결론은 만장일치였다.

자존심이 병적으로 강한 변태였기 때문에 아마도 고소 같은 걸 절대 할 리 없다고 생각했다. 무릎을 꿇고 우는 모습을 디카로 찍어두자는 얘기도 나왔다. 태엽이라도 감긴 듯 행동반경이 정해져 있는 인간이어서 습격은 결코 어려운 일이 아니었다. 다만 문제가 있다면, 약속장소에 에릭과 金이 나타나지 않았다는 정도였다. 둘이서 해치우자, 재이가 얘기했다. 꽁초를 끄고 고개를 끄덕이는데 골목 저편에서 아보가드로의 냄새가 풍겨왔다. 위선과 부패, 교만과 교활, 비굴과 비리가 뒤섞인 지옥의 향(香)이었다.

니… 들은, 하고 아보가드로는 멈칫했다. 극히 짧은 순간이었는데, 놈의 머릿속에서 쥐 같은 게 빠르게 돌아다니는 소리가 들렸다. 우두둑, 뒷짐을 쥔 상태로 재이가 손가락 마디를 꺾었다. 놈이 도망칠 때를 대비해 나는 언제라도 뛰쳐나갈 준비를 하고 있었다. 니들, 하고 아보가드로가 헛기침을 쿵쿵했다. 머릿속을 돌아다니던 쥐 같은 것이 그 순간 자세를 바로잡는 느낌이었다. 놈은 뜻밖에도 뒷짐을 지더니 고압적인 표정으로 이렇게 말했다.

　그래, 취직 준비는 잘들 하고 있냐?

　그건 아니고... 갑자기 재이가 고갤 숙였다. 이상하게 그 말을 듣는 순간, 나도 다리에 힘이 쑥 빠지는 느낌이었다. 찾아와줘서 고맙다. 어깨를 치는 아보가드로를 따라 결국 놈의 집까지 가게 되었다. 고마워요, 말씀 많이 들었습니다. 아보가드로의 사모는 이 죽일 놈과 기꺼이 살아줄 만큼 친절한 여자였다. 함께 밥을 먹고, 하하, 오락프로를 보고, 웬일인지 초등학교 2학년 딸내미의 숙제를 열심히 도와주었다. 그럼 안녕히 계십시오, 하는 우리를 향해 아보가드로는 수제자란 표현을 쓰기도 했다. 지금부터 준비해야 한다, 알겠지? 알겠습니다. 그리고 집으로 돌아왔다. 그 일에 대해, 우리는 아무 말도 하지 않았다. 사실

　사람을 때리는 건 힘든 일이다.

　방학이 시작되면서 누군가 다른 미션을 생각해냈다. 金인지 에릭인지 그것은 모호하지만, 아무튼 뭐 흔한 내용이었다. 군에 가기 전에 해보는 거야, 진짜 〈섹스〉를! 우리 넷은 모두 동정이었으므로, 솔깃한 제안이 아닐 수 없었다. 우선 디데이를 잡고 늦은 오후부터 술을 마셨다. 여친이 있는 에릭과 재이는 여

친들과 시도를, 싱글인 나와 金은 업소 같은 델 이용하기로 했다. 여친들이 모두 나와 꽤나 활기찬 술자리였다. 뭐야, 클럽 가는 거 아니었어? 에릭의 여친이 갸우뚱했지만, 모르는 척 손을 흔들고 뿔뿔이 흩어졌다. 두 시간이나 거리를 배회한 끝에, 金과 나는 〈24시〉가 유독 강조된 스포츠마사지에 입장했다.

결론을 말하자면, 실패였다. 입실을 하고 앉아 있으니 내 또래의 여자애가 들어왔다. 안녕하세요 뭐라뭐라 하더니 안마 같은 걸 실컷 해주었다. 그리고 손으로 마구마구 자위를 해주었다. 절차려니 여겼는데 거의 사정할 지경에 이르고 말았다. 잠깐, 하고 내가 물었다. 삽입은 언제 해요? 고개를 돌린 여자애는 깜짝 놀란 표정을 짓고 있었다. 어머, 여긴 손으로만 하는 곳인데... 몰랐어요? 정말... 몰랐다. 몰랐지만, 참 그렇지 하고 스스로를 얼버무렸다. 보드랍고 따뜻한 손이 다시 마구 내 성기를 쓰다듬었다. 나는 곧 사정을 하고 말았다.

힘들었다.

어렸을 땐 넷이 함께 목욕을 다니곤 했는데, 金은 그때, 목욕을 마치고 나온 꼭 그런 얼굴로 소파에 앉아 있었다. 끝났니? 응. 그리고 서로 아무 말도 하지 않았다. 에릭과 재이도 상황은 비슷했다. 에릭의 여친은 길길이 화를 내고 집으로 돌아갔고, 재이는 함께 모텔을 찾긴 했으나 발기가 되지 않았다. 왜, 왜 그랬는데? 몰라, 상황을 일단 그런 식으로 몰고 갔거든. 나 곧 군대에 갈 거라고, 그래서 정말 처음이다, 정말 간절히 원한다고 하니까 그래? 하는 분위기였어. 샤워를 할 때까지도 잔뜩 흥분해 있었는데, 글쎄 걔가 전에 사귀던 선배 얘길 하는 거야. 그래서 그 선배는 미국 국적을 가졌는데 군대 안 가도 된다더라, 라고 말이야. 제길 그 얘길 들으니 갑자기 자지가 죽지 뭐냐?

그 느낌을

알 것도 같았다. 어렸을 때 이웃 단지의 47평에 초대된 적이 있었다. 단짝의 생일파티였는데 갑자기 배가 아파 화장실을 찾았다. 볼일을 잘 보고 물을 내리는데 아주 기분이 묘했다. 물, 소리가 너무나 달랐던 것이다. 우리집에선 콰, 하는 소음과 함께 맹렬한 소용돌이가 변기를 훑어내리는데 스와, 하는 부드러운 소리와 함께 잔잔히 맴을 돈 물이 변기를 빠져나가는 것이었다. 그 느낌이 너무 묘해 나는 몇번이고 스와, 를 반복했다. 우와, 탄복을 하며 화장실을 나와서도 그 소리가 귀에서 떠나지 않았다. 그리고 더는 파티를 즐길 수 없었다. 생각할수록, 이상한 일이다.

우리는 〈22평 친구〉들이다. 말하자면 그렇다. 이런 이상한 단어보다는 확실히 어릴 적 친구나 단짝, 동창생 같은 표현이 쉽게 와닿겠지만—굳이 이런 단어를 골라 쓰는 이유가 있다. 그것이 가장 〈정확한〉 표현이기 때문이다. 우리는 같은 단지의 22평 라인에서 함께 살아왔다. 재이의 집이 옆동네의 36평으로 이사 간 게 재작년의 일이니, 실로 어마어마한 시간을 이웃으로 지낸 셈이다. 단지의 아이들은 평수를 기준으로 뭉쳐 놀았다. 게다가 우리에겐 우리 이상으로 뭉쳐 살아온 엄마들이 있다. 함께 시장을 보고, 정보를 교환하고, 머리를 하고, 사우나를 가고, 전화기를 붙들면 기본이 두 시간이던 — 엄마들이 있었다. 이는 곧 비슷한 옷을 입고, 같은 학습지를 신청하고, 줄곧 같은 학원을 다니고, 우루루 몰려가 같은 병원에서 포경수술을 받는다는 것을 의미했다. 어디, 누가 제일 잘됐나 보자. 네 명의 엄마 앞에서 넷이 나란히 고추를 내밀던 기억은 아직도 선명하다. 말하자면, 그런데 왜 우리가 크라잉 넛이란 말이냐 이 얘기다.

넌 어쩔 건데?

재이가 물었다. 나는 잠시 입술을 깨물었다. 몹시 불안하고 불편한 질문이다. 뭐가? 돌아갈 건지, 아님 입장(入場)을 할 건지, 그것도 싫음 다른 바닷가를 찾아볼 건지. 나는, 하고 나는 말문을 열었다. 니들 의견에 따르겠어. 더는 운전을 못한다, 에릭이 뻗기도 해서 우리는 결국 입장을 결심했다. 주차권을 끊어준 것은 아멘을 외치던 아저씨였다. 예수 믿고 천국 갑시다, 영수증을 건네주며 아저씨가 중얼거렸다. 북적이는 인파만 없다면 — 높은 하늘과 바닐라스러운 구름, 원경(遠景)의 풍부한 마린블루가 그런대로 볼만한 해변이었다. 천국에도 이 정도의 사람들이 건너가 있다면, 비슷한 풍경이 아닐까란 생각이 절로 들었다.

　넌 어쩔 건데? 이런 종류의 질문에는 대책이 없다. 재이와 에릭, 金과 나 사이에선 특히 그러하다. 중2 때였나, 피츠버그에서 온 이모가 잔뜩 바람을 잡아 아무튼 갑자기 바이링구얼(이중 언어)을 배우게 되었다. 학원을 마치고 金이 게임을 하자 그랬는데 갈 곳이 있다고 얘기했다. 넌 어디 가는데? 응, 이런저런 곳이야. 며칠 후 넷이 나란히 바이링구얼 수업을 듣게 되었다. 가타부타 말은 하지 않았지만, 다들 바이링구얼로도 표현 못할 복잡한 표정들이 되어 있었다.

　동반입대의 배경도 실은 그런 것이다. 군대를 갈까 해, 라고 말한 것은 에릭인데 며칠 사이에 난리가 났다. 에릭이 군대를 간다면서요? 전화를 건 엄마에게 에릭의 엄마가 놀랄 만한 얘기들을 늘어놓았다. 두 시간의 통화를 요약하면 ─ 취업률은 경기(景氣)와 밀접한 관계가 있다, 해서 경기의 흐름과 제대 시기의 조합이 취업의 결정적 요소가 된다는 견해였다. 결국 경제학과를 나와 무슨 경제연구소에 있다는 金의 백부, 또 외국계 컨설팅에서 일한다는 재이의 먼 친척이 엄마들에게 시달려야 했다. 말하자면, 떡하니 金의 백부에게 전화를 걸어 ─ 안녕하세요. 누구누구 엄마라고 하는데요, 예예, 말씀 들으셨죠? 하는 엄마를 보며 나는 아, 입대를 곧 하겠구나 라고 이미 생각했다. 나는

　힘든 게 싫다.

반론을 제기하고, 싸우고, 그런 건 너무 힘든 일이다. 대체로 재이와 金도, 그런 이유로 입대를 결심했을 것이다. 근처 자판기에서 포카리를 뽑아 마신 뒤 재이와 나는 담배를 피워 물었다. 좋으냐? 그럭저럭. 별생각 없이 나온 대답이었는데, 갑자기 그럭저럭 좋은 기분이 드는 것이었다. 생각해보면 학원과 학교를 오가는 일에 비해 얼마나 그럭저럭 행복한 일인가.

그래서 좀 통통한 애가 들어왔는데 말이야, 팬티는 입지 않고 그물스타킹만 신은 거야. 보기만 하세요, 만지면 사람 부를 거니까. 그러고는 얼굴 바로 앞에 엉덩일 내밀지 뭐냐? 기분은... 아무렇지도 않았어, 괜히 왔다 싶기도 하고... 동영상으로 보는 거랑 똑같이 생겼고, 또 어차피 손으로 해주는 거니까. 그런데 찬찬히 살펴보니 뭔가 좀 느낌이 다른 거야, 그게 그러니까... 힘을 꽉 주고 있다는 느낌이었어. 왜 잔뜩 오므린 그런 거 있잖아. 그래서 혹시 지금 힘주고 있는 거 아니냐고 물었지. 그걸... 물었냐? 응, 그런데... 대답은 안했는데 말이야, 깜짝 놀라는 눈치는 확실했어. 왜냐면 그게 한순간 벌어졌다가 화들짝 더 작게 오므라들었거든. 짧은 순간이었지만 그걸 또 캐치했지 뭐냐.

바다에 가자는 생각을 한 것은, 어학스쿨에서 그럭저럭 金의 얘기를 듣고 난 직후였다. 이상하다, 난 왜 그런 서비스를 못 받았지? 뭔가 오므린 마음으로 수업을 시작했는데 그날따라 이런 노래가 교재로 채택되었다. 서핑 유에스에이, 비치보이스. 미국의 광활한 바다 앞에 모두 설 수 있다면 / 우린 누구나 파도타기를 할 텐데 / 캘리포니아에서처럼 말이에요 / 헐렁바지를 입고 워라 치 샌들을 신고 / 금발의 부시시 흐트러진 머리로 / 6월까지 기다릴 순 없어 / 여름 동안 길을 떠날 거야 / 파도타기 여행을 떠나 돌아오지 않을 거야 / 우린 파도타기 하러 갔다고 선생님께 얘기해줘 / 서핑으로 미국 전체를 돌 거라고

바로 이거라고

나는 생각했다. 섹스도 못하고 아보가드로 습격에도 실패한 마음이, 뭔가 쾌청하게 개는 기분이었다. 입대를 하기 전에 반드시 해야 할 일이 있다면, 그건 바로 바다를 보고 오는 게 아닐까? 얘길 꺼내면서도 모두의 얼굴이 환해지는 걸 알 수 있었다. 계획은 척척 진행되었다. 무엇보다 엄마들이 쉽게 수긍할 내용이어서 자금을 모으는 데도 어려움이 없었다. 엄마의 성향은 대체로 〈친절한 도우미〉인데, 나중에 배낭을 뒤지다 몇개의 콘돔이 들어 있단 사실을 알게 되었다. 엄마는 참, 하고 나는 담배를 피워 물었다. 번갈아 지도책을 펼쳐가며, 우리는 무작정 남쪽으로 달렸다.

바다는 처음이었다. 처음엔 그럴 리가, 싶었지만—곧 그럴 수밖에, 라고 고개를 끄덕였다. 지나온 학원과 방학과 학원과 방학과 학원과 방학과 학원과 방학과 학원과 방학을 떠올리면 언제나 함께 학원을 다니던 친구들이 있었다.

수영이라면 함께 일년 정도 배운 적이 있지만, 바다는 모두 처음이었던 것이다. 그래서 학원과 방학과 학원과 방학과 학원과 방학과 학원과 방학과 학원과 방학을 떠올리면

그럭저럭

행복한 기분이 드는 것이었다. 나도 그래, 재이도 고개를 끄덕였다. 물론 월리가 백명 정도는 숨어 있을 것처럼 사람이 많았지만 ─ 높은 하늘과 바닐라스러운 구름, 또 원경의 풍부한 마린블루를 쳐다보며 나는 모든 걸 용서할 수 있었다. 오길, 잘했다. 그래서 숙소를 잡는 데 두 시간, 방이 없다며 바가지요금을 된통 쓰고, 아니 왜 차를 거기다 두셨어요? 그래서 숙소로 차를 옮긴다는데 선납된 하루치 요금을 환불해주지 않고, 그러면서 자꾸 아멘 아멘 하고, 식당에선 도무지 먹을 수 없는 밥을, 젠장 그래서 두 숟갈 뜨고 남겼지만 ─ 오길 잘했다는 생각이 드는 것이었다. 마침내 수영복을 갈아입고 우리는 해변으로 달려갔다.

콰

근경의 인파를 싸그리 무시하자, 그런 파도의 포말을 나는 볼 수 있었다. 매직아이를 할 때의 요령으로 파도에 시선을 집중하며 나는 한 발 한 발, 홀린

듯 바닷속으로 걸어들어갔다. 재이와 金이 정신없이 괴성을 질러댔다. 해수(海水)를 공급받은 네 개의 심장 속에 대규모 수력발전소가 들어선 기분이었다. 에릭과 나도 고함을 지르기 시작했다. 우리는 힘차게 팔을 뻗었고, 조금씩 앞으로 나아갔다. 풀(pool)에서처럼 몸이 뻗어나가진 않았지만, 그래도 기분은 최고가 아닐 수 없었다. 나는 계속 팔을 뻗었고, 그리고

힘들었다.

쉬자. 그리고 둥실, 몸을 띄운 채 하늘과 바다를 원없이 감상했다. 바다는 참, 힘들고 아름다운 곳이었다. 으악. 그때 재이가 버럭 소리를 질렀다. 이게 뭐야? 입술이 파래진 재이 앞에 아주 이상한 것이 떠 있었다. 그것은 뭐라 형언할 수 없는 괴물이었는데, 흐물흐물한 느낌의 혹 같은, 아무튼 크기가 좀더 컸다면 당장 기절을 했을 정도로 기분 나쁜 생물체였다. 가만히 있어, 움직이지 마. 金이 소리쳤다. 놈이 점점 다가왔기 때문에 급기야 재이는 워어우어 하는 이상한 소리를 지르기 시작했다. 이미 누구도 몸을 움직일 수 없었다. 눈앞의 위험과 그 사정권에 들었다는 느낌 ─ 워어워어 우어, 재이는 완전 제정신이 아니었다. 뭐야 뭐야, 그 소리에 사람들이 몰려왔다. 촉박한 순간이었다.

해파리네.

아저씨 한 사람이 덥석 손을 얹더니 휙 손목을 돌려 놈을 낚아올렸다. 그리고 투포환을 하듯 멀리 던져버렸다. 해파리는 작은 물보라와 함께 바닷속으로 스며들었다. 아 씨 뭐야, 해파리 가지고. 워어워어 우어, 金과 에릭이 재이의 흉내를 내며 놀렸지만 나는 그럴 기분이 아니었다. 바로 金과 에릭의 옆에 있었는데, 허리 근처의 수온이 갑자기 확 상승했었기 때문이다. 바다 한가운데서 갑자기 온수가 나올 리도 없고 해서, 나는 열심히 친구들의 곁을 벗어났다. 거의 해안에 다다랐을 즈음 손목에 뭔가 미끈덩한 게 걸렸다. 흠칫 놀랐지만 나는 천천히 손을 들어올렸다. 아마도, 미역이었다. 미역은 의외로 길고, 큰 다발과 같은 것이었고 게다가 끈적임이 대단했다. 그 미끈한 거품을 손으로 매만지며

야생은 무섭구나

라는 생각을 나는 했다. 물 밖으로 나오니 모든 것이 따뜻했다. 모래와 자갈이 그랬고 수많은 인간의 훈훈한 체온이 또 그렇게 반가울 수 없었다. 이래서 인간은 모여 사는구나. 모래를 파고 몸을 묻으며 나는 그만 코끝이 찡해왔다. 여기 있었네? 에릭과 金이 차례로 도착해 우리는 나란히 모래찜질을 하기 시작했다. 재이가 온 것은 한참 뒤였지만, 대체로 우리는 삼십분 정도 낮잠을 잤다는 생각이다. 재이는 심하게 코를 골았다.

무섭지 않냐?

에릭이 속삭였다. 뭐가? 군대 가는 거 말이야. 왜? 응, 그냥... 왜 뉴스에도 나잖아, 사고 같은 거. 누가 총을 쏘고 터지고... 그런 거... 재수 없음 강간도 당한대더라. 설마? 예비역들이 그러더라고. 유독 설사가 잦은 예비역은 그걸 당해서 그런 거라고. 그건... 장(腸)이 나빠서 그런 게 아닐까? 아무튼 그런 걸 하려 드는 놈이 있으면 난 쏴 죽여버릴 거야.

어렴풋이, 논술대비 때 읽은 책의 한 토막이 떠올랐다. 이런 해변에서의 일 인데 태양이 너무 눈부셔 그만 아랍인을 쏴 죽인다는 내용이었다. 어렴풋한 그 내용을 나는 에릭에게 들려주었다. 잘은 모르겠지만 그 사람도 뭔가 당한 게 있겠지. 그랬던 거 같진 않아. 그런데 그 얘길 왜 하는 거지? 왜 하는지 나도 알 수 없었다. 하지만 그 순간 그럴 수도 있다는 생각이 강하게 들었다. 아랍인들도 군대 가냐? 잘 모르겠어. 유럽인들은? 글쎄... 안 가지 않을까? 안가, 거의 우리만 가는 거야. 어느새 일어난 金이 안경을 찾아 쓰며 상체를 일으켰다. 이상하게도 그리고 우리는 아무 말도 하지 않았다. 심장 속의 발전시설에서 서서히 해수가 빠져나가는 느낌이었다.

스와

누워 있으니 파도소리가 그렇게 들렸다. 해는 이미 기울어 주위도 많이 한산해진 느낌이었다. 모래에서 나와 우리는 기지개를 켰다. 어둑한 노을을 배경으로, 일렬의 모래더미가 해마다 방수공사를 하는 22평 단지처럼 솟아 있었다. 그 더미들을, 나는 차례차례 무너뜨렸다. 참, 재개발 소식 들었냐? 소문만 무성하지 아직 확정된 건 없대더라. 구청도 이랬다저랬다 일관성이 없나봐. 입대하기 전에 재개발 소식이나 들었음 좋겠다. 그럼 난 충성할 거다. 나도. 웃, 부재중 전화가 열 개나 있네. 나 참 전부 집이다, 집. 야야, 빨리 사진이나 찍어 한 장 보내주자. 자자, 붙어. 재이야 니 폰으로 찍어서 엄마들한테 다 돌려라. 자, 얼굴 각 잡고 하나 둘, 찰칵.

숙소인 모텔에서 샤워를 하고 그나마 깔끔한 식당을 골라 저녁을 시켰다. 밥은, 그래도 열 숟갈 정도는 먹을 만한 것이었고 위생 수준도 겉보기엔 괜찮은 편이었다. 식사를 끝낸 우리는 멍하니 뉴스를 보며 커피를 마시거나 종아리의 근육을 풀고 있었다. 동남아에선 진도 7의 강진이 발생했고 중동에선 내전이 일어났다. 수천명이, 또 수백명이 사망했다. 팔레스타인에선 폭탄테러가 있었다. 이스라엘은 보복을 다짐했고, 곧 대대적인 반격이 있을 전망이었다. 아프리카에선 흑인폭동이, 이라크에선 미군의 포로학대가 다시 불거져나왔다. 저런 나라에서 태어나 그냥 죽는 사람들도 많겠지? 그건 재수가 없는 걸까? 글쎄, 그건 개인차가 아닐까 싶어. 미국에서 태어났다고 누구나 서핑을 하는 건 아니잖아. 그래도 가능성이란 게 있지, 편의점도 하나 없는 나라에서 태어나는 것과는 벌써 문제 자체가 다른 거니까. 난 그런 게 싫어, 생각하기도 끔찍해. 전쟁이 나면 편의점이나 그런 게 다 파괴되잖아. 방송 제작도 주춤할 거고, 총을 쏘고... 그런 건 일도 아니라고 생각해. 진짜 힘든 건 그래서 힘들고 짜증나는 그후의 생활이 아닐까? 예를 들면 막 땅을 파고 그런 일에 동원된다거나, 뭘 좀 마셨으면 하는데 아무리 찾아도 자판기가 없다거나. 아, 그런 건 진짜 짜증나. 헤어숍 같은 것도 없어지겠지? 아무렴.

식당을 나와서는 마냥 시간을 보냈다. 이상하게, 그랬다. 함께 벤치에 앉아 밤하늘을 보긴 했는데, 실은 이어폰을 꽂고 MP3를 들었으므로 각자의 개인시간을 가졌다고 말할 수 있다. 1기가, 195곡의 파일을 뒤져 나는 서핑 유에스에이를 들었다. 델마와 벤츄라 카운티, 산타크루즈와 트레슬, 오스트레일리아의 내러빈, 르돈도 해안과 와이미아 만(灣)... 노래의 가사에만도 줄잡아 스무 군데의 서핑 지역이 나왔다. 중동과 아프리카에서 전쟁이 일어나도, 노래 속의 미국에선 서핑이 계속될 것 같았다. 우리가 전부 군인이 되어도, 트레슬엔 여전히 비치 보이들이 넘쳐나겠지. 어둡고 잔잔한 바다를 바라보며 나는 생각했다.

같이 놀래요?

여자애는 환하게 웃고 있었다. 우리도 넷인데... 말꼬릴 흐리지 않아도 이쪽을 보며 수군대는 여자애들이 맞은편 벤치에 앉아 있었다. 이럴 수가, 마치 트레슬의 모래사장에 서 있는데 툭, 누가 보드를 던져주며 타보시지 하는 느낌이었다. 이거 혹시 보이 헌팅이란 거 아닐까? 金이 속삭였지만 그래서 보이 헌팅이면, 또 뭐가 어떻단 말인가? 해파리도 미역도 아닌 여자애들이, 지금 같이 놀자는데. 여자애들은 아무튼 당찬 구석이 있었다. 우리는 곧 어울렸고, 주변의 카페를 돌아 단체석을 찾아내고, 둘러앉아 이런저런 얘기들을 늘어놓았다. 그래서 다 함께 입대를 하는 것입니다.

어머, 완전 크라잉 넛이다.

그런 셈이죠. 재이가 법석을 떨었다. 크라잉 넛이라니. 다소 불편한 감이 없지 않아 있었지만, 별다른 내색은 하지 않았다. 아마 네 명이 함께 입대하는 건 크라잉 넛에 이어 우리가 두번째일 겁니다. 멋있다, 우리도 크라잉 넛 왕팬인데. 왜 이름이 에릭이에요? 미국서 살다 온 건가? 실은 영어스쿨에서 만든 이름이지만, 또 생활화니 뭐니 에릭의 엄마가 그렇게 불러주렴, 해서 부르는 이름이지만 — 잠깐 살았었죠, 하고 미역 같은 느낌으로 에릭이 대답했다. 다소 그 느낌도 불편했지만, 나는 역시 내색하지 않았다. 아이, 뭐야? 이제 말 좀 트자 우리! 지수인가, 처음 말을 걸었던 여자애가 소리쳤다. 야야, 그래 너! 그리고 곧 편한 분위기가 되어 개인기 같은 걸 열심히 선보이게 되었다. 재이의 모창과 金의 성대모사에 여자애들은 배를 잡았고, 에릭의 동전쇼에도 와 환호를 쏟아주었다. 나는 마리아 샤라포바의 서브 동작과 괴성을 흉내냈는데 반응이 정말 심상치 않았다. 네 명의 여자애들이 비너스 윌리엄스 같은 눈빛으로 나를 쳐다보았던 것이다.

망가진 것은 노래방을 가서였다. 아주 맥주를 뒤집어쓰며 난리가 아니었다. 특히 크라잉 넛의 말 달리자를 합창할 때가 피크였는데, 날뛰던 에릭이 넘어지면서 마이크와 테이블을 부숴버렸다. 종업원들이 달려왔고, 결국 수리비 조로 사십만원을 물어주었다. 뭔가 자금에 큰 구멍이 생기는 느낌이었다. 깬다, 깨. 그래서 다들 서먹한 분위기였는데 여자애 하나가 춤으로 기분을 풀자고 했다. 나이트 어때? 지수가 물었는데 면전에서 金이 해파리처럼 쏘아붙였다. 니들이 돈 낼 거야? 돈 낼 거냐고? 밤공기가 한순간에 얼어붙는 느낌이었다. 미안해, 이건 정말 아니야. 네 명의 얼음여왕에게 손사래를 치며 나는 근처의 건물 뒤로 金을 끌고 갔다.

넌 샤라포바가 좋으냐 윌리엄스가 좋으냐?
샤라포바.
그래, 잘하자.
잘하자.

맥주를 사온 것은 여자애들이었다. 모래사장에 앉아 우리는 맥주를 마셨고 미안합니다, 죄송합니다, 金이 사과를 했다. 어머 귀여워. 지수가 그것을 받아주었다. 그래서 계속 오므리니까... 왜 힘을 주냐 이 말이었어, 내 말은. 세상이 그렇게, 응? 그럴 필요는 없지 않느냐, 구요. 그리고 金이 울기 시작했다. 뭔 소리야? 그게... 사실을 도무지 말할 수 없어 나는 지수에게 거짓말을 둘러댔다. 취업의 문이 그만큼 좁다는 얘기야. 金이 쓰러져 잠들자 지수는 말없이 金의 머리를 쓰다듬어주었다. 이 머리도 곧 자르겠네? 잘라야지. 요크셔테리어 같아. 오렌지 브릿지가 들어간 金의 머릿결이, 곧, 착한 강아지처럼 돌아누웠다.

펑.

그 순간 여자애들이 탄성을 질렀다. 폭죽이었다. 화려한 불꽃놀이는 아니었지만, 그럭저럭 지방의 자치단체가 부담 없이 쏠 만한 수수하고 단출한 폭죽이었다. 불꽃은 22평 정도의 허공을 아주 잠깐 점유한 후 시들, 한 모습으로 어둠속에 용해되었다. 펑. 재이가 담배를 물었다. 나도 한 대 줘. 펑. 보희란 애도 담배를 빌려 물었다. 펑. 에릭의 어깨에 기댄 현정이가 지그시 눈을 감았다. 펑. 국립묘지에 영원히 묻히느니 나이트에서 하루를 살겠다고 나는 생각했다. 펑. 유희라는 아이는 가슴을 보듬듯 지수를 뒤에서 끌어안고 있었다. 펑. 그리고 그것이 마지막 폭죽이었다.

갑자기 다가온 그 고요를 나는 견딜 수 없었다. 나는 뛰쳐나갔고, 바닷속으로 뛰어들었다. 몸은 물에 잠겨 있었지만, 서핑 보드와 같은 그 무엇에 올라선 느낌이었다. 에릭과 재이가 따라 뛰어들어왔다. 그럭저럭, 그래서 몸이 둥둥 뜬 채 나는 행복하다고 말할 정도의 기분이 되었다. 달빛을 듬뿍 받은 22평 면적의 플랑크톤이 되어, 이대로 흘러 훈련소까지 가고 싶은 심정이었다. 나는 눈을 감았다.

눈을 떴다. 머리가 아팠다. 여자애들은 보이지 않았다. 시간은 정오를 넘어 있었고, 비록 누워 있는 재이와, 에릭과, 金이 있긴 했어도 나는 고아가 된 느낌이었다. 다시 머리가 아팠다. 숙소까지 어떻게 왔는지는, 아무리 생각해도 기억나지 않았다. 다만 이곳에서 두런거리던 목소리와 누군가 흥얼거리던 노랫소리, 그런 것들이 떠오를 뿐이었다. 우선 소지품을 확인한 후 나는 샤워를 했다. 폰의 액정이 나간 것과 옆구리의 멍을 제외하곤 다른 이상이 없어 보였다. 나는 담배를 물었다.

담배를 껐다. 어떻게 된 거야? 재이도 에릭도 기억이 없기는 마찬가지였다. 나쁘진 않았어. 재이가 중얼거렸다. 토론, 같은 걸 했던 기억이 난다고 에릭은 얘기했다. 토론이라고? 응, 그런데 말도 안되는 그런 거야. 여자들도 군대를 가야 한다, 왜? 우리는 대신 출산의 고통을 겪지 않느냐, 출산의 고통도 포경 수술의 고통에 비하면 아무것도 아니다 ─ 특히 재이가 흥분했다니까, 그건 창자를 꺼내서 달고 다니는 것과 같은 거라고.

창자라, 숙소로 배달시킨 밥을 먹고 나서야 다들 조금씩 기운을 차릴 수 있었다. 우리는 멍하니 담배를 피우고, 여자애들에게 전화를 걸었지만 받지 않았고, 해서 기지개를 켠 후 밖으로 나왔다. 아주, 아주 아주 아주 무더운 날이었다. 이런 날 수영을 해도 괜찮을까? 눈을 거의 뜨지도 못한 채 재이가 소리쳤다. 그런 걱정이 절로 들 만큼 아주, 아주 아주 아주 뜨거운 볕이었다. 무작정 길 위에 서 있으면 〈켄터키 프라이드 인간〉 같은 게 될 것 같은 기분이었다. 아주, 아주 아주 아주 그래서, 우리는 바다로 갔다.

첨벙, 우리는 바다를 향해 뛰어들었다. 그리고 나란히 부표가 있는 곳까지 헤엄쳐갔다. 좋은 기분이었다. 계속 가면 어디가 나올까? 글쎄 제주도나 중국이, 일본이 나올 수도 있겠지. 뉴질랜드가 나올 수도 있어. 뉴질랜드, 그거 좋다. 그런 농담을 하고, 부표와 부표 사이를 경주하고, 또 얼마나 시간을 보냈는지 모르겠다. 무슨 일이지? 金이 중얼거렸다. 돌아보니 멀리 해변에서 큰 소동이 일고 있었다. 거대한 물결을, 해변을 메우고 있던 인파가 집단으로 도망치는 물결을, 우리는 볼 수 있었다. 바람에 쓸리는 모래언덕처럼, 그렇게 급격히 인파는 사라지고 있었다. 무슨 일이지? 글쎄. 그러고 보니 안전요원들도 보이지 않네? 결국 가위바위보를 한 끝에 에릭이 해안을 다녀왔다. 에릭은 계속 손짓을 하더니, 헤엄을 치면서도 열심히 뭐라 외치더니, 결국 포기하고 우리에게 돌아왔다. 하아, 하아, 몇번이나 숨을 고른 에릭이 새파란 입술을 떨며 얘기했다.

전쟁이 났대.

우리는 서로 얼굴을 쳐다보았다. 어디랑? 몰라, 일단 전쟁이 났다고 피하란 얘기밖에 못 들었어. 하아, 하, 이제 어쩌지? 선뜻 아무도 입을 열지 않았다. 아무튼, 빨리 돌아가자. 땀과 눈물이 섞인 얼굴로 에릭이 소리쳤다. 아아 귀찮아... 고개를 숙인 채 재이가 중얼거렸다. 짜증난다니까. 불쾌한 표정으로 金도 침을 뱉었다. 어쩔 거야? 에릭이 물었다. 대답 대신 재이가 바다를 향해 헤엄치기 시작했다. 우리는 다시 서로의 얼굴을 쳐다보았다. 어쩔려고? 에릭이 소리쳤다.

몰라, 고등어라도 되겠지 뭐.

고개를 돌려 재이가 대답했다. 나와 金도 그 뒤를 따르기 시작했다. 몸 밖으로 삐져나온 창자처럼, 온몸이 뜨겁게 화끈거렸다. 별다른 힘도 들지 않고, 해서 나는 그 느낌이 좋은 것이었다. 나는 뒤돌아보지도 않았다.

아스피린

그날 점심엔 라면을 먹었다.

메밀국수를 먹자고 곽(郭)과 황보(皇甫)가 말했지만, 라면이 먹고 싶었다. 둘은 메밀국수를, 나는 라면을, 디자이너인 라이는 아무튼 전철역 쪽으로 뿔뿔이 흩어졌다. 어디 가? 응, 아무튼. 라이의 대답이 〈응, 아무튼〉이었으므로 아무튼 나도 혼자 라면을 먹었다.

말하자면 그게 전부다. 점심시간, 간단한 식사, 스타벅스, 에스프레소.

창가 쪽 테이블에서 아이디어 스케치를 한 것도 여전했고, 곽과 황보의 합류도 여전했으며, 이런저런 대화를 나눈 것도 여전한 날이었다. 평소와 다른 일이 한 가지 있긴 했다. 캐러멜 마키아토? 오늘은 저걸 마실까 해. 말하자면 곽이 캐러멜 마키아토란 걸 들고 왔다. 어떤 맛이야? 글쎄, 굳이 말한다면 이름과 비슷한 느낌이랄까. 캐러멜 마키아토라고, 그래서 두어 번 나도 입속으로 중얼거렸다. 그게 전부였다.

라이의 문자를 받은 건 스타벅스를 나올 무렵이었다. 삼십분 늦어짐. 삼십분 늦겠다는데? 회의가 두시부터잖아? 라이 녀석 언제나 제멋대로라니까. 아마도 그런 말을, 곽이나 황보와 나누며 회사를 향해 걷고 있었다. 회의, 회의, 회의, 회의. 회의로 꽉 찬 오후도 다를 바 없었고, 제멋대로인 라이도 여전했으며, 엇비슷한 사람들의 뒷모습과 엇비슷한 포플러들의 녹음(綠陰), 반짝임, 풍광, 흔들림.

저게 뭐지?

그리고 그것을 보았다. 어어... 뭐냐구. 곽이나 황보 중 누군가가 중얼거렸다. 순간 귀가 멍할 정도의 〈붐〉을 온몸으로 느꼈다. 점심을 끝낸 사람들로 광장은 붐볐는데, 한순간 모두가 그런 신음을 발했기 때문이었다. 더할 나위 없이 푸른, 5월의, 마치 윈도우즈의 바탕화면과도 같은 완벽한 하늘 위에 그것은 떠 있었다.

그것을

뭐라고 해야 할지는 아직도 잘 모르겠다. 납작한 원통 같은 형태였고, 분명 윤곽이 뚜렷한 물질이었다. 티 없이 깨끗한 순백의 색채지만 구름과는 분명 다른 느낌이었다. 뭐랄까, 보다 단단하고 확고하다, 그리고 거대했다. 하지만 누구도 그것을 UFO라고 느끼지 않았다. 금속보다는 확실히 부드러워 보였지만, 단지 그것이 이유의 전부는 아니었다. 설명하긴 힘들지만, 그것은 분명 UFO와 정서(情緒)가 다른 어떤 〈것〉이었다.

하늘에 떠 있는 게 저 정도면 직경이 대체 얼마란 얘기야? 콧수염을 매만지며 황보가 중얼거렸다. 그러게. 어쨌거나 어떤 역사적 사건이 아닐까? 우선 폰카로 그것을 촬영한 후, 나는 열심히 문자를 전송했다. 우리가 일빠겠지? 곽과 황보도 특종을 낚아챈 기자처럼 열심히 문자를 전송했다. 뭘지 몰라도 아무튼, 그리고 돌아가며 그것을 배경으로 기념촬영을 했다. 생각보다, 사진은 잘 나온 편이었다.

당연히 난리가 났다. 곧장 사무실로 올라왔지만 세상의 붐을 피부로 느낄 수 있었다. 전화에, 메신저에, 뉴스에... 거리는 물론, 건물의 창마다 그것을 보러 몰려든 사람들로 북적이고 있었다. 방수방화 시멘트벽 같은 느낌의 부장조차도, 자신의 데스크에서 골똘히 뉴스를 보고 있었다. 양치를 마치고 오자 휴대폰엔 무려 열여섯 통의 문자가 들어와 있었다. 나는 곧 스물한 통의 문자를 전송했다.

그리고 곧 회의가 시작되었다. 대피라도 해야 하는 거 아니냐? 곽이 속삭였지만 부장의 주재로 어김없이 회의는 진행되었다. 말하자면, 이상한 분위기였다. 버젓이 창밖에 그것이 떠 있는데도 누구 하나 언급을 하지 않았다. 여느 때처럼 각자 아이디어를 발표하고, 토론하고, 논쟁을 벌이고는, 했다. 황보의 발표가 이어졌다. 그러므로 제가 잡은 컨셉은 프리미엄입니다. 대한민국을 이끄는 이 퍼센트, 당신을 위한 요실금팬티... 하는데

커다란 소음을 내며 수십대의 헬기가 창밖에 나타났다. 누구라도, 그래서 모두가 바깥을 쳐다보았다. 공중에 뜬 ─ 딱 봐도 수 킬로 지름은 돼 보이는 거대한 물질 ─ 그 주위를 맴도는 수십대의 헬기. 발표를 하던 황보도 더는 말을 잇지 못했다. 자자, 동요하지 말고... 어떤 발표가 있겠지. 회의를 정리한 것은 부장이었다.

사무실은 칠십일층이다. 미국에 본사를 둔 외국 계열의 광고회사다. 칠십층과 칠십일층을 함께 쓰는데 위층에 우리 부서가 있다. 칠십일층의 전망이란 결코 평범한 것이 아니다. 네시에 또다른 회의가 있었지만, 그래서 도무지 생각을 정리할 수 없었다. 뭐란 말인가, 저것은. 보면 볼수록 은근히 신경이 쓰이

는 것이었다. 그것은 이미, 사무실에서 보이는 하늘의 절반 정도를 장악하고 있었다. 은근히 희고, 눈부셨다.

세시쯤 장관의 긴급발표가 있었다. 브리핑을 통한 장광설의 요지는 ─ 아직 저 물질의 정체는 파악되지 않았다, 생체반응이나 금속반응은 없다, 방사능도 검출되지 않았다, 어쨌거나 지속적인 탐사를 통해 정부는 신중히 대처해나갈 것이다, 였다. 한 시민이 제보한 동영상엔 출현 순간이 포착되어 있었다. 그것은 맑은 하늘 속에서 갑자기 나타났다. 어떤 이동도 없이, 현재의 그 위치에 문득 실체를 드러낸 것이었다. 사오초 은근히 드러난 윤곽이 확고한 결정으로 굳어진 건 한순간의 일이었다. 맞아, 바로 저랬다니까. 기지개를 켜며 황보가 말했다. 평소라면 업무를 다그쳤을 부장도 팔짱을 낀 채 모니터를 응시할 뿐이었다. 저러다 〈붐〉 하고 광선을 쏘는 거 아닐까? 영화에서 종종 보잖아 그런 광경… 곽이 큰 소리로 떠들었다. 광선이라니

지식인의 수치다.

달에 착륙하던 때 같군. 부장이 중얼거렸다. 직접 보셨습니까? 아니, 유튜브에서. 헬기에 매달린 요원이 그것의 표면 위로 조심조심 발을 내렸다. 모두가 긴장했는데 그리고 성큼, 두 발을 올려놓았다. 추후 일어날 상황이 더욱 궁금했지만, 열심히 수신호를 보내는 모습을 끝으로 뉴스 속보는 막을 내렸다. 어

쩐지 아쉬웠지만 할 수 없는 일이었다. 그런 가운데 회의가 열리고 일, 일, 일,
일. 다시 회의, 회의, 회의, 회의.

늘 일이 많다. 일을 하다보면, 그래서 그날밤까지, 창밖의 그것에 대해 까마
득히 잊고 있었다. 이미 밤, 열시였다. 야근을 한 날은 대개 맥주를 마셔왔다.
오래전부터 굳어진 습관이다. 언제, 라고 서로 묻지 않아도 분수대 코너의 호
프는 이미 예약된 것이나 마찬가지다. 마찬가진데도, 건물을 나선 순간 모두
가 멈칫했다. 그〈것〉 때문이었다. 낮과는 다른 느낌의 그것이, 여전히 밤하늘
을 점유하고 있었던 것이다. 은근히

무서웠다.

입을 연 사람은 아무도 없었지만, 누구도 호프로 향하지 않았다. 각자, 그래
서 말없이 손을 흔들고 헤어졌다. 나는 다시 건물로 들어갔다. 지하 칠층의 주
차장, 지하 이층의 차단기와 게이트, 사 킬로가량의 팔차선 도로, 두 개의 터널
과 고가도로, 그리고 내내 떠 있는... 저〈것〉. 오피스텔에 돌아와서도 조명을
켤 기분이 아니었다. 어둠속에서 샤워를 하고 털썩, 침대에 걸터앉아 맥주를
마셨다. 칠 킬로미터나 벗어났는데도 그것은 전혀 작아진 느낌이 들지 않았
다. 추락해온 달처럼 거대했고, 은근히, 언제라도 결국 연약한 지상을 덮쳐버
릴 것만 같았다. 도대체 뭐냔 말이다, 이 시추에이션은. 서랍을 뒤져 나는 비타

민을 몇알 꺼내 삼켰다. 추락하지 않은 달만이 가까스로 스스로의 운행을 유지하고 있었다. 더듬더듬 나는 노트북의 폴더를 열었다. 메신저 속에서 곽이 기다리고 있었다.

아까 맥주라도 할 걸 그랬나?

아, 맥주라면 지금 마시고 있어.

거기서도 보여?

당연하지.

뉴스 봤냐?

아니.

직경이 십 킬로래.

오 예.

나 참, 무슨 이런 일이 다 있냐? 지구 종말도 아니고.

뉴스에선 뭐래?

뚜렷한 발표는 아직 없어.

하긴 뭐.

심야가 되면서 슬슬 자연현상이니 뭐니 말들은 많아.

하긴 뭐.

외신도 아주 난리던데, 한국... 단박에 세계의 이슈 톱 랭큽니다.

하긴 뭐.

그나저나 회사 말이야, 뭔가 조치가 있어야 하는 거 아니냐?

하긴 뭐.

다음날 아침엔 도심 일부가 재해구역으로 지정되었다는 발표가 있었다. 하긴 뭐, TV를 보며 나는 중얼거렸다. 회사는 당연히 그 범주에 속해 있었다. 토스트와 베이컨, 우유와 샐러드. 어제와 다름없는 메뉴였지만, 분명 어제와는 다른 아침이었다. 우유를 마시며 나는 멍하니 그것을 바라보았다. 아침의 풍경 속에 여전히 그것은 떠 있었고, 뭐랄까, 어제에 비해 조금은 더

자연스러웠다. 어쩔 수 없겠군, 자리잡은 새로운 〈현실〉 앞에서 베이컨을 씹으며 나는 생각했다. 이상하게도 전날밤 같은 두려움은 느껴지지 않았다. 이것이 지식인의 힘이란 걸까? 아니면 나란 인간... 은근히 희고 눈부신 것에 쉽게 마음을 여는 스타일일까? 어쨌거나 빨리 적응을 마쳐 다행이란 생각도 들었다. 얼마 남지 않은 피티(경쟁 프레젠테이션)를 생각하면 더더욱 그랬다. 식사는 십분 만에 끝이 났다.

도심 곳곳에 군경이 배치된 것을 제외하고는 여느 때와 다름없는 일상이었다. 러시아워, 라디오의 시사뉴스, 레드, 그린, 레드, 그린 점멸하는 신호등. 하긴 뭐, 애매한 상황이 아닐 수 없다고 나는 생각했다. 도심의 출입을 금한다면 경제가 마비될 것이고, 게다가 아직은 어떤 재해도 일어나지 않았다. 경제는

중요하고, 다만 이상한 물체가 공중에 떠 있을 뿐이다. 레드, 그린, 레드, 그린, 정부로서도 여간 난감한 일이 아닐 수 없겠지. 하긴 뭐, 하고 나는 중얼거렸다. 그래도 그렇지

결근을 한 사람은 아무도 없었다. 은근히, 다들 희고 눈부신 것에 쉽게 마음을 여는 스타일일까? 오전 내내 중역회의가 열렸으므로 우리야 뭐, 모처럼 한가한 시간을 가지게 되었다. 일을 하거나, 뉴스를 검색하거나, 삼삼오오 잡담이 곳곳에서 이어졌다. 그〈것〉의 윗면을 향해 여러 대의 헬기들이 장비를 실어나르고 있었다. 뭘 하려는 걸까? 우리야 알 수 없지. 요실금팬티의 런칭에 관한 프리마케팅 자료, 를 덮으며 곽이 중얼거렸다. 커피나 한잔하지. 우리는 스타벅스로 내려갔다.

스타벅스는 여전히 사람들로 들끓었다. 재해구역이라곤 도무지 말할 수 없겠는걸. 그러게. 그보다는 재해의 성격도 어딘가 모르게 달라진 게 아닐까? 즉 현대에 이르러 말이야. 우선 자리를 잡고 앉아 우리는 재해에 관한 얘기를 나누었다. 전쟁이나 홍수... 그런 걸 겪으리라고는 아무도 생각지 않잖아. 그러게. 그러고 보니 꽤나 옛날 말이군, 전쟁이나 홍수라... 그러니까, 이제 재해란건... 이런 일이 있음에도 불구하고 앉아 커피를 마시는... 뭐 그런 걸까? 묘한 기분이 들었다. 불안해. 라이가 중얼거렸다. 불안해, 라고 라이가 중얼거렸으므로 은근히, 습관처럼 다들 불안해져버렸다. 그러고 보니 휴... 이런 일이 있

는데도 여기 앉아 커피를 마신다—라니, 창밖을 바라보며 황보는 인상을 찡그렸다. 주문부터 하자. 곽이 말했다.

무슨 주문(呪文)처럼, 주문을 하고 나자 이상하리만치 마음이 편해졌다. 난 또 캐러멜 마키아토 마실래. 웃으며 곽이 커피를 들고 왔다. 캐러멜 마키아토, 캐러멜 마키아토 하면서—그래서 우리는 커피에 대한 얘기를 나누었다. 말하자면 원두의 원산지에 대해, 또 파스타와 아이스크림, 스시에 대해. 그리고 어쩌다

〈김치볶음밥을 맛있게 만드는 법〉에 대해 논쟁을 벌였다. 말 그대로, 어쩌다 벌어진 논쟁이었다. 곽은 인도 카레를 가미한 후 산초로 향을 내는 조리법을, 황보는 밥을 볶을 때 으깬 땅콩가루를 고루 뿌려준다는 주장을, 라이는 중국 허난성산(産) 고추기름의 효용을, 나는 발매된 지 이십칠일이 지난 종가집 김치를 물로 씻어 볶았을 때의 그 맛을, 내내 고집했다. 그게 더 맛있다니까. 결국 충돌이 일어 라이와 나는 얼굴을 붉혔다. 올라가자. 언쟁을 중재한 것은 곽이었다. 여전히, 그런데 문득

그것이 떠 있었다.

초여름의 창공을 올려보며, 그래서 우리는 아무 말도 하지 않았다. 아니, 할

수 없었다. 밥을 볶는 방법은 달라도 그 순간의 감정만큼은 서로가 비슷했다. 말하자면 ─ 도대체, 지금, 뭘, 하고, 있는 건가, 말이다. 엇비슷한, 광장을 오가는 와이셔츠들 속에서, 포플러들의 녹음, 반짝임, 풍광, 흔들림 속에서 나는 생각했다. 도대체, 지금, 뭘, 하고, 있는 건가, 라고.

지식인답게, 점심을 먹으며 나는 라이에게 사과를 했다. 아니 뭐, 얼굴을 붉히며 라이도 사과를 받아주었다. 미안해, 나 실은 호올스 때문에 스트레스가 이만저만이 아니었거든. 호올스 때문에? 실은 어제 점심때 내가 삼십분 늦겠다고 했잖아. 그게 호올스를 사러 갔던 거거든. 나 호올스 마니아란 거 알지? 뭐... 몰랐다. 하지만 종종 라이가 건네주는 화~한 캔디가 호올스란 건 알고 있다. 어쨌거나 라이는 말을 이어갔다. 멘토립스터나 아이스블루, 허니레몬 같은 건 흔해. 그런데 그저께 바이타 씨 어소티드, 바이타 씨 오렌지란 게 있다는 걸 알았지 뭐야. 바이타 씨 어소티드, 바이타 씨 오렌지라니! 당장 정보를 얻어 그걸 판다는 동네까지 갔던 거야. 그리고 겨우 바이타 씨 오렌지를 구했지, 그런데 글쎄 어소티드가 품절인 거야. 망할 어소티드, 그다지 대중적인 느낌의 이름도 아닌데 말이야. 근처 가게를 몇군데 더 돌았지만 역시나였어. 물론 바이타 씨 오렌지도 기대 이상이었지만... 어소티드는 또 어떨까, 어소티드는 과연... 하다가 저걸 보게 된 거야. 나, 너무 놀라서 오분 정도 꼼짝 않고... 아니, 실은 움직일 수 없었던 거지. 그리고 뭔가 잔뜩 좌절해 있다가... 그런 생각이 들었던 거야. 어떤 생각?

호올스라니

라고 말이야. 호올스라니? 그래, 호올스라니! 그냥 갑자기 그런 기분에 사로잡혀버린 거야. 저런 게 떠 있는데, 도대체 나란 인간은... 아무튼 그래서 호올스라니! 가 돼버린 거지. 실은 그래서 내내 저기압이 이어진 거야. 이해해, 라고 나는 말했다. 정말? 그건 마치... 김치볶음밥이라니! 와 같은 거잖아. 그렇게 생각해주니 고마워... 톡톡, 그리고 라이는 주머니에서 꺼낸 호올스를 우리에게 나눠주었다. 강력한 휘산(揮散) 작용의, 호올스였다.

불쾌합니다.

휴게실에서 마주친 부장에게 나는 말했다. 뭐가? 부장은 녹차를 마시고 있었고, 물끄러미 창밖의 그〈것〉을 보고 있었다. 그래서 불쾌한 것입니다. 여차저차, 그간의 일들을 나는 늘어놓았다. 해서 우울해지는 것입니다. 설명하긴 힘들지만, 그냥 저런 게 떠 있으니까요. 아무 생각 없이 살고 있는데... 예컨대 일, 일, 일, 일... 하는데 실은 저런 게 떠 있는 것입니다. 돈, 돈, 돈, 돈 하고 있는데 갑자기 저래버리니... 문득 이젠 예전처럼 살 순 없다는 생각도 들고요. 그런데 밥 볶는 얘길 좀 했기로서니, 그게 무슨 잘못이란 말입니까? 인간이 좀

호올스

하면 어떠냐는 것입니다. 왜 저런 게 나타나 기분을 복잡하게 하는지, 또 하필 이곳에 나타난 이유는 뭔지… 불쾌한 것입니다. 말하자면 존재의 고민, 그런 건가? 잘은 몰라도 비슷한 느낌입니다. 어차피 적응은 하겠지만… 적응할 거면서 왜 그래? 담배라도 문 표정으로 부장이 말했다. 말하자면 칠십일층에서, 부장은 칠년 전에 담배를 끊었다. 연기, 같은 것이 그러나 그 순간 부장과 나 사이에 자욱한 느낌이었다. 좋잖아? 라고 부장이 물었다.

이데올로기도 없는데

저런 거라도 있으니 말이야. 몹시도 잠이 쏟아지는 기분이었다. 그건… 그렇죠 뭐, 어금니 사이에 물고 있던 호올스를 굴리며 나도 중얼거렸다. 자자, 일하자구. 방수방화 시멘트벽의 얼굴이 툭툭 어깨를 치며 속삭였다. 모쪼록 툭툭 어깨를 쳐준다거나, 아무튼 그런 것에 나는 마음을 여는 스타일이었다. 툭툭, 그리고 그만 좋지도 나쁘지도 않은 기분이 되었으니까.

다시 근무가 시작되었다. 오후의 시작과 함께 중역회의의 결과랄까, 짧고 간략한 사장의 사내방송이 있었다. 요는 정부의 발표가 있기 전까지 침착하게 각자의 업무에 열중해달라는 것이었다. 침착하지 않는다 한들 어쩔 수 없는 게 아닌가, 하늘을 장악한 그〈것〉을 바라보며 누구나 생각했을 것이다. 현대의 재난이란... 분명 이런 일이 있음에도 불구하고... 앉아서 일을 해야 하는 것이다, 모쪼록 그런 것이라고 요실금팬티의 런칭에 관한 프리마케팅 자료를 펼치며 나는 생각했다.

너무한 거 아니냐? 역시나 요실금팬티의 런칭에 관한 프리마케팅 자료를 펼쳐놓고, 옆자리의 곽이 속삭였다. 뭐가? 회사 말이야. 적어도 재택근무라든지, 그런 결론을 내려야 하는 거 아니냐 이 얘기지. 일이라니 나 참, 부은 얼굴로 곽은 투덜거렸다. 나는 굳게 입을 닫았다. 가능한 한, 근무태도와 직결된 얘긴 삼가는 게 상책이니까. 저러다 붐, 광선을 쏠지도 모르는 거잖아. 영화에서처럼 말이야. 곽의 말에 나는 짜증이 치밀었다. 아아... 광선 얘긴 제발... 광선은 말이야, 하고 거칠게 자료를 덮으며 내가 말했다.

쏘지 않아.

쏘지 않는다구. 알겠어? 역시나 자료를 덮으며 곽도 얼굴을 붉혔다. 무슨 반론을 펼치기보다는, 대신 몇초간 거친 숨을 몰아쉬었다. 아니 뭐, 하고 나는 말을 얼버무렸다. 다른 뜻이 아니라 지식인답게 생각하자 이 얘기야. 곽은 곧 잠잠해졌다. 주위의 시선을 느낀 건 나뿐이 아니었을 것이다. 나 참, 농담한 걸 가지고... 하더니 곽은 지끈 머리가 아프다며 서랍을 뒤지기 시작했다. 나는

집중해서

    일을 했다. 머리 위엔 직경이 십 킬로미터나 되는 게 떠 있고, 나는 일을 한다―그래서 뭐가 어쨌단 거냐. 침략을 당한 것도 아니고, 아무튼 직접적인 재해가 닥친 건 아니니까. 늘 그랬듯, 일은 모든 걸 잊게 해주었다. 지루하긴 해도 그래서 나는 편안한 기분이었다. 세시쯤엔 마케팅연구소를 방문했다. 곽과 함께 브리핑을 받고, 또 그곳의 팀장과 환담을 나누었다. 중요한 피티라면서요? 편안한 어투로 팀장이 물었으므로 편안하게 그렇다고 대답했다. 브리핑 때 말씀드리지 못한 몇가지 사례들이 있는데, 말하자면 C, D, E안 정도의 참고사항들입니다. 팀장은 차근차근 70년대 미국의 전화기 시장, 또 90년대 일본 백화점들의 세일 경쟁 사례들을 들려주었고 또 거기서 현재 한국의 요실금 팬티 시장에 적용할 만한 몇가지 해법들을 간추려주었다. 그러니까 C, D, E안이라는 말씀이시죠? 그렇습니다 C, D, E안! 뭐, 그런 얘기를 나누었다. 우리는 남은 찻잔을 기울였다. 여기서도 잘 보이는군요. 창밖을 쳐다보며 곽이 말했다. 그럴 수밖에요. 빙긋이 미소를 띠며 팀장이 대답했다. 어쨌거나

세계적인 거

    아니겠습니까? 그러고 보니... 그렇군요. 팀장님은 불안하지 않습니까? 글쎄요, 어쨌거나 지난 한 주 저는 요실금팬티에 대해서만 생각했습니다. 대단

하시군요. 별말씀을. 뉴스 속보를 본 것은 연구소를 나와 광장을 가로지르면서였다. 아마도 오후, 다섯시 정도였을 것이다. 북적이는 인파 속이었고, 언론사의 벽면에 설치된 대형 전광판을 통해서였다. 속봅니다. 서울 상공에 출현한 괴물질의 정체가 밝혀졌습니다. 정부의 공식발표현장을 직접 연결합니다. 눈에 익은 장관의 얼굴이 잠시 후 모니터에 나타났다. 사건의 개요와 진행, 조사위의 발족과 연구 과정, 각국의 과학자들이 참가한 실험과 검증... 장광설 끝에, 그리하여 저 물질은 백 퍼센트 순수한 〈아스피린〉이란 사실이 밝혀졌습니다. 아스피린? 순간 귀를 의심했지만 곧이어 단상에 오른 조사위의 과학자가 무수한 검증을 거쳤다는 발표를 했다. 자연 상태에서 어떻게 이런 현상이 일어났는지에 대해선 아직 알 수가 없습니다. 한국의 기후조건이 빚은 이상현상인지, 또 어떻게 저런 거대한 결정이 부양 상태를 유지할 수 있는지도 의문이 아닐 수 없습니다. 이 모두가 지속적으로 밝혀야 할 과제라고 생각합니다. 무려 한 시간을 넘긴 발표와 인터뷰를, 그러나 끝까지 우리는 지켜보았다. 아스피린이라니. 광장의 인파 전체가 거대한 〈붐〉에 휩싸이던 순간이었다.

우리는 아무 말도 하지 않았다. 대신 근처의 벤치에 앉아 아스피린이 떠 있는 하늘을 올려다볼 뿐이었다. 웬일인지 머리가 아파왔다. 그런, 기분이었다. 빅토리아 아이스크림. 영국 왕실이 즐기는 바로 그 맛. 바닐라, 스트로베리, 초콜릿. 근처의 캐링카를 물끄러미 바라보다 내가 물었다. 아이스크림 먹을래? 곽이 고개를 끄덕였다. 바닐라? 아니 초콜릿. 아이스크림을 하나씩 해치우고 우리는 회사로 돌아왔다.

　방송 봤어? 서른두 명의 친구로부터 문자가 들어왔지만, 나는 한 통의 답문도 보내지 않았다. 이상하게 피곤하고, 맥이 빠지는 오후였다. 머리가 실제로 아파왔지만 나는 약을 먹지 않았다. 대신 서랍에서 꺼낸 아스피린 하나를 손끝으로 이리저리 굴려보았다. 말 그대로, 아스피린이었다. 말 그대로, 아스피린이라니. 자료실을 찾은 나는 이런저런 책들을 뒤적여 아스피린에 관해 알아보았다. 아스피린은 버드나무의 성분을 기본으로 한 약이었고, 기원전부터 인류는 버드나무의 잎과 껍질을 진통제로 사용해왔다. 오래고, 부드러운 것이었군. 책들을 정리하며 나는 메모를 끄적였다.

1897년 독일 바이엘 사의 호프만이 아스피린(아세틸살리실산) 합성에 성공
1899년 아스피린이 베를린 특허청에 상품명으로 등록
1899년 최초의 아스피린이 시장에 출시
1925년 유럽 전역에 독감 유행, 아스피린이 수많은 생명을 구함
1971년 스미스 앤 윌리스가 아스피린의 프로스타글란딘 억제 작용을 증명
1978년 아스피린의 뇌졸중 예방 효과가 증명
1995년 바이엘 아스피린 전세계 90개국 이상에서 110억 정 이상 판매
1999년 아스피린 탄생 1백주년

그리고 메모의 끝에 ─2009년 6월 아스피린 침공, 이라고 적어보았다. 뭐 하나? 부장의 목소리였다. 아, 하고 나는 뒤를 돌아보았다. 아스피린에 대해 조금 조사해봤습니다. 부장은 말없이 하긴 뭐, 하는 표정을 지어 보였다. 자네가 쓴 메모인가? 그렇습니다. 어디 줘보게. 순순히 나는 메모지를 건네주었다. 짧은 메모를, 그러나 오랫동안 부장은 들여다보았다. 써놓고 보면 꼭 이런 식이란 말이지. 뭐가 말입니까? 아스피린이건... 산업혁명이건... 뭐든지 말이야. 그러게 말입니다. 적응이 힘든가?

그런 건

아닙니다. 창밖을 응시하며 나는 말을 이었다. 어쨌거나... 세계적인 것 아니겠습니까? 그런, 거겠지. 저녁 먹고 곧바로 회의란 거 알지? 메모를 돌려주며 부장이 말했다. 네, 라고 답한 후 나는 메모를 와락 구겼다. 오래고, 부드러운 느낌의 질감이 한 알의 결정처럼 작고 단단하게 뭉쳐졌다. 획, 그리고 그것을 휴지통에 던져버렸다. 무언가 〈옛날의 지구〉 같은 걸 버려버린 기분이었다. 아스피린 침공. 누가 뭐래도

세계는 달라졌다.

이후의 일들을 요약하자면 다음과 같다. 저녁부터 밤까지 요실금팬티에 대

한 열띤 토론을 벌였다. 열한시가 다 되어 회의를 마쳤다. 한시까지 두 개의 시안을 완성했다. 호프에서 다 같이 맥주를 마셨다. 집으로 돌아왔다. 우두커니 침대에 앉아 창밖의 아스피린을 쳐다보았다. 그리고 잠이 들었다. 깊은 잠이었다.

다음날 곽은 결근을 했다. 지독한 감기몸살이라고는 했지만, 사실이 그런지는 알 수 없었다. 괜찮을까? 황보가 물었다. 괜찮을걸. 내가 답했다. 글쎄 발 디딜 틈이 없더라구요. 외근을 갔다 온 신입 하나가 혀를 내두르며 말했다. 광장은 말할 것도 없고요, 도심 전체가 마빕니다. 일본인들이 특히, 그리고 중국인이나 유럽인들도 단체로 북적여요. 이러다 관광특구로 지정되는 거 아닐까요? 하긴 뭐, 라고 나는 생각했다.

남은 건 모두의 적응이다.

뉴스의 헤드라인도 온통 아스피린에 관한 것이었다. 세계 석학들의 입국, 독일 바이엘 사 자사와 어떤 연관도 없다는 입장 표명, 아스피린에 대한 외신과 가십, 동북아 국가 정상들 공동 연구체제 협의, 중국 정부 아스피린의 기원은 중국이라고 발표, 미국 위기에 빠진 한국 정부에 최대한 지원을 아끼지 않겠다 밝혀, 또 정부의, 관련 부서의, 시민단체의, 종교지도자들의 성명, 현황, 이견, 발언. 하긴 뭐, 라고 나는 생각했다.

그 다음날 곽은 출근을 했다. 괜찮나? 부장이 물었다. 네. 힘없는 목소리로 곽이 대답했다. 괜찮아? 내가 묻자 뭐, 그렇다기보단... 하루종일 음악을 들었어. 음악? 많이 우울했거든. 우울이라니? 그냥 그렇게 우울하더라구. 실체를 몰랐을 땐 불안했는데... 뭐, 이젠 어쩔 수 없는 거잖아. 게다가 아스피린이라니. 아스피린이라면... 나쁘다고도 할 수 없는 거잖아. 어쩐지 그래서 우울한 심정이야. 나쁘다고도... 말 못하니까.

임팩트 말이야, 그게 없어. 피티 준비가 막바지였다. 곽의 우울과는 상관없이, 철야를 해야 할 분위기의 저녁이었다. 바로 저런 거 말이야. 확, 모두의 시선을 사로잡는 그런 아이디어를 내란 말이야. 창밖의 아스피린을 지목하며 국장이 직접 진두지휘를 시작했다. 알겠습니다. 쩍 금이 간 방수방화 시멘트벽이 고개를 떨구며 대답했다. 너무해, 너무한 거 아냐? 호올스의 포장을 까며 라이가 투덜거렸다. 아, 스위스제 퐁듀 먹고 싶어. 기지개를 켜며 황보가 소리쳤다. 이럴 때 먹으면 〈지잉〉 하고 위에 울림이 올 텐데. 퐁듀보다는, 나는 파스타가 먹고 싶었다.

결국 다음날 단체로 몰려가 스위스제 퐁듀를 먹고 왔다. 〈지잉〉 하지 않아? 배를 두드리며 황보가 말했지만, 나는 온통 요실금팬티 생각뿐이었다. 생긴 지 얼마 안된, 테라스가 오픈된 유럽식 레스토랑이었다. 그런데 왜 아스피린일까? 배를 두드리던 황보가 중얼거렸다. 하물며 저렇게 큰 아스피린이라니. 뭔가 머리 싸맬 일이 많아질 거란 경고 아닐까? 이어폰을 귀에서 떼며 라이가 말했다. 어쨌거나 나쁘다고는 말할 수 없잖아. 퐁듀를 절반이나 남긴 곽이 우울한 얼굴로 얘기했다. 곽의 그 말에 나도 그만 기분이 우울해졌다. 생각해보면 아무것도 달라지지 않았다. 일, 일, 일, 일, 회의, 회의, 회의, 회의, 퐁듀. 비록 잠깐 퐁듀가 끼어들긴 했어도, 우울할 수밖에 없는 성분의 조합이 아닐 수 없다. 파스타를 먹었다면

달랐을까?

건조한 날씨가 계속해서 이어지고 있었다. 정말 세계적이긴 해, 안 그래? 아닌게아니라 테라스에서 내려다본 광장은 관광객들로 붐비고 있었다. 또 아스피린 위로는 갖가지 중장비들이 헬기에 실려 이송되고 있었다. 보는 이에 따라 그 느낌도 다르겠지만, 대단한 장관이 아닐 수 없다고 나는 생각했다. 뭘 하려는 걸까? 황보가 물었다. 우리야 알 수 없지. 곽이 중얼거렸다. 하긴 뭐, 곽을 따라 나도 중얼거렸다.

경쟁 프레젠테이션에서 우리는 승리했다.

명예, 라는 컨셉은 주효한 승부수였다. 삼십 퍼센트에 속해 있습니다, 하지

만 이 퍼센트에도 속해 있습니다. 카피를 쓴 것은 곽이었고, 중세 유럽의 백작 부인을 비주얼로 잡은 것은 라이였다. 요실금을 앓는 한 사람의 환자가 아니라, 지켜야 할 명예가 있는 이 퍼센트의 인사(人士)로 고객을 예우하는 것입니다. 뚜렷하고 설득력 있는 목소리로 피티를 진행한 것은 부장이었고 오 예, 가장 큰 환호를 지른 것은 황보였다. 하긴 뭐, 나는 중얼거렸다.

그날밤엔 곽과 둘이서 술을 마셨다. 휘영청 아스피린이 떠 있는 밤이었다. 별다른 말은 하지 않았고, 말하자면 그럼에도 불구하고 술을 마신 것이었다. 나는 겨우 기네스 두 병을, 곽은 열세 병의 코로나를 비웠다. 차라리 말이야, 붐, 광선이라도 쏴대면 얼마나 좋을까... 이건 뭔가 잘못된 거라고도 말할 수 없는 거잖아. 몽롱한 표정으로 곽이 흥얼거렸다. 아스피린은 말이야, 하고 또렷한 의식으로 내가 답했다. 광선은 쏘지 않아.

바를 나온 건 새벽이었다. 내리는 비를, 모처럼의 비를 볼 수 있었다. 가까운 편의점에서 우산을 살까 하다가, 말았다. 한 점 한 점, 곽의 군청색 셔츠 위에 옅은 얼룩이 생기기 시작했다. 은근히 흰, 빗물에 녹아 있는 아스피린이었다. 말없이 걷던 곽이 머리칼을 털며 물었다. 뭘 할 수 있을까. 우린... 뭘 할 수 있지? 말없이 비를 맞을 뿐, 나는 아무런 대답도 할 수 없었다. 서둘러 나는 택시를 잡기 시작했다.

아닌게아니라, 지배를 받는 느낌이 드는 것입니다. 부장과 점심을 먹다가 문득 그런 말이 나왔다. 아스피린이... 누구를 지배한다고는 할 수 없잖아. 그건 그렇지만 말입니다... 하지만 아무튼 저렇게 떠 있으니까요. 기분이 나쁘다는 건가? 그렇다기보다는... 잘 적응을 하다가도 문득 그런 생각이 든다는 것입니다. 하지만 아스피린을 탓하기는 그렇지 않은가. 그러니까요. 차라리 광선이라도 쏴대면 얼마나 좋을까, 어제는 글쎄 그런 생각마저 드는 것이었습니다. 지식인으로서 부끄러운 얘기지만, 아무튼 그런 것입니다. 아스피린 때문에 자네 참 고민이 많군. 실은 그게 가장 큰 의문입니다. 의문이라니?

고민이란 게 사라졌거든요.

여름엔 다섯 차례의 비가 내렸다. 짤막한 소나기가 아니라, 비가 내렸다고 기억될 만큼의 비를 말하는 것이다. 그때마다 아스피린은 녹았지만, 아스피린의 크기는 전혀 줄어들지 않았다. 거기에 비해 황보는 삼 인치나 허리둘레를 줄였다. 말하자면, 그럼에도 불구하고 다이어트에 성공한 것이었다. 휴가를 다녀온 후 황보도 잠시 우울증을 앓았는데, 뱃살이 줄고 난 후 얼굴이 밝아졌다. 다섯 개의 가요프로그램을 꾸준히 시청하니 절로 기분이 좋아지던걸. 밝은 얼굴로 황보는 재즈댄스를 배우기 시작했다.

7월인가, 그리고 작은 집회가 있었다. 소규모의 데모였지만 아스피린에 항

의하는 이들도 있구나, 란 생각에 인상이 깊었던 집회였다. 짧게나마 뉴스에서도 내용을 다뤄주었다. 그냥 답답해요, 도대체 아스피린이 왜 떠 있는 겁니까, 정부가 조속히 해결해야 할 문제죠, 음모가 있습니다, 그냥 묵과할 순 없는 일이죠, 이러다 타이레놀도 생기면 큰일 아니겠습니까? 전 그냥 친구 따라온 거예요. 시위는 한 시간이나 이어졌다, 고 했다.

8월 중순에 라이는 어소티드를 구했다. 그럼에도 불구하고 호올스, 하기로 했어. 나에게만 살짝 라이는 어소티드를 건네주었다. 좋겠다, 라고 나는 말해주었다. 그리고

정말 아무 일 없이

가을이 왔다. 9월엔 WTO 총회가 개최되어 아스피린을 역사적인 장소로 만들었는데, 실효성보다는 상징적인 의미가 큰 총회였다. 아스피린에 마련된 회의장에 산소마스크를 쓴 각국의 각료들이 앉아 있는 광경은 그야말로 압권이었다. 사진은 외신을 타고 전세계의 이슈가 되었고, 즉각 코카콜라와 바이엘, 한국크라이슬러의 광고 오브제로 사용되었다. 크라이슬러의 비주얼 작업을 한 것은 라이였다. 미국의 본사도 깊은 관심을 보였으므로 라이로선 의욕이 앞설 수밖에 없는 작업이었다. 아스피린이 살길이었어. 작업을 거든 황보가 턱수염을 쓸며 일, 일했다.

자넨 어떤 인물이 되고 싶나? 크라이슬러 건의 자축연에서 부장이 물었다. 글쎄요, 어차피 별다른 고민도 없고... 히카르도 페레스 정도의 카피라이터나 될까 합니다. 집어든 버번을 비우고 나서야 나는 겨우 답할 수 있었다. 고민이 없다는 건 좋은 일이군. 고개를 끄덕이며 부장은 마티니를 마셨다. 아무런 고민 없이, 나는 아스피린을 쳐다보았다.

대응할 수 없을 때 인류는 적응한다. 자료실에서 찾은 히카르도 페레스의 타이어 광고엔 그런 헤드라인이 얹혀 있었다. 훌륭한 카피가 아닐 수 없다고, 나는 생각했다. 사막과, 빙판과, 늪지대와, 자갈길 위에 커다란 타이어를 배치한 시리즈 광고였다.

그리고 어느날 아스피린이 속출했다. 동남아에, 중남미에, 아프리카에, 동유럽 곳곳의 상공에 같은 크기의 아스피린이 나타난 것이었다. 뭐야 이건, 우리가 예제(例題)였다는 기분마저 들잖아. 속보를 보며 라이가 한숨을 쉬었다. 이젠 뭐... 세계적이라고도 말 못하겠는걸. 아쉽다는 표정으로 황보도 말을 거들었다. 하긴 뭐, 그래서 아스피린은 세계적인 게 되었다고 나는 생각했다. 혼자서 음악을 들으며 곽은 한마디도 하지 않았다. 새로운 세계가 시작되었다고도, 나는 생각했다.

뭘 할 수 있을까?

곽이 했던 질문을 나는 스스로에게 던져보았다. 마땅한 답은 역시나 떠오르지 않았다. 지갑을 열고, 신분증을 뒤져보고, 사원증과 여러 장의 신용카드를 일일이 꺼내보았다. 나는 일을 할 수 있고, 나는 물건을 살 수 있다. 확실히 나쁘다고는 말할 수 없는 삶이다. 한 장의 메모지를 펼쳐놓고 나는 다시 메모를 시작했다. 일단 사야 할 물품들의 목록과, 언젠가는 사야 할 물품의 목록을.

새로 나온 아이폰, 노트북 케이스, 시계, 겨울 코트, 무선 수신포트, 십오 와트 스피커, 세제, 모니터, 무소음 청소기, 싱글형 니트 넥타이, 스키복, 방향제, 습기제거제 풀세트, 프랜시스 베이컨 화집, 이십세기의 음악 시디 세트, 세 권의 잡지, 쌀, 식빵, 호박 잼, 스트로베리 잼, 비타민, 미네랄 영양제, 카메라, 전자지능 다리미, 앤틱 라디오, 마사지 체어, 보텀 스탠드, 수족관, 공기청정기, 매직고데기, 슬림에어컨, 커피메이커, 가습기, 스킨케어, 헤어케어, 외장 하드, 운동화, 스노우보드, 커터형 면도기, 액자, 에스 보드, 시트커버, 로보 미니, 아니 그보다는 메르세데스 벤츠... 써놓고 보니 〈지상 최대의 행복〉이란 카피가 떠올랐다. 히카르도 페레스의, 그러니까... 그게 어떤 광고였더라? 우두커니

아스피린을 바라보며

부장은 서 있었다. 휴게실은 고요했고, 창밖의 세계도 고요했다. 뭐 하십니까? 아... 아스피린이 떠 있는 나라들을 생각했네. 특별한 이유라도? 거기서도 누군가 지금 나처럼 아스피린을 보고 있지 않을까 하고. 누군가는... 보고 있겠죠. 다시 아스피린을 쳐다보며 부장은 중얼거렸다. 실은 나 고소공포증이 있는데 말이야, 중증이야. 그런데 매일 칠십일층에서 근무해야 하잖아. 이백대 일 경쟁률을 뚫고 아파트를 분양받았어. 이십삼층이야. 매일 거기서 쉬고, 잠을 자며 살고 있어. 이상하지 않나? 글쎄요, 그러나 아무튼

나쁘다고는 할 수 없다고, 나는 대답했다. 아무도 없는 휴게실에서 아무 말 없이 우리는 서 있었다. 나쁘다고는 말할 수 없는 세계의 어딘가에 순간 올라올 만큼 올라와버린 느낌이었다. 지끈, 현기증이 일었다. 그저 떠 있는 아스피린을 바라보다 툭툭, 어깨를 치며 부장이 말했다. 자, 일해야지.

예, 하고 나는 대답했다.

딜도가 우리 가정을
지켜줬어요

이렇듯

　천하장사 두 개를 쥐고 벤치에 앉아 있으니 인생이 끝장난 기분이다. 오후 다섯시고 여태 점심을 못 먹었다. 일단 우유를 따고, 나는 말없이 소시지의 비닐을 벗긴다. 누가 볼까 두렵기도 하다. 쉰을 넘긴 거구가 숨을 몰아쉬며 소시지를 까고 있다. 얼굴은 뻘겋게 달아 있고 굶주린 아랫배가 턱, 허벅지에 얹혀 있다. 이보다 더 좆같은 풍경이 세상에 있을까 모르겠다. 덥다. 정말 최악의 날씨다.

　오전 내내 여의도를 돌다 왔는데 말도 마라, 이건 뭐 햇볕이 아니라... 짝!

* 딜도: 남성 성기를 본뜬 여성용 자위기구.

여의도 하늘만한 파리채에 이마를 얻어맞는 기분이었다. 터져 죽지도 않고 하여간에 용케 집까지 오긴 했다. 그러니까 이미 스팀이 오를 대로 올라 있었다. 왜 그쪽으로 가셨을까? 신우빌딩이 아니라 선우요 선우! 애매한 발음으로 광장을 가로지르게 만든 그 안경잡이도 한몫을 했다. 곧장 살 것처럼 세 번이나 계약서를 펼치게 하더니 헤헤, 하며 브로슈어만 받아 챙겼다. 좀더 생각해보고요, 하는 어린놈에게 그럼요 그럼요 간은 꺼내놓고 갑니다, 하는 얼굴로 굽실거렸다. 혹 몰라 또 한 장의 명함을 브로슈어에 끼워두었다. 아까 받았는데요. 놈이 말했다. 아, 이건 스페업니다. 쓸개까지 꺼내놓는 인간처럼 나는 웃으며 윙크를 했다. 그 순간에도 간과 쓸개를 합친 부피의 택배박스가 놈의 책상 위에 얹혀 있었다. 아까 전화를 받았을 때

참 오실 때 길 건너 편의점에서 제 택배 좀 찾아와주실래요? 제가 좀 바빠서요. 제 이름 아시죠? 라고 놈이 부탁한 것이었다. 귀를 의심할 정도의 내용이었지만 알다마다요, 여부가 있겠습니까? 라는 말이 절로 튀어나왔다. 그런 기분 알까 모르겠다. 신분증을 보여달라는 편의점 직원에게 저기... 본인은 아니고, 심부름 온 겁니다 말할 때의 그 기분. 우물우물 소시지가 가득한 입속을 헹구며 나는 우유를 들이켠다. 어쨌거나

오늘도 차를 팔지 못했다.

요는 그것이다. 마지막으로 매출을 올린 게 언제지? 기억조차 가물가물하다. 젠장, 남은 소시지를 뜯는데 빨간 끈이라고 해야 하나? 아무튼 고 녀석이 맥없이 끊어진다. 니미럴... 꼭지의 철심을 비틀어 나는 힘으로 소시지를 까려 한다. 깨물어도 본다. 까불고 있어, 아직 힘이라면 누구 못잖은 어르신이다. 끄응. 끊어... 지지 않는다. 그리고 덥다. 너무 덥다. 열 번을 비틀어 축 늘어난 소시지의 끝을 쥐고 나는 무거운 몸을 일으킨다. 기다렸다는 듯

그러니까 거... 뭐라 해야 하나... 참으로 소중한 인체의 아홉번째 구멍 근처가 몹시도 축축하면서 불쾌한 느낌이다. 가렵다. 이래서 여름이 싫다. 땀이 싫고 세상이 싫다. 엉덩이 사이에 차는 땀! 나 같은 비만인에게 이보다 무서운 적이 세상에 또 있을까? 바지춤을 올리는 척 얼른 근처를 손으로 한번 쑤셔준다. 누구 본 사람은 없겠지? 주위를 슬쩍 확인한 후 나는 공원 입구의 가게를 향해 걷기 시작한다. 먼 길은 아니지만 여러모로 힘든 길이다. 안장이 뾰족한 자전거가 있으면 좋을 텐데, 힘든 와중에도 이런 공상을 할 정도로 나는 긍정적인 사람이다. 덥다.

너무 덥다.

이거 안 까져. 소시지를 내밀자 구멍가게 여편네가 툭, 비닐의 끝을 가위로 잘라준다. 실은 교환을 원한 것인데 호오 이것 봐라, 하고는 순순히 가게를 나

왔다. 이 나이에 소시지 하날 놓고 싸울 수도 없는 노릇이지만, 고객의 심적 고통이며... 시간 손실은 과연 무엇으로 보상받을 수 있단 말인가. 이건 아니다... 정말 아니다. 시간만 남아돈다면 단 오분이라도 저 망할 년에게 진정한 세일즈맨쉽을 가르쳐주고 싶다. 아니, 할 수만 있다면 세상 전부에게 가르치고 싶다. 진짜 세일즈맨쉽이 뭔지 이 세상은 너무 모른다. 그래서 예의가 없다. 만약 내가 대통령이라면

　참자.

　다시 벤치로 돌아와 그 잘난 소시지를 물끄러미 바라본다. 하도 비틀고 당기고 했으므로 여편네가 까준 윗부분이 더없이 헐고 지저분해 보인다. 노숙자의 좆도 이보다는 깨끗하겠군, 푸념을 하며 나는 꿀꺽 소시지를 해치운다. 어쨌거나 늦은 점심이다. 그리고... 육년 전에 끊은 담배를 꼭 한 대만 피우고 싶은 오후다. 혹시나 싶어 지갑을 열어보지만 역시나 속은 텅 비었다. 돈도 없는 지갑이 그래도 두툼한 이유는, 돈도 안되는 명함... 계약직으로 전락했음에도 버젓이 부장 직함이 찍혀 있는 명함들 때문이다. 미도자동차 서울·경기 총괄 특수영업부 부장. 최고의 자동차를 선사하겠습니다. 명함 하단에서 환하게 웃고 있는 한 남자의 증명사진을 나는 확인한다. 마흔살 때 찍은 사진이다. 통통한 얼굴은 변함없지만

존 굿맨*을 닮았어요 소릴 듣던 시절이었다. 그랬다. 이 한 장 한 장이 전부 돈이던 때가 있었다. 쉴새없이 걸려오던 전화, 진심이 느껴지던 고객과의 악수... 아버님께서도 제 고객이셨습니다, 작고한 단골의 아들에게 새 차를 건네줄 때의 희열과 감동... 기억하는지 모르겠지만, 뭐 자세한 이야기는 미도자동차 사보 1993년 12월호 이달의 세일즈맨 기사를 참고하기 바란다. 어쨌거나

좋은 시절은 지나갔다.

그리고 기나긴, 끝없는 내리막길을 휠체어를 타고 내려온 기분이다. 특히 지난 몇년은 어디 남산 계단 같은 곳에서 누군가 휠체어를 떠민 느낌이었다. 그런 기분을... 알까 모르겠다. 외곽이긴 해도 32평 아파트를 사기 직전이었는데 22평 전세로, 방 두 칸 연립으로... 다시 연립 월세로... 계약직 전환으로... 나와도 그만, 안 나와도 그만인 사람으로... 쏜살처럼 미끄러져 내려왔다. 어쩌다 이렇게 된 걸까? 어디서부터, 무엇이 잘못된 걸까? 손수건을 꺼내 나는 이마를 닦는다. 손수건. 이 부드럽고 큐트한 비만인의 단짝 친구.

손수건을 한동안 만지작거려도 기분이 좋아지지 않는다. 좋아질 리가 없다. 하기야 그 난리를 치고 집을 나왔는데 어느 미친놈이 웃을 수 있겠는가. 이마의 육수(肉水)를 닦으며 나는 하루를 차근차근 되짚어본다. 그래서, 여의도를

* John Goodman: 미국의 영화배우, 「바톤 핑크」 「킹 랄프」 등 다수의 영화에 출연했다.

나오자마자 마포의 대리점을 찾았다. 간만의 방문인데 시건방진 새끼들이 선배를 보고도 본 척 만 척이었다. 장담컨대 갑근세 고지서가 날아와도 나보다는 열 배, 환영받았을 거란 생각이다. 그런 기분을 누가 알겠는가. 다들 점심을 먹으러 나간 텅 빈 사무실에서 홀로《주간 TV예능》을 뒤적이는 남자의 기분을.

입사동기인 지점장은 연락이 안되고, 배는 고프고... 그러니까 포커스〈상반기를 휩쓴 예능 늦둥이들〉을 읽다가 자릴 일어섰다. 잘들 해봐라, 악담을 퍼부은 만큼 또 배가 고팠다. 근처에 맛있는 밥집은 또 얼마나 많았던가. 카드만 정지되지 않았어도 집까지 오는 수고를 하진 않았을 거다. 버스를 타고 한 시간. 이미 시간은 두시를 넘었고... 아니 세시였던가? 아무튼 집구석을, 그러니까 발도 씻고 밥도 먹을 수 있겠지 찾아들어간 게 화근이었다.

밥 줘.
여태 식사도 안하고 뭐 했어요?

뭐 − 했 − 어 − 요? 이상하리만치 그 한마디에 위며 내장이며 그런 것들이 활활 불타는 느낌이었다. 이상한 놈들이 여럿 내 배 속에 들어와 심장이며 허파며 되는대로 라이터를 갖다대며 불붙어? 붙었어? 잘 안 붙는데. 붙잖아, 에이 가죽 아니네~ 야지를 놓는 기분! 안전모를 쓴 웬 또라이가 내 귓속에 드라이버를 박고 한 십분을 돌려대다 어이, 십자가 아닌가봐. 일자 좀 줘봐~ 외치는 소릴 듣는 기분! 그래서 달려온 동료란 놈이 날도 더운데 그냥 부수지? 눈앞에서 해머를 건네주는 딱 그 기분! 누가 봐도 이건 정당방위야, 그래서 별수 없이 변신—

파이어!

니미럴. 잘잘못을 따질 생각은 눈곱만큼도 없다. 따져봤자다. 잠시 머릿속에 헬륨가스가 찬 것 같았다. 열 받은 머리가 부풀고 또 부풀어 풍선처럼 두둥실 날아갈 것 같았다. 그러다 뻥! 하필이면 63빌딩 41층 여자화장실 창밖에서 폭발, 죄 없는 아가씨들을 울부짖게 만드는 남자가 될 것 같았다. 혼미해진 정신이 갑자기 돌아왔을 땐 이미 창밖에 가구며 가전들이 작살나 있었다. 시방 뭔 일이여? 일층인지 반지하인지 길게 목을 뺀 노파 하나가 빽 고함을 질렀다. 웅크린 채 얼굴을 묻고 마누라는 앉아 있었다. 한 많은, 거북이처럼.

왜 그랬는지 지금도 모르겠다. 이놈의 집구석! 문짝을 차긴 했지만 실은 쿵, 쿵 도망치듯 집을 빠져나왔다. 그렇게 화를 낸 것도, 물건을 부순 것도 처음이라 우선 스스로도 적응이 되지 않았다. 뭔가 꼭 맞아야 할 예방접종을 건너뛴 건 아닐까? 알게 모르게 몸속에서 알을 깐 기생충이 어찌 길을 잘못 들어 뇌까지 올라간 건 아닐까... 주인을 물고 도망친 개처럼 온 동네를 배회했었다.

불행 중 다행을 논하자면

불쌍한 마누라에겐 손끝 하나 대지 않았다는 것... 마침 골목에 지나가던 사람이 없었다는 것... 그리고 또... 맙소사, 그러고 보니 TV며 전자렌지며... 그거 전부 돈 아닌가. 내 돈... 영양실조를 앓는 어린 생명의 고귀하고 소중한 피땀 같은 내 돈! 미친 짓을 했다는 현실적인 생각에 다시 한번 나는 머릴 쥐어뜯는다. 덥다. 저 하늘에 계시다는, 그러니까 우릴 굽어살핀다는 그 인간이 여전히 파리채를 들고 호시탐탐 나를 노리는 기분이다. 나만... 노리는 기분이다. 이 모든 게 다 일이 풀리지 않아서다. 벌써 열 달째, 차를 한 대도 팔지 못했다. 어이 하나님인가 뭔가 하는 양반... 당신은 차 안 필요해?

진작 다른 길을 찾았어야 했다. 조언을 한 인간들은 또 얼마나 많았던가. 니미럴, 그래도 조금씩 좋아지겠지 했는데... 아니, 실은 배운 도둑질도 할 줄 아는 일도 이것뿐이다. 또 무엇보다 1993년 12월 이달의 세일즈맨이 이대로 주저앉을 순 없다 생각했었다. 부끄럽지 않은 길을, 옳은 길을 걷는다고 자부해왔다. 자넨 줏대가 뚜렷하군. 세일즈를 조금이라도 아는 사람이라면 누구라도 내 인생을 그렇게 평할 것이다. 그렇다. 한마디로 세상이 개판이기 때문이다. 덤핑을 하는 인간들, 실적을 가로채는 인간들... 세상을 바로잡기 위해선 우선 그런 인간들을 싹쓸이해야 한다. 도대체 정부는...

니미럴

　나는 다시 이마의 땀을 닦는다. 아무리 변명을 늘어놓아도 결론은 한 가지다. 나는 끝났다. 끝장난 인생이다. 집에 들어갈 일이 걱정이다. 아니, 앞으로 살 일이 걱정이다. 적금이고 카드고 최후의 보루조차 사라진 인간이다. 아들이 이제 대학생인데... 늦둥이는 내년에야 중학생이 되는데... 주위 눈치나 살피며 몰래 똥구멍이나 긁고 있다. 차를 한 대만 팔 수 있다면, 다시 예전처럼 판로란 걸 찾을 수 있다면... 그래, 노숙자의 좆이라도 나는 빨겠다. 세상은 불공평하다. 어느 놈은 예능 늦둥이가 되어 세상을 휩쓴다는데, 어느 놈은 비극 늦둥이가 되어 이 지랄을 떨고 있다. 그나저나 집에는 어떻게 들어가지? 설마 아무도 없고 텅 빈 마루에 이혼서류와 도장이 깔끔하게 놓여 있는 건 아니겠지? 생각만으로도 숨이 가쁘다. 덥다. 손수건이 물수건이 된 지도 이미 오래다. 그건 그렇고

　TV를 던지다 삐끗한 건가?
　오, 내 어깨야!

†

뭐야, 여기 있었잖아.

깜짝이야. 아들 녀석이다. 그나저나 녀석이 여긴 웬일일까? 오늘은 알바가
일찍 끝났나, 하는데 놈이 털썩 옆에 걸터앉는다. 이름은 병태(炳太). 공부를
좀 할 줄 알았는데 겨우겨우 올해 지방 잡(雜)대에 들어갔다. 알까 모르겠다.
꼴에 대학인가 싶은 대학도 등록금이란 놈이 워~얼매나 비싼지. 꼴에 애비라
고, 전세금 뺀 돈을 뚝 떼어 어떻게든 마련을 해주었다. 알겠지만, 그것이 아버
지다. 아 참, 내가 그 얘길 했던가? 지방대 지방대 말들은 하지만 내 아들은 수
도권이다. 뭐 꼭 자랑같이 들렸다면 미안한 일이지만...

밥은 드셨어요?
먹었다.
엄마한테 얘기 들었어요. 부서진 것들은 다 정리했으니 걱정 마세요. 청소
도 다 했어요.
·····························(하여간에 이 여편네!)
엄마도 괜찮대요. 아빠가 요새 답답한 일이 많아서 그런다, 살다보면 그럴

184

때가 있단다, 하시던걸요?

엄마가?

그럼 아래층 잔디 엄마가 그랬겠어요?

여보... 어금니를 꽉 깨물고 나는 속으로 부르짖는다. 자칫 울 뻔했기 때문에 오분 대기조라 해야 할까, 아무튼 땀을 닦는 척 손수건을 미리 미간에 갖다댄다. 미친놈의 해도 이제 서서히 약발이 떨어진 모양이다. 어금니를 깨물고 석양을 바라보는 남자의 기분을 알까 모르겠다. 문득 부부동반으로 본 오래전의 영화가 생각난다. 사랑과 영혼! 그리고 그날밤에 그런 꿈도 꾸었었지. 어딘지 모를 아늑한 곳에서 마누라는 열심히 도자기를 빚는 중이고, 나는 소리 없이 그 뒤로 다가가... 오, 내 어깨야!

감동은 그만하고 빨리 집에 들어가요.

감동이라니, 대체 누가 감동했다고 그러냐.

얼굴이 그냥 감동인데요 뭐.

화가 나서 그런다, 화가!

왜요?

왜라니?

때마침 배 속에서 천하장사 결승전이 열리는 소리가 들렸지만, 왠지 자존심이 제의를 허락하지 않았다. 몰라서 묻냐? 크게 한번 눈을 부릅뜨고는 나는 병태를 향해 정색을 했다. 참, 내가 그 얘길 했나 모르겠는데 내 증조부로 말할 것 같으면 유명한 한학자셨다. 그러니까... 동네에서. 못 믿겠으면 물어봐라, 내 주변의 인간들은 다 아는 얘기다.

　그냥 싫다. 집도 세상도... 병태야, 아빠는 이제 지쳤다.
　누구나 그럴 때가 있겠죠.
　되는 일도 없고 희망도 없다. 요즘 현관문을 들어설 때 내 기분이 어떤지 아냐? 오늘 같은 날 땡볕에 세워둔 차의 운전석에 올라앉는 기분이다. 시동은 안 걸리고, 양복은 모직인데 에어컨은 고장난 그런 기분이지.
　그 뒷자리에 탄 사람은 어떻겠어요.
　나는 말이다... 아니다, 말을 말자.
　괜찮아요 얘기해보세요.

　너 돈 있냐? 나는 병태에게 물었다. 네, 오늘 월급 탔어요. 한숨을 섞어 병태가 답한다. 그럼 가서 담배 한 갑만 사다주렴. 병태는 잠시 머뭇하더니, 툭툭 자릴 털고 일어섰다. 어떤 담배요? 아무거나. 성큼성큼 걸어가는 아들의 뒷모습을 바라보다 나는 다시 병태를 불러 세운다. 왜요? 아무거나 사지 말고... 제일 싼 거!

고맙구나, 아들이 건네주는 담배를 받으며 나는 중얼거린다. 얼마 하디? 나중에 갚아주마. 됐어요. 그런데 라이터는? 라이터는 말씀 안하셨잖아요. 니미럴, 하고 나는 담배를 뜯다 만다. 고작 일 센치, 비닐끈이 일어난 정도니 뭐라도 다른 걸로 바꿀 수 있을 게다. 다시 사올게요. 일어서려는 아들에게 아니, 괜찮다 그냥 앉으라고 나는 말한다. 거무스름해진 스카이라인을 보고 있자니 문득 부자의 정(情)이 영그는 기분이다. 살짝 허리를 젖힌 초승달은 또 얼마나 도시인의 감수성을 자극하는지... 병태야, 하고 나는 말을 이었다.

아빠는 불안하다.

잘해내실 거예요.

아니다... 진심이야. 이젠 자신이 없다. 너도 다 컸으니까 하는 말인데, 또 이건 엄마한테 비밀인데... 벌써 반년이나 지났구나, 나 계약직으로 밀려났다. 잘린 거나 마찬가지야.

엄마도 저도 알고 있어요.

뭐, 어떻게?

아래층 잔디 엄마도 알고 있을걸요? 엄마랑 친하니까.

망할 놈의 여편네... 이러니 내가... 니미럴, 말이 나왔으니 말이다. 엄마 같은 여자랑 결혼하려면 차라리 강원도에 들어가 곰을 데리고 사는 편이 나을 게다. 곰은 입장료라도 벌지. 알까 모르겠다. 아버지가 잘나갈 때... 그때 뭐라도 해서 엄마가 조금만 보탰다면 아파트 살 수 있었다. 집만 있었어도 이렇게

까지 되진 않았지.

엄마를 원망하는 건가요?

원망은 아니고... 그렇다는 얘기다.

엄마도 열심히 사셨어요.

안다. 내 얘기는... 하지만 그걸로는 부족하다는 얘기다. 그래서 화가 난다는 거지.

곰 얘기 엄마한테 해도 되나요?

안되지.

그나저나 남들 사는 만큼은 살아야 하는데.

희망을 가져요 아빠.

미안하다. 면목이 없구나.

아빠도 열심히 사셨잖아요.

알아주니 고맙긴 하구나, 그런데 병태야.

네?

우리 혹시 서민도 아니고 빈민... 그런 거 아닐까?

아무렴 어때서요.

몰라서 하는 소리, 용산이 그리 먼 산이 아니란다.

오늘 뉴스 보셨어요?

뭐?

NASA에선 곧 달에 충돌실험을 할 거래요.

뜬금없이 뭔 소리냐?

아니, 아빠가 먼 산 얘기를 해서요.

얘야.

예?

그래도 우리 아직은 서민이겠지?

그럼요.

대답은 잘하는구나. 그리고 내친김에… 너 말이다, 솔직히 나는 니가 조금은 더 좋은 대학 갈 줄 알았다.

하하 아빠도 참.

서운함이 있는 건 사실이다. 돈을 벌라 했냐, 아니면 일을 시켰냐.

저… 학원도 못 다녔잖아요.

니미럴… 말을 말자.

과외하는 애들 못 이겨요 아빠.

그래서, 그래 불우한 환경에서 자라 이렇게 된 거다. 어쩔래 ─ 냐?

나 참, 그러는 아빠는… 그래서 몽땅 때려부순 거예요?

때린 적 없다. 던지기만 했을 뿐. 오, 내 어깨야!

갑자기 급 울컥하네요.

못했다는 게 아니라 아쉬워 그러는 게다. 중산층이 될 기회를 그리 쉽게 놓치다니.

아빠.

왜?

답답하긴 저도 마찬가지예요.

니가 답답할 일이 뭐가 있냐?

됐어요, 말해 뭣하겠어요.

얘기를 꺼냈으면 끝까지 해라.

아뇨, 아빠가 옳아요.

힘이 빠져 말이 안 나온다. 이런 놈에게 인생을 걸었다는 사실이... 어둑해진 하늘을 바라보다 나는 갑자기 외롭고 쓸쓸해진다. 가장이 온 가족을 몰살하고 자신도 자살기도, 뭐 그따위 뉴스가 실리는 이유를 알 것도 같다. 돈 없는 인간끼리, 보탬이 안되는 인간끼리 가족이 된다는 건 세상에서 가장 끔찍한 비극이다. 덥다. 저녁인데도 왜 이리 더운 걸까? 배는 고프고... 초조하다. 무엇보다 지금의 나에겐 혁신이 필요하다.

집에 가요 아빠. 엄마가 모시고 오랬어요.

아니다 얘야, 오늘 같은 날 어떻게 발 뻗고 잘 수 있겠니.

그럼 어쩌실려구요?

제발 오늘 하루는 날 내버려다오. 잠이야 여기서 해결해도 그만이고... 아니, 그보다 뭔가 내 인생에 대해 심각한 고민을 해보고 싶은 밤이다. 이러니저러니 해도 제일 못난 놈은 나 아니겠니?

아빠를 원망한 적은 없어요.

지금까진 그랬다 쳐도 앞으로는 다를 게다. 두고두고... 내 제사상에 삼분카레라도 올라오면 다행이겠지. 얘야, 아무리 내가 미워도 그것만은 잊지 마라. 아빠가 최선을 다했다는 사실을... 재워주고 입혀주고, 심지어 니 포경수술 비용까지 아빠가 지불했다는 사실을 말이다.

아아, 정말 여기서 주무실 거예요?

그래.

모기는 어쩌구요?

이 살집들 봐라, 이참에 연비도 좀 줄여야지.

걱정되네. 여기가 밤 되면 질 나쁜 중딩들 모여 노는 곳인데.

풋, 웃기지도 않다.

요즘은 애들도 칼 들고 다녀요.

핏.

하긴 저도 얘기만 들었어요.

돈 좀 빌려줄 수 있나?

차라리 찜질방에 가라고 병태가 만원을 쥐여준다. 안에 식당도 있으니까 미역국이나 황태해장국 사드세요. 이만원을 더 쥐여준다. 아참, 전자렌지는 멀쩡하더라구요. 신기하죠? 신기하긴... 다 아빠가 기술적으로 던져 그런 거지. 그런 대화를 나누며 아들과 함께 걷고 있자니 그래도 내 곁엔 가족이 있구나... 결리는 어깨 위로 은하수가 내려와 흐르는 기분이다. 병태야... 옛날에 말이다.

월튼네 가족*이란 드라마가 있었는데, 혹시 아냐?

그건 모르겠고 심슨 가족**은 알아요.

심슨은 누구냐?

뭐 월튼과 비슷한 거 아니겠어요?

그렇담 좋은 가족이겠구나.

내일은 꼭 들어오셔야 해요.

그래 약속하마.

정말이죠?

여태 아버지가 너 속인 적 있냐?

어릴 때 눈 감으라 해놓곤 주먹방구 놓으셨잖아요.

허허, 녀석도 참.

....
* The Waltons: 1972~81년 미국 CBS에서 상영된 가족드라마. 국내에선 '월튼네 사람들'이란 제목으로 방영되었다.
** The Simpsons: 1989년 미국 노먼 프로덕션과 FOX TV에서 제작된 애니메이션 가족드라마.

병태를 보내고 뜯지도 못한 담배를 가게에서 환불한다. 교환을 해야지 환불은 안된다 여편네가 좋알거렸지만 풋, 나 같은 베테랑에게 어디 통할 법이나 할 소린가. 저 멀리 찜질방의 네온을 바라보며 나는 걷기 시작한다. 집에 들어가기가 두려운 이유를, 또 도망치듯 집을 나온 진짜 이유를 병태에겐 말할 수 없었다. 그러니까 한참 스팀이 올라 물건을 집어던질 때였다. 시계며 라디오까지... 그러다 무려 일년 가까이 차 한 대 팔지 못한 현실이 머릿속에 떠올랐다. 정말 미칠 것 같았다. 뭔가 더, 던지고 부술 것이 필요했다. 뭐 없나? 경대며 장롱의 서랍까지 와르르 꺼내기 시작했다. 그리고 에라잇~ 하는데 툭, 뭔가가 떨어졌다. 뭐야 좆같이... 하고 보는데 과연 좆같은 것이었다. 갑자기 정신이 돌아오며 나는 한동안 그 자리에 얼어붙었다. 당신이라도 그랬을 것이다.

그것은 딜도였다.

내 거보다 세 배... 굵직하고 거무틱틱한 그놈을 보고 있자니 갑자기 온몸의 힘이 빠져나가는 느낌이었다. 열 달이 뭐고 일년이 다 뭔가... 그러고 보니 한 삼년은 된 것 같았다. 한번도 해주지 않았답니다. 그런 누군가의 목소리가 아홉시 뉴스 같은 느낌으로 귓속을 꽝꽝 울리는 것이었다. 즉, 그랬던 거라네.

✝

　진짜 비극이 어떤 건지 당신은 모른다. 삼년 전부터 좆은 안 서고, 일년 가까이 돈도 못 벌고 회사에선 팽(烹)... 정신을 차려보니 마누라의 서랍 속엔 딜도가... 말하자면 그런 건 비극의 미끄덩한 껍데기에 불과하다. 비극의 진짜 알맹이는 작은 살구씨처럼 그 속에 숨어 있다(그렇다고 비극이 피부에 좋다는 얘긴 아니다). 그 중심에, 작지만 아주 단단한 모습으로... 그런 기분을 알까 모르겠다. 마누라의 딜도는 수입 명품도 고급 진동형도 아니었다.

　일반 막대형이었다.

　니미럴, 내가 아무리 돈을 못 벌어도 그렇지... 탈의실에서 끈끈한 러닝을 벗으며 나는 생각한다. 이건 뭐... 말을 말자. 아아 좋다. 샤워를 하고 뜨끈한 물속에 몸을 담그니 이 세상이 천국이다. 돈이 있다면... 돈만 있다면 하고 나는 망상에 빠져본다. 지금... 나는 갈등에 빠져 있다. 어떻게 결정은 내리셨습니까? 초조해진 부동산 중개인이 조심스레 말을 건다. 투구풍뎅이를 닮은 중개인의 얼굴을 빤히 노려보다 좋았어! 를 외치며 나는 테이블을 내려친다. 타워팰리스... 말고 찜질방을 살 거야! 풉푸푸푸푸학. 웃음을 참기 위해 나는 물속으로 잠수한다. 뽀글뽀글 이마를 간지럽히는 공기방울 속에서 나는 잠시 행복해진다.

타워팰리스는 개뿔, 찜질복을 입고 팔층 창밖을 내려보고 있자니 문득 홀로 이 타워크레인에 올라와 선 기분이다. 최저생계 보장하라, 그런 현수막이라도 걸었으면 좋겠다. 사람들은 말하겠지, 저렇게 뚱뚱하면서 먹고살기 힘들단다. 그리고 분명, 단식투쟁 선언했던 오십대 권모씨 단식 두 끼 만에 스스로 내려와... 이런 기사로 만인을 즐겁게 하는 남자가 될지도 모르겠다. 이거 혹시 빅아이디어가 아닐까? 그렇게라도 유명해지면, 또 뜻밖의 영업 늦둥이로 거듭나 새 삶을 살 수 있지 않을까? 오, 내 어깨야!

아니 이게 누구야?

익숙한 목소리에 돌아보니 어랏, 정말 이게 누구란 말인가. 김상호다. 오래전 함께 영업을 뛰던 동료였다. 같은 상고 출신이라 애환을 나눌 일도 많았고, 보다 일찍 몰락의 길을 걸은 친구였다(이 몸과 비교했을 때 특히 그랬지). 회사를 나간 게 벌써 오년 전, 지금은 어디서 삼만팔천팔백원 동충하초나 팔고 있나 모르겠다. 이야 김상호! 정말 얼마 만인가, 그나저나 여긴 어쩐 일이야? 승자의 여유랄까 나는 너스레를 떨어본다. 어쩐 일이라니... 하고 김상호가 웃는다. 나 요즘 여기서 살아. 아, 그래? 하고 나도 웃긴 했지만 웃을 일이란 생각은 들지 않았다. 여기 시설이 참 좋더라구. 대신 그런 덕담을 늘어놓자 그래? 난 잘 모르겠는데, 하며 고개를 갸웃한다. 눈치가 코치냐? 생각도 들었으나 허허, 하고 나는 다시 웃는다(허가나 받았을래나 몰라 이 찜질방). 그래, 어떻게 지내나? 그가 물었다. 허허허 잘 지내지. 나는 더, 크게 웃는다.

함께 미역국을 먹으며 이런저런 얘기를 들었다. 재작년에 마누라랑 갈라섰단다. 딸은 누가 키우고? 마누라가 데려갔지. 고시원에서 일년 살다 이곳으로 거처를 옮겼단다. 양육비니 생활비니 골치는 아프고, 어설픈 영업은 여전히 답이 없단다. 그래, 뭘 파는데? 뭐긴 뭐겠어 자동차지, 할 줄 아는 게 그뿐인데. 그렇지, 고갤 끄덕이는데 밥이 목구멍으로 넘어가지 않는다. 이건 뭐... 내 자서전의 후반부가 아닌가.

빨간 조명등이 참 예쁘다. 소금방에 나란히 누워 찜질을 하고 있으니 지나간 한세월이 나른하게 떠오른다. 길었던 오늘 하루도 나른하게 떠오른다. 자넨 여전히 잘나가지? 상호가 묻는다. 나른하고 긴 한숨이 나도 모르게 새어나온다. 그럭저럭이야. 아니... 그래, 감춰 뭐 하겠는가. 실은 나도 계약직으로 떨어진 지 오래라네. 소금기 가득한 침묵이 방 안의 공기를 무겁게 짓누른다. 그래서일까, 머리를 받친 싸구려 목침이 더 딱딱하고 아프게 느껴진다. 니미럴, 그때 아파트를 샀어야 했는데.

자넨 계속 잘나갈 줄 알았는데.

세상이 이런 걸 어쩌겠나.

하긴 늘 그런 기분이 든다네, 굴러다니는 차보다 차팔이들 숫자가 더 많다는 생각. 게다가 다들 대졸 아닌가.

니미럴.

힘내게나.

그러고 보니 그간 연락 한번 못했구먼. 먹고사는 게 뭔지 참.

누굴 탓하겠는가, 영양가 없는 날 탓해야지.

그래도 사람 사는 게 어디 그런가?

안 그런 놈 하나도 못 봤네.

조두출이 알지? 그 새끼가 지금 마포 지점장이네. 오늘 점심이나 한 끼 얻어먹을까 갔는데 전화를 피하더라고... 니미, 그 씨발놈이 가로챈 내 실적이 얼만데...

원래 그런 놈들이 성공하는 세상 아닌가, 그런데 이런 말 하긴 뭣하지만 자네도 내 실적을 가로채지 않았나?

앙?

자넨 잊었나 모르겠는데 난 똑똑히 기억하고 있다네.

좆도, 어떤 건인지 어렴풋이 기억이 난다. 하지만... 나와 조두출이를 동급으로 취급하면 곤란하다. 실적이란 게 그렇다. 그건 마치 정성껏 만 김밥을 자르고, 접시 위에 보기 좋게 올리는 일과 같은 것이다. 내가 빼먹은 게 있다면 그런 거다. 김밥을 자르고 남은 끄트머리... 삐죽삐죽 어차피 접시에 올리기도 뭣한... 거 왜 있잖나, 칼질을 끝낸 분식집 아줌마가 낼름 자기 입안으로 쑤셔넣는 그거, 그런 거.

반면 조두출이가 빼먹은 건들은 어떤 것인가. 가지런히 접시 위에 올려둔 김밥의 핵심부위... 말하자면 게맛살이나 햄만을 쏙 빼먹어 구멍을 뻥 뚫어놓은 셈 아니었던가. 어디 그게 한두 번이었나. 김치김밥이라고 내갔는데 아저씨 잠깐만, 이거 고춧가루는 묻었는데 왜 김치는 없어요? 소릴 듣는 그런 기분... 말을 말자. 어쨌거나 나와 조두출이를 동급으로 다루다니 세상에 이보다 억울한 일이 또 어딨단 말인가. 니미럴, 입을 틀어막고 주먹방구나 한 방 먹이면 이놈이 진실의 눈을 뜰래나? 오, 내 어깨야!

그 말을 왜 이제야 하는 겐가? 거참 서운하구만.

그땐 못했지. 자네가 무서워서.

앙? 그건 또 뭔 소린가.

몰라 묻나? 영업소에서 자네 별명이 미친 문트였잖나.

생판 첨 듣는 소리구먼.

실은 다들 자넬 두려워했네.

그나저나 문트가 뭔 뜻인가?

낸들 어떻게 알겠나. 그리구 그런 자네는 왜 조두출이한테 얘기 못했나.

그 새끼는 잔대가리가... 니미럴, 어쨌거나 내 미안허네.

뭔 소리, 우리 일이 다 그렇지 뭐.

그나저나... 자네 좆은 잘 서나?

서면 뭐하나 귀찮기만 할 뿐이지. 그런데 그건 왜 묻나?

아닐세.

혹시 자넨 안 서나?

그럴 리가 있나. 요새도 밤마다 마누라는 해외여행이라네.

옛날에도 자넨 늘 그 소리였지.

허허허.

자넨 정말 하나도 변하지 않았구만.

자네야말로 그대롤세. 벼멸구 같은 얼굴이 조금도 늙지 않았어.

이보게 상호, 산다는 건 뭘까?

서민이 그런 걸 알아 뭐하겠나.

그래도... 그래도 말일세.

자네도 많이 약해졌구만.

나 정말 요새는 쉬고 싶은 생각뿐이네. 아니, 죽고 싶다네.

그런 소리 말게, 자네 마누라 해외여행은 어쩌고.

더는... 차를 팔 자신이 없어. 세일즈가 뭔지, 어떻게 하는지조차 이젠 가물가물해. 집에 쌀이나 있나 몰라.

그렇게 힘든가?

글쎄 죽고 싶다니까.

....

이봐, 김상호가 입을 연 것은 살살 졸음이 몰려온다 느껴질 무렵이었다. 앙? 잠깐 사이 나는 걸쭉한 침을 좀 흘렸고, 여기서 잠들면 큰일나지... 뭐 그런 생각을 머릿속에 담았다 말할 수 있다. 나 잔 거 아니라네, 생각을 좀 하고 있었지. 묻지도 않은 말에 대답이 나온 이유는 그래서였다. 자네 말일세, 하고 김상호는 주위를 살피며 말을 이었다. 그렇게 힘들다면

화성에라도 한번 가보지?

날 물로 보나? 평택 안성 천안... 대전까지 다 가봤네. 어디고 우리 같은 퇴물이 발붙일 곳은 없어. 스읍 침을 닦으며 나는 답했다. 이보게, 하고 김상호가 말했다. 제주도까지 간다 해도 발붙일 곳은 없을 게야. 더는 발 디딜 틈 없는 세상이라구. 결국 내가 판로를 개척한 곳이 어딘지 아나? 잠깐, 판로라고? 판로란 말에 누군가 공업용 전기드릴을 귀에다 마구 들이박는 기분이었다. 나 달에 갔었네, 또박또박 김상호가 얘기했다.

†

천자문을 누가 만들었는지는 모르겠지만, 그는 분명 인생을 잘 아는 인간이었을 것이다. 당연히 좋은 대학을 나왔겠지, 망망한 어둠을 바라보며 나는 중얼거린다. 얼마나 바쁜 아침을 보냈는지 당신은 모를 것이다. 우선 새벽에 몰래 집구석을 찾아갔다. 발소릴 죽여 쉰내 나는 속옷을 갈아입고, 어둠속에서 잘 다린 새 셔츠를 찾아 입었다. 넥타이를 매고 나자 우직한 한 남자의 실루엣이 거울 속에 서 있었다. 다들... 잘살아야 한다. 가방을 들고 현관에 선 채로 나는 어둠속에서 그렇게 중얼거렸다. 그리고 여보... 미안해.

사생결단.

뻥이 아니라 참으로 담담한 마음이었다. 대리점 근처 전철역에서 토스트를 사먹었고(니미 그 마가린 냄새하고는), 커피를 마시며 시간을 보냈다. 여어 이게 누군가? 조두출이는 여전했다. 깍지 낀 손을 끄덕이는 버릇도, 이게 누군가? 웃은 다음 거두절미 나 돈 없네 말하는 싸가지도. 흐흐 돈 빌리러 온 게 아니라네 따위 멘트는 날리지도 않았다. 나는 웃었고, 넉넉히 팔짱을 낀 채 딴전을 부리듯 얘기했다. 요즘 제일 고전하는 모델이 뭔가? 물어보나마나 캐럿*이지, 씨발놈이 대답했다. 잔말 말고 한 대 꺼내줘, 사겠다는 사람이 있어서 말이야. 화, 확실해? 놈이 물었다. 백 프로, 라고 나는 구두를 탁탁 털며 말했다. 안타깝다. 입에 좆이라도 박힌 듯한 그 표정을 당신도 봤어야 하는데. 내 차는 아니지만, 어쨌거나 지금 미도의 최고급 최신형 세단을 몰고 나는 화성으로 가고 있다. 집 우(宇) 집 주(宙), 넓을 홍(洪) 거칠 황(荒). 우주는 확실히 말 그대로의 느낌이었다.

달에 갔다고?

그렇다네.

거길 어떻게.

내비에 찍고 줄곧 가면 나온다네.

산소도 없잖나.

먹고살아야 하는 마당에 산소 따지게 생겼나?

니미럴.

거긴 아직 경쟁이 심하지 않아. 살 만한 놈들이 거길 갈 리 없으니까.

그나저나 거기에도 뭐가 사나?

뭔진 모르겠지만 하여간에 살아, 게다가 돈도 꽤나 돌더라구.

* Carat: 미도에서 출시한 최고급 세단. 사상 초유의 개발비를 투자했으나 고급차 시장을 장악한 수입승용차의 브랜드파워에 밀려 고전을 면치 못하고 있다.

많이 팔았나?

제법 팔았네, 숨통이 확 트였다니까.

내가 알기론 우주엔 암흑물질인가 뭔가, 또 태양방사선이니 뭐니 겁나 위험한 곳이라던데.

여기서 돈 없이 사는 거보다 위험하진 않네.

니미럴, 방사선에 뒈지면 어쩌지?

이래 죽으나 저래 죽으나 마찬가지 아닌가. 어느 쪽도 사과하는 놈 없기는 마찬가지지.

좆도 니기미.

다음엔 꼭 박근혜 찍을 거라네.

내 말이 그 말이네.

긴 여행이 될 듯싶어 소주를 두 팩 샀다. 상호의 말대로 짭새 따위가 있을 리 없었다. 허나 팩을 뜯지 않고 나는 줄곧 운전에만 집중했다. 시키는 대로 내비를 찍고, 안내를 따라 열라 달렸다. 달리고 달리고 또 달렸다. 이리저리 파리떼 같은 인공위성만 피하고 나니 그야말로 망망대해였다. 달보다 먼 화성을 선택한 이유는 한 가지다. 바로 예의! 조두출이가 평생을 살아도 배우지 못할 세일즈의 예의... 이보게 상호, 이것이 바로 나라는 인간이네.

차도 안 막히고 해서

생각보다 일찍 나는 화성에 도착했다. 망할 놈의 신호도 없었고, 달리 졸음이 오지도 않았다. 점심때쯤 되었을까? 시계는 멈췄지만 아무튼 그런 기분이었다. 고요했다. 그리고 조금은, 겁이 났다. 낯선 행성의 풍경을 바라보며 우적우적 삼각김밥을 씹는 기분을... 누가 알까. 차창을 열기도 겁이 났지만 어쩌겠는가, 참치 마요네즈와 불닭의 에너지를 빌어 나는 우뚝 차에서 내려섰다. 헉. 겁나 춥고 숨조차 쉴 수 없었다. 하지만 그딴 환경이 먹고살겠다 발버둥치는 인간의 결심을 또 어떻게 이기겠는가. 주위를 둘러보며 휴, 나는 심호흡을 크게 해본다. 어디서나 서민은 적응해야 한다. 적응도 못하는 서민은, 죽어야지 뭐.

적응 끝났다.

이래저래 둘러본 화성은 채워넣어야 할 이혼서류의 빈칸처럼 황량하고 적막한 곳이었다. 미생물 한 마리도 없을 듯한 그런 곳... 그럼 뭐... 레드 카펫이라도 깔려 있을 줄 알았나 앙? 나는 스스로를 다그친다. 어쨌거나 다른 혹성이다. 지구의 잣대로 고객이 있니 없니를 평가해선 안되겠지. 나는 다시 차에 오른다. 어드벤처는 아직 시작도 되지 않았다. 고객님 어디 계세요? 창문을 열어다오, 창문을... 열어다오. 얼마를 더 달렸을까.

춥고

따분하고
춥고
지루했다.

음악도 꺼졌다. 핸들에서 손을 놓은 지도 오래. 달려도 달려도 사막이고, 아무리 둘러봐도 쥐새끼 한 마리 보이지 않았다. 외롭다. 나는 결국 시동을 끈다. 이건 미친 짓이야. 니미럴, 나는 차에서 내려 근처의 야트막한 바위에 걸터앉는다. 소주를 깐다. 어차피 아무도 없는데 여기 앉아 딸딸이나 한번 치고 갈까? 생각해본다. 일말의 기대를... 나는 접는다.

그런 눈으로 쳐다보지 마라.
안다. 다 아니까
말하지 마라.
그때 아파트를 샀어야 했다.
잘난 당신이 어떤 생각을 하건 간에
내가 아는 건 그뿐이다.
뭐, 니가 아는 것도
실은 그뿐이잖아?

춥다.

너무 춥다.

아마도 절반쯤, 소주를 비웠을 것이다. 오, 그 광경을 당신도 봤어야 하는데. 저 멀리 모래언덕을 넘어 차가 한 대 비실비실 달려오고 있었다. 날아다니는 접시니 뭐니 그런 이상한 게 아니라 말 그대로 지구의 차! 이거야 원... 여기도 날샜구나, 짜증이 인 것도 사실이지만 또 한편 반가워 눈물이 날 지경이었다. 뿌연 먼지와 함께 차에서 내린 생물은 누가 봐도 인간이었다. 게다가 내 또래... 좆도 돈은 없어 보이고... 흑인이었다. 황당하다는 듯 놈도 뚫어지게 나를 훑어보았다. 기대 반 실망 반, 그리고

퍽 유, 화성인인 줄 알았더니!

되레 손사래를 치며 어깨를 으쓱한다. 딱 봐도 냄새가 난다. 뭔가 팔러 온 놈이고, 지지리도 퇴물이다(여기까지 온 걸 보면 말 다했지 뭐). 쿵쿵 세일즈의 냄새를 확인한 후, 나는 거만한 얼굴로 놈을 향해 물었다.

동남아?

잠시 어리둥절해하던 놈이 아, 이내 말뜻을 알아차리는 눈치다. 미국, 하고 놈이 답한다. 앙? 하는 마음이긴 했지만 저기... 뭐 소나 말이나 키우는 그런

데겠군 싶었다. 캔사스? 아이오와? 재차 물었는데 놈의 답변이 너무나 심플하다. 뉴욕. 이런 니미... 내가 꿀리잖아. 어쨌거나 별생각 없다는 표정으로, 자넨 어디서 왔나? 놈이 물었다.

한국.
한국? 음... 첨 들어보는 나라네.
박지성 몰라?
모르는데.
리얼 마드리드도 모르면 곤란하지.
레알 마드리드라면 들어는 봤네.

화성은 참 이상한 곳이다. 누구나 쉽게 친구가 되고, 누구에게나 쉽게 속내를 털어놓게 한다. 아마도 저, 희뿌연 대기... 그래, 우주방사선인지 뭔지 그 때문인지도 모르겠다. 이 친구의 이름은 죠, 뭐 듣자하니 처지도 비슷했다. 듣보잡 보험세일즈를 한다는데 전기세가 여섯 달, 의료보험비가 석 달치 체납이란다. 곧 길거리로 나앉아야 할 판인데 무엇보다 아들이 치통이 심하단다. 유산 한푼 없는 것도 마찬가지, 먹고살겠다 여기까지 온 것도 매한가지였다. 좆같은 세금이 너무 많아. 담배를 문 뉴요커가 모자를 벗으며 말했다. 꼴에 모자에는 뉴욕 양키즈가 적혀 있다.

술 한잔 할 텐가? 남은 한 팩의 소주를 나는 죠에게 건네준다. 좋은 차군. 캐럿을 바라보며 죠가 중얼거린다. 왜, 살 텐가? 뉴욕 양키스가 찍힌 모자를 씌워주며 주말에 결승전이 열리니 보러 오게 — 와 같은 소리를 나는 죠에게 해댔다. 사고는 싶은데... 차를 바꾼 게 지난주라서 말이야 — 죠는 꼭 나 같은 소리를 늘어놓았다. 만약 죠가 양키스 스타디움에 나를 초대했다면, 나는 정색을 하고 이렇게 말했을 것이다. 이거 어쩌나, 마침 그날이 장모님 생신이시네. 우리는 두말없이 소주를 기울였다.

적막한 풍경 때문일까, 소주를 잘 빨던 죠가 갑자기 울컥 눈물을 쏟아낸다. 이 친구야, 하고 나는 죠의 등을 두드려준다. 자넨 그래도 미국 시민권자 아닌가... 니미, 나라는 인간의 사연 한번 들어볼 텐가? 이러고 그래서 저러고 그랬는데... 또 그러다 집 안을 뒤엎는데 글쎄 마누라 서랍에서 딜도가 툭 떨어지지 뭔가. 아이쿠 저런, 하고 죠도 내 어깨를 두드려준다. 친구, 하고 죠가 말했다. 도움이 필요하면 언제든 얘기하게. 얼떨결에 고맙네, 얘기한 것은 그놈의 그 방사선 때문이었을 것이다.

죠는 이미 맛이 간 얼굴이었다. 찌그러진 소주팩을 발로 차며 제기랄, 죠가 울부짖었다. 만약 눈앞에 복권의 악마가 나타난다면 난 당장 놈에게 영혼을 팔 거라네. 만약 코앞에 부동산의 악마가 서 있다면 일년이고 이년이고 놈의 좆을 빨아주겠네. 이렇게 살 바에야... 이렇게 살 바에야 말일세. 부동산의 악마가... 여자면 어쩌지, 생각도 들었으나 나는 말없이 죠를 울도록 내버려두었다. 앤디, 오 불쌍한 내 아들... 얼굴을 파묻고 한참을 훌쩍이던 죠가 불현듯 일어나 노래를 부르기 시작했다. 분위기도 그렇고, 또 구슬픈 죠의 목소릴 듣고 있자니 하물며 나도 훨훨 시름을 벗어던진 바람의 베가본드가 된 기분이다. 좋다, 내 오랜만에 스텝 한번 밟아주지.

앤디야 내 아들아
몸 성히성히성히성히 자알 있느냐?
화성에 있는 이 아빠는 사장님이 아니란다.

아니, 이 노래를 어떻게 죠가 알지? 생각도 들었지만 한참 다이아몬드를 밟던 중이라 그저 추임새를 넣기에도 나는 숨이 가빴다.

니미 씨팔 가정환경 조또!

화성에 있는 이 아빠는 사장님이 아니라서
사막하고도 한복판에서 빡빡 기는 세일즈란다.

니미 씨팔 가정환경 조또!

노래가 끝나자 뭔가 찬바람 같은 것이 죠와 나 사이를 횡하니 지나가는 느낌이었다. 그나저나, 하고 눈물을 닦으며 죠가 물었다. 자네가 이 노랠 어떻게 알지? 하아, 숨을 몰아쉬며 내가 답했다. 내 말이 그 말이네. 그것참, 하고 죠는 중얼거렸다. 우리는 나란히 바위에 걸터앉았다. 실은 말일세, 죠가 입을 열었다.

피츠버그에서 왔네.
첨 들어보는 곳이구먼.
피츠버그 몰라?
몰라.

어쨌거나 건투를 비네. 시동을 거는 죠를 향해 나는 손을 흔들어주었다. 고맙네, 자네도! 거뭇거뭇한 손을 흔들며 죠도 깊숙이 모자를 눌러썼다. 만남도 이별도 베가본드의 숙명... 숙연해진 화성의 대기 속에서 나도 그만 눈시울이 뜨거워지는 기분이었다. 부릉. 나도 시동을 걸었다. 죠의 똥차가 사라진 반대편으로 나는 달리기 시작한다. 술기운이 다할 때까지 달리고 또 달리자. 더이상 갈 곳도 이젠 없지 않은가, 캐럿의 속도를 나는 높이기 시작한다. 나는 세일즈맨... 내가 가진 건 시승용 차 한 대가 전부... 나는 그러니까... 니미 씨팔 가정환경 조또.

아마도 어딘가 차를 세우고

잠시 잠을 잤다는 생각이다. 쿵, 하는 소리가 밖에서 들렸다. 눈을 비비고 침을 닦고, 확실히 잠을 깬 나는 창밖을 둘러보았다. 거기... 뭔가가 서 있었다. 아니, 앉아 있다고 해야 할지... 누워 있다 해야 할지 모를 정도로 특이하고 거대한 '뭔가'였다. 스읍 침을 닦고 창문을 내리자 어머나, 하고 그 뭔가가 울부짖었다. 고함을 친 것은 아니지만 워낙 거대한 성량이라 차체가 덜덜 흔들릴 정도였다. 내가 그만 잠을 깨웠네, 하고 '그것'이 말했다. 잔 거 아닙니다, 생각한 겁니다. 고갤 내밀고 나는 큰 소리로 외쳤다.

†

어쨌거나 나는 내려섰다. 덕분에

화성인이라 해야 할지, 화성괴물이라 해야 할지... 아무튼 '그것'의 전체를 볼 수 있었다. 키는 대략 칠~팔 미터, 비대한 몸집 전체가 짙고 옅은 회갈색의 피부로 덮여 있었다. 움직임에 따라 바위처럼 단단해 보이기도, 인간의 살처럼 부드러워 보이기도 했지만 ― 아무튼 전체적으로 거대한 고깃덩어리란 인상을 내뿜는 것이었다. 다리라고 할 만한 것은 보이지 않았고, 가슴팍 정도에 파묻혀 있는 문어와 인간의 합작 같은 얼굴을 볼 수 있었다. 특이한 것은 손이었다. 길게, 정수리에서 뻗어내려온 여섯 개의 촉수를 나는 볼 수 있었고, 가늘고 유연한 촉수의 끝에는 정말이지 인간의 손과 유사한 작고 정교한 손이 달려 있었다. 그리고 그것은 암컷이었다.

뭐, 부러 확인한 게 아니라... 실상 눈앞에 보이는 풍경이 문제의 부위였기 때문이다. 흠, 그러니까 내 키보다 큰 거대한 생식기가 땅에 축 늘어진 아랫배 같은 곳에 자연스레 붙어 있었다. 그 생김새에 대해선 굳이 설명할 필요가 없겠다(그냥 똑같았다네 이 사람아). 아무튼 그런 이유로, 나는 작은 바위산과 그 아래 위치한 커다란 동굴 앞에 서 있는 모양새였다. 허허, 안녕하십니까? 하고 나는 인사를 건넸다. 안녕? 하고 그녀도 인사를 했다. 날은 춥고, 참 자연스러운 ― 은은한 오징어 냄새가 코를 찔렀으므로 나는 마치 주문진 밤바다 앞에 서 있는 기분이었다. 뭐 괜찮습니다, 하고

나는 말을 이었다. 이래봬도 성인이거든요. 에또... 얼어죽을 듯한 기온인데도 송글송글 이마에 땀이 솟았다. 미묘하게 벌렁이는 눈앞의 동굴 속엔 왠지 눈이 퇴화된 박쥐떼라든가... 태고의 신비가 깃든 종유석들이 뚝뚝 석회성분의 물방울을 바닥으로 떨구고 있을 것 같았다. 혹 모르지 삭발을 한 수도승이

라도 앉아 있을지. 저희 증조부가

한학자셨는데... 우물쭈물 땀을 닦고 있자니 그녀가 대뜸 악수를 청해왔다. 알아, 지구인이지? 전체의 느낌에 비해 참으로 작고 부드러운 손... 그리고 깜짝이야, 그녀의 손가락과 손목을 가득 메운 색색의 보석과... 명품시계를 나는 볼 수 있었다. 지구의 것이 분명했다. 그리고 저게 전부 몇캐럿이야... 나도 모르게

뵙게 되어 영광입니다 사모님, 소리가 절로 나왔다. NASA에서 온 거야? 그녀가 물었다. 그건 아니구요, 좋은 제품 좀 팔아볼까 싶어 나왔습니다. 좋은 제품이라... 그리고 문제의 사모님을 올려보니 절로 입맛이 싹 가시는 기분이었다. 나는 망했다. 눈앞의 사모님께서 미니카 수집 취미라도 갖고 계시지 않는 한

나는 망한 것이다. 혹시라도 하는 생각에 저기 사모님, 하고 말을 잇는다. 여기 저처럼 자그마한 분들은 안 계신가요? 뭐, 그러면서도 좋은 시계도 차고 계시고... 그런 분들 말입니다. 여긴, 하고 사모님이 말했다. 여긴 우리뿐이야. 그렇군요, 하고 나는 고개를 떨군다. 니미럴. NASA 친구들은 겁이 많았는데 당신은 겁이 없네? 그녀가 물었다.

그 친구들은 먹고살 만하거든요.
그럼 당신은?

전 가진 게 독밖에 없습니다.

난 가진 거라곤 돈밖에 없는데.

휴... 여기선 대체 뭘로 돈을 버시는지요?

뭐긴 뭐야, 땅이지.

그럼 부동산?

NASA에서 오자마자 전부 개발에 들어갔거든. 보상받은 사람들은 노가 났지, 노가.

좋으시겠습니다.

좋긴 한데... 잘 모르겠어.

왜요?

외로워.

남편이 안 계신가요?

바빠, 계속 벌어야 하니까. 또 쉴 때는 오렌지* 밟느라 정신이 없고.

어허, 이런 미인 사모님을 두고... 안타깝습니다.

그거 알아?

뭘 말입니까.

일년이 넘도록 한번도 안해줬어.

* 오렌지: 화성의 골프장엔 잔디가 없기 때문에 그린에 올랐다, 와 같은 뜻으로 오렌지를 밟는다고 표현.

일년이라구욧?

그래 일년.

형님도 참, 너무하시네!

그런데 너 참 귀엽다.

뭐, 그런 소리 종종 듣긴 했습니다.

그리고 저건 뭐지?

뭐 말입니까?

저거... 꼭 좆같이 생겼네.

나는 잠시 뒤를 돌아보았다. 황량한 풍경 속에 서 있는 건 오로지 내가 타고
온 캐럿이 전부였다. 막대한 개발비가 들어간 유선형 세단... 그러니까... 화성
의 형님들은... 이토록 막대하시단 말인가. 당신 바빠? 사모님이 물었다. 당장
돌아가고픈 심정이긴 했지만 바쁘다고는 말할 수 없었다. 세상은 약육강식.
불만이 가득 찬 사모님 앞에서 당신이 할 수 있는 말도 정해져 있을 것이다.
하나도 안 바쁩니다. 그래? 하고 사모님은 촉수를 흔들었다. 그럼 저거 좀 여
기다 한번 넣어봐. 왈칵, 오징어의 체액 같은 미끄덩한 물길이 이미 축축이 내
발목을 적시고 있었다. 잠시 오금이 저렸지만... 나는 고갤 들어 울먹이며 말
했다. 그런데 사모님... 저거...

파는 겁니다.

마음에 들면 살까 싶어, 나 돈 많아. 잠시 머릿속이 하얗게 타버린 느낌이었지만, 나는 끝끝내 정신줄을 놓지 않았다. 나는 우주의 질서를 생각했고, 음양의 조화와 북한의 핵실험... 그리고 병태를 생각했다. 병태야 이 아빠는... 몸 성히성히성히... 담배를 딱 한 대만 피우고 싶은 순간이다. 인생이란 무엇인가. 이러니저러니 말은 많아도 그러나 내겐 먹여살려야 할 가족이 있다! 즉 인생은... 말짱 도루묵임을 뻔히 알면서도 위험을 무릅쓰는... 낭만꾸러기들의 소심한 핵실험이 아니던가. 그외에 뭘 더 바라겠는가. 더 욕심을 낸다면, 그건 바로 욕심꾸러기.

돈 워리, 시스터!

손가락을 흔들며 나는 윙크를 했다. 어머~ 하며 그녀가 탄성을 지른다. 자기 깍두기! 아마도 깍쟁이란 말을 잘못 배운 듯했지만, 어쨌거나 나는 시동을 건다. 부르릉. 우주여행의 시간이다. 한껏 부풀어오른 동굴의 입구를 향해 나는 천천히 서행을 시작한다. 돈이 먼저일까 사람이 먼저일까? 나는 때로 그런 생각에 잠기곤 하는데, 그것은 닭이 먼저요 계란이 먼저요? 와 다를 바 없는 돼지 똥 싸는 소리가 아닐 수 없다. 고객용으로 비치된 CD를 뒤져 나는 베토벤을 크게 튼다. 즐거운 홈뮤직. 9번 합창. 그렇다, 뭐니 뭐니 해도 우선은 무드!

갑니다 누님!

차창을 열고 나는 크게 소릴 지른다. 흐응 하는 콧소리가 주변의 모래를 들썩이게 한다. 기어를 하단에 놓고 나는 슬금슬금 캐럿의 머리로 동굴의 입구를 비비기 시작한다. 전진과 후진... 전진과 후진. 얼마나 시간이 지났을까. 드디어 봇물이 터져나오며 그녀가 자신의 전부를 열기 시작한다. 베토벤에게 경배! 손쉬운 각(角) 디자인을 피해 유선형의 세단을 만들어준 본사의 디자이너들에게도 경배! 부릉 배기음을 높이며 나는 동굴의 끝까지 전진한다. 그리고 후진. 에밀레~와 비슷한 신음이 참 맑고도 곱게 온 천지에 울려퍼진다.

꿈틀이며 벌어진 속살이 드러나자 나는 차를 걸쳐둔 채 창밖으로 고갤 내민다. 왜? 그녀가 물었다. 나는 드높이 엄지를 치켜올린 후 순결한 핑크! 고함을 질렀다. 아이참 깍두기. 회갈색의 뺨이 붉게 물든 그 모습을 당신도 봤어야 했다. 전진 후진... 전진 후진... 좌삼삼 우삼삼... 거대한 그녀의 몸이 지축을 흔들 듯 진동하는 느낌이었고, 에밀레 소리가 울리는 사이사이 나는 또 사이드미러를 접었다 폈다 질벽을 깐죽이는 재간을 부려주었다. 절정이 다가오고 있었다. 아마도 이건 몰랐을 테지. 비장의 무기 와이퍼를 나는 최고속으로 작동시킨다. 뜨, 뜨거워밀레~ 그녀가 울부짖는다. 잠깐, 저것은! 그때 운 좋게도 머리 위에서 들썩이는 동그란 바위 같은 것을 볼 수 있었다. 옳거니, 사이드를 채우고 나는 엔진의 공회전을 한껏 높여준다. 진동, 또 진동... 그리고 위잉, 선루프를 열었다. 이제 이 몸이 나설 차례였다. 구두를 신은 채 운전석을 밟고 올라 나는 선루프의 바깥으로 우뚝 상체를 내밀었다. 그리고 누님~ 고함을 외치며 손바닥으로 철썩, 소중한 핵심부위를 가격하기 시작한다. 누님! 누님! 누님! 누님... 오, 내 어깨야!

당신이 봤어야 했다. 그후 터져나온 뜨거운 홍수를... 댐이 터진 듯 쏟아지던 물길의 장관을... 잽싸게 피신해 선루프를 닫지 않았다면 이 몸은 아마도 목성을 지나 토성의 테두리쯤에나 간신히 걸쳐져 있을 것이다. 귀를 찢듯 울려퍼지는 에밀레 속에서 나는 세일즈의 성공을 확신했다. 천천히 나는 차를 후진시켰고, 그녀가 정신을 차릴 때까지 아무 말 없이 기다려주었다.

†

화성은 과연 먼 곳이었다.

서둘러 온다고 왔는데도, 집에 도착하니 이미 시간은 자정을 넘어 있었다. 지금 나는 불 꺼진 이층의 창문을 보고 있다. 저곳이 우리집이다. 몸은 녹초고, 또 가파른 골목을 한참이나 올라왔지만

　　지금 내 가방 속에는 세 장의 계약서가 들어 있다. 그녀의 친구들까지 가세한 세 장의 계약서... 게다가 특송비에 운전연수비까지 추가... 뭐 이쯤이면 할 만한 장사라고 당신도 생각할 것이다. 휴, 나는 한숨을 쉰다. 참으로 긴 하루였다. 이제 내가 할 일은 무엇인가. 우선은 들어가 자고 있는 마누라를 깨워 궁덩이를 두들겨줄 것이다. 또 밥을 먹고, 깊은 잠을 잘 것이다. 언젠가 우리도

오메가3가 들어간 식단을 짜는 화목한 가정이 될지도 모르지.
왜, 배 아프냐?
불만이라도 있냐구 앙?
당신이 언제 차라도 한 대 팔아준 적 있나 이 말이다.
이러니저러니 말은 많아도
당신이나 나나
이 우주의 유명한 욕심꾸러기들 아닌가.

뭐? 뭐라고?

안 들린다 이 사람아.
그러니까 지금은 좀 그렇고
푹 자고 일어나서
내일 얘기하자고.

오, 내 어깨야!

별

대리 부르셨습니까?

웨이터가 대신 고개를 끄덕였다.

부축을 받으며

여자는 숨을 몰아쉬고 있었다.

　모르... 겠다. 가끔 그런 생각이 든다. 어제 아침엔 얼마나 기침을 해댔는지... 결국 구토까지 하고서야 혹시 폐암이 아닐까, 기우가 든 것이다. 그러면서도, 또 그래서 담배를 꺼내 물었다. 모르겠다. 폐암이면 어쩌지, 하면서도 처마에 드리운 전깃줄만 넋을 잃고 바라보았다. 희뿌연 대기와... 흐릿한 골목을 둘러보며 후, 연기만 내쉬었다. 모르겠다, 자고 일어나선 또 까맣게 그 사실을 잊어버렸다. 눈을 뜬 건 오후 네시였나? 아무튼 일산까지 오면서 나는 무슨 생각을 했던가? 모르겠다, 성남에서 일산까지... 그 먼 길을.

오후에 폭우가 쏟아졌다고는 하나, 모르... 겠다. 한강을 건너며 흐린, 불어난 강물만을 보았을 뿐이다. 그보다는 옆에서 내내 기도문을 외던 아줌씨한테 은근히 신경이 쓰였고, 이런저런 광고문들과, 그 속의 제품, 여자들과, 또 누가 두고 내린 신문을 한 자도 빠짐없이 끝까지 읽었으며, 혹 몰라 챙겨온 우산을... 두고 내렸다, 어쨌거나 폐암에 대해선 까맣게 잊어먹었다, 모르겠다. 우산은 그렇다 치고... 그러고 보니 끼니는 챙겼나 또 모르겠지만 아마도 김밥을... 은 어제였고, 뭐 그래봤자 그 나물에 그 밥.

사는 게 이렇다. 자고, 일어나고, 기다리고, 콜이 오고, 달려가고, 운전을 하고, 돈을 받고, 술 마시고... 나머지는 모르겠다, 밥을 먹고 나와선 커피를 절반이나 엎질렀다. 자판기 옆 현금지급기 부스에 등을 기대는데 출입구에 카드를 통과시켜주십시오. 여자 목소리가 쩌렁 울려 깜짝이야 했다. 바보처럼, 그래서 커피를 쏟았다. 젠장 손을 털고 있는데 현우형이 키득거렸다. 야, 아가씨가 카드만 있으면 벌려준대잖아... 그리고 또 뭐라 뭐라 뭐라.

모르겠다

그때 또 발작하듯 기침이 나왔는데, 분명 예사로운 기침이 아닌데도 함께

224

낄낄거렸다. 부스를 툭툭 발로 건드리며... 말하자면 그때도 뭔가 건강에 대한 염려랄까, 그런 걸 했어야 하는 게 아닐까... 모... 르겠다, 그래봤자 오년 전부터 피운 담배다. 고작 오년... 아무리 그래도, 아니 그건 모를 일이다. 물살만 타면 일년이 못 가서도 망가지는 인생이다. 그나저나 코를 골 줄은 정말 몰랐다. 몰랐는데... 코 고는 소리가 뻔뻔스레 등받이를 넘어온다. 그러니까 나는... 벨이 울린다. 콜을 받고 이동중이니 현우형 말고는 올 데가 없다. 형 웬일이세요? 갓길에 차를 붙이고 나는 내려서 전화를 받는다. 운전중이냐? 아니 담배도 한대 피울 겸 내렸어요. 손님은? 쿨쿨 주무십니다, 형은 어디세요? 말도 마라 지금 미스 현금지급기랑 커피 마시는 중이다. 콜 나간 건요? 불러놓고 캔슬이랜다... 아, 나 꼭지가 돌아서. BMW 모는 놈이 캔슬비 오천원을 못 주겠다지 뭐냐. 그래서요? 싸우고 싸워 삼천원 받았다. 액땜했다 치세요. 너 언제 올 거냐? 형 이거 강남 가는 거예요. 그래, 갔다 언제 올 거냐고?

그런데 형

응, 왜? 아니... 그게 아니고요. 뭐가? 아뇨 그냥 몸도 안 좋고 해서요, 바로 성남으로 넘어갈래요. 야, 비겁하게 혼자 장거리 받고 새벽 한시에 퇴장이냐? 누군 모진 놈 만나 캔슬비도 못 받았는데. 몸이... 안 좋아요. 야야, 그러지 말고 재워줄게... 소주 한잔 안 빨 거냐? 형... 오늘은 그럴 일이... 그러니까... 정말 몸이 안 좋아요. 그래 너마저 날 버리는구나, 어쩌겠니 나는 이 아가씨랑 커피나 마셔야지... 그런데 어쩌냐 미스 현? 이 오빠는 카드가 없는데... 그래 몸조리 잘하고 밤길 조심해라. 저기... 아네요, 미안해요 형.

그 밤길을

나는 바라보았다. 밤은 깊고 길은 멀고... 스모그처럼 피어오르는 이 입김이 연기인지 한숨인지... 모르겠다, 잠깐 손톱을 물어뜯다가 나는 다시 운전석에 올라앉는다. 손님... 그러니까 손님의 얼굴을 물끄러미 지켜보다가, 다시금 눈앞의 어둠을 바라보았다. 어쩌지, 어쩌지, 어쩌지... 핸들을 잡은 손이 조금씩 떨려왔다. 어쩌지, 하다가... 벨트를 매고 사이드를 푼다, 천천히 액셀을 밟는다, 즈려, 밟는다. 즈려, 밟아준다, 밟아, 주지 뭐... 그나저나 현우형과는 어쩌다 이렇게 친해진 걸까? 모르... 겠다, 대리일을 시작하고 만났으니 길어야 고작 육개월이다. 아무리 그래도, 아니 역시나 모를 일이다. 단 한순간에도 멀 만큼 눈이 머는 게 또 인간이니까. 그러고 보니 현우형과 나는 닮은 점이 많다. 우선 둘 다 카드가 없다. 신용불량자... 라는 얘기고, 또 둘 다 사람을 잘못 만나 망가진 인생이다. 결정적인 이유다.

그 죽일 놈이 자본금만 갖고 튄 게 아니에요... 응? 나 몰래 어음을 또 얼마나 찍었는지... 게다가 그걸 깡까지 해서 챙긴 거야. 아, 나... 무슨 그런 지독한 놈이 다 있냐? 죽마고우와 동업을 했다가 현우형은 망가졌다. 알고 보니 친구의 손에 들린 것은 죽마가 아니라 죽창이었다. 그리고 독박을 썼다. 집도 절도 사라지고 한 이 년 콩밥을 먹어야 했다. 어디선가 잘살겠지, 안 그냐? 두 딸과 아내의 행방을 전주의 처가에서도 가르쳐주지 않았다. 현우형의 손목엔 두 줄의 깊은 자상이 남아 있다. 잘 안 죽더라... 어떻게 살았는지도 모르겠고, 왜 살았는지도 모르겠고... 이하동문이다.

손목을 긋진 않았지만... 나 또한 치명적으로 망가진 인생이다. 말하자면 그렇다, 시골 출신이긴 해도 어렵잖게 대학을 마치고 또 고만한 직장에서 회계 일을 보던 인생이었다. 특별히 여자를 멀리한 건 아닌데 특별히 여자를 사귀지도 못했다. 주어진 일 주어진 생활, 일 생활 일 생활 일, 그리고 문득 서른. 말하자면 그런, 하루였다. 신입 여직원의 친구 하나가 사무실을 찾아왔다. 우연히 출입구 근처에 서 있다가 어떻게 오셨나요? 했는데... 했다가... _{숨이 멎는 줄 알았다.} 잡지나 영화가 아닌 현실에서 그토록 화려한 여자를 본 것은 처음이었다. 실제로 잠시, 정신을 잃었었다.

모르겠다

저거 다 성형이에요, 신입이 입을 샐쭉였지만 그런 얘기가 귀에 들어올 리 없었다. 모르겠다, 한 달을 별러 부탁을 건넸는데 이상할 정도로 쉽게 소개를 해주었다. 만나는 사람은 많은데 사귀는 사람은 없을걸요? 신입의 말은 사실이었다. 청심환을 먹고 나간 자리에는 정말이지 그녀가 나와 있었다. 아 예, 아 예. 손을 심하게 떨었는데도 모... 르겠다, 오빠 가끔 연락드려도 돼요? 먼저 애프터를 제의한 것은 그녀였다. 아, 예.

가끔, 그리고 정말이지 그녀에게서 전화가 왔다. 처음, 나란히 길을 걷던 그 순간의 긴장과 떨림... 떨면서... 떨고... 그랬는데 그런데 오빠, 하고 그녀가 속삭였다. 그랬다, 늘 그런 식이었다. 그런데 오빠, 그런데... 실은 모레가 내 생일인데. 백화점의 수입코너란 델 가본 것은 그때가 처음이었다. 어머 이거 진짜 이쁘다... 어쩌지 오빠? 한 달치 급여와 맞먹는 구두였다. 가격표를 보고 전신이 마비되는 기분이었는데 와락, 그녀가 팔짱을 끼는 순간 와락, 카드를 내밀었다. 주세요.

그것이 시작이었다. 모르... 겠다. 사랑한다는 말을... 믿었다. 고스란히 부어오던 세 개의 적금을 깬 이유도... 한 이년, 열심히 카드를 돌려막은 것도... 사랑했으므로... 결국 회사돈을 잠깐 끌어쓴 것은... 다시 채워두려 했다... 정말이고, 그건 과장님도 인정해준 사실이다, 사실인데... 그래 다 좋다, 다 좋은데 모를 일은, 왜 하필 나 같은 놈을 골랐냐는 것이다. 그건 정말 모르겠다, 더 좋은 놈도 얼마든지 있을 텐데... 삼년이나, 놔주지 않고 삼년이나... 그리고 전화했지. 오빠 나 결혼해, 였던가? 죽일 년이... 그러니까, 아무렴.

모르겠다

자유로로 올라와버렸다. 밤은 깊고 길은 멀고... 오후에 내린 폭우 때문인지 안개가... 스모그인가... 모르겠다, 갓길에 차를 세우자 코 고는 소리가 더 크게 들려온다. 차에서 내려 나는 담배를 꺼내 문다. 안개든 스모그든 지척을 분간키 힘든 밤이다. 하늘이 있는지도 모르겠고 저 너머 불빛이... 파주인지 일산인지 모르겠다, 횡하니 트럭 한 대가 지나간다. 지나간 인생처럼 쏜살같다, 저 너머는 커브가 심한데... 모르겠다, 인생의 침몰은 언제나 한순간이다. 불을 붙인다. 충격으로 일주일 회사를 쉬었다. 병가를 내긴 했는데... 회사돈을 꺼내 쓴 사실을 과장이 알아차렸다. 정말 메꾸려 했던 겁니다, 사실인데... 더이상 돌릴 수 있는 카드도 남아 있지 않았다. 급전을 당기는 것도 쉽지 않았다. 후... 자네 마음은 내가 믿네만... 과장은 그렇게 얘기했다, 아니 회사 사정이나 분위기가 조금만 괜찮았어도 기소를 면할 순 있었을 게다. 카드빚이 돌아온 것도 한순간, 피소되고... 큰집을 다녀온 것도 한순간이었다. 모르... 겠다, 그리고 어떻게 살아왔는지 정말 모르겠다... 돌아보니 나쁜 꿈 같고... 같지만, 잠을 깨면 언제나 먹고살아야 할 벌건 하루가 있었다. 낮은 길고, 일은 많고... 밤은 짧고, 꿈은 없는.

밤길을 다시

바라본다. 모르겠다, 어느 때부턴가 아무것도 모르는 인간이 되었다. 생각을 하면 살 수가 없고, 생각만 하면 죽고 싶었다. 그리고 정말... 모르겠다, 어제 새벽엔 오십줄의 신사 하나를 하계동까지 태워갔는데 가면서 계속 경제특구가 지정되어야 중소기업이 활로를 찾고... 경제특구가 지정되어야 중소기업이 활로를 찾고... 했다. 취했다고는 해도 눈을 똑바로 뜨고 같은 말만 되풀이했다. 모르겠다, 그리고 두말 없이 요금을 지불하곤 어둠속으로 사라졌다. 그저께는 또 어땠나, 가봐야 집에 아무도 없어 웅? 와이프랑 애들은 캐나다에 있다니까... 하며 끝까지 도착지를 말해주지 않았다. 캐나다에 내려달라니까, 웅? 밴쿠버... 밴쿠버 몰라? 모르... 겠다, 결국 한강 둔치에 차를 세우고 요금을 받아 돌아왔다. 돈, 돈 주면 되잖아... 그랬다 돈, 돈만 받으면 문제없지만 모르... 겠다, 왜 이렇게 상태가 안 좋은 인간들이 늘어나는지... 결혼도 하고 좋은 차도 굴리는 인간들이 왜 그렇게 사는지 모르겠다. 후... 꽁초를 던지고 밤길을 다시 바라본다. 모르... 겠다, 다시 기침이 터져나온다. 쿨럭쿨럭... 난 아무래도 폐암인지... 아니, 저 밤길을 달리고 하루하루 그저 돈만 받으면 문제없지만... 모르겠다, 형 그 새끼 찾아 죽이지 그랬어요? 야야, 내가 죽는 게 더 쉽더라야... 모르겠다, 왜 미국으로 도망간 인간은 잡을 수 없는 건지... 모르겠다. 모... 르겠다, 이러고 왜 사는지... 나는 아무것도 모르겠다, 모르겠지만

한 가지는 알 것 같다

뒷문을 열고, 나는 손님의... 널브러진 핸드백을 집어든다, 연다, 그리고 지

갑을... 찾았다. 화장품과 뭐라 뭐라 할 수 없는 여러 잡동사니 속에서 찾았다, 그리고 신분증을 확인한다, 실내등을 켜고 본다, 확인한다... 이(李)... 연(姸)... 등을 끈다. 그렇지, 네가 누군지는 내가 모를 수 없다... 안다, 잊은 적 없고... 잊을 수 없었다. 이렇게도 만나는 구나, 또 한 대의 담배를 꺼내 문다. 대리 부르셨습니까? 하고 다가선 순간... 정말이지 숨이 멎는 줄 알았다. 단발을 하고 나이를 먹긴 했지만, 분명 한순간도 잊은 적 없는 얼굴이었다. 발작하듯 기침이 터져나왔다. 고갤 돌리고 기침을 죽이는 사이 웨이터가 속삭였다. 많이 취하셨는데... 내비게이션에 집 경로가 있으시다네요. 예, 아 예... 모르겠다, 어쩌다 이런... 운전을 하는 내내 속으로 기도했다. 제발 닮은 사람이기를... 기도했었다. 아니, 실은 부디 그년이 맞기를 빌고 또 빌었다... 아니, 사실은... 모르겠다, 문을 닫고 서서 나는 다시 밤길을 바라본다. 아무도 보지 않고, 아무것도 보이지 않는 밤이다. 망가진 인간도 망가진 세상도 지우고 지우는 안개처럼, 나는 이 밤 이 길의 어딘가에 안개처럼 스며 있다. 크게 한번 숨을 들이켰다. 이상할 정도로 폐(肺)가 고요해진다. 망가진 폐 속이 안개 자욱한 늪, 같다.

차를 몰아

삼십분을 더 달렸다. 어딘지도 모르겠고 어디라도 상관없는, 낮은 야산과 이어진 작은 벌판이다. 모르겠다, 주변의 물소리가 한강인지 임진강인지... 모르겠다, 왜 이곳으로 차를 몰았는지... 시동을 끄면서도 알 수 없었다. 어둡고 어두운 밤이다. 차창과 사이드미러를 통해 한동안 주변에 시선과 귀를 집중시킨다. 고요하다... 십분을 더 기다려봤지만 어떤 인기척도 느낄 수 없었다. 조심스레 나는 문을 열고 나온다. 아무것도 보이지 않았다. 다만 소리가... 안개의 아랫배에 눌린 물소리가 숨죽인 쥐들의 행렬처럼 어디론가 몰려갔다. 담배를 꺼내 문다. 그리고 자꾸만, 나는 불을 꺼뜨린다... 바람도 없는데 불이 꺼지는 이유는 무엇일까... 모르겠다, 그러고 보니 가스요금 낸다는 걸 오늘 또 깜박했다. 고지서를 현관에 붙여두고도... 그냥 나왔다, 지나쳐버렸다... 내야 할 요금, 해야 할 일, 요금 일 요금 일 요금 일... 모르겠다, 복잡했던 그 세계도 날이 밝으면 사라질 것이다. 즉 너도 끝나고 나도 끝날 거라는 사실, 비로소 끝을... 낼 수 있다는 이 사실... 간단히 떠오르는 생각 하나는 _{분명} 신(神)은, 있다는 것이다. 그가 아니라면 도대체 누가... 모르겠다, 인생의 의미 따위 잊은 지 오래다. 간신히 옮긴 불꽃을 당기며 나는 하늘을 올려다본다. 신의 뜻이라도 좋고 나의 뜻이어도 좋다. 신도 인간도, 아무것도 보이지 않는 하늘이다. 모르긴 해도... _{적절하다는} 생각이 그래서 드는 것이다.

툭툭, 차의 범퍼를 발로 건드린다. 시, 그, 너스... 대리가 아니라면 내 인생에 입장조차 불가능한 세단이다. 그러고 보니 의사인지 한의사인지를 물었다 했지, 그런 소문을... 나중에야 들을 수 있었다. 오빠 정말 오버가 심하다... 그 얘기는 전화를 통해 직접 들었지, 오빠 정도 되는 사람 나 많아... 그건 아마도 문자였었지, 물주가 여럿 더 있다는 사실도... 개중 먹어보지도 못한 병신은 나뿐이란 사실도... 알게 되었지, 그리고 자취를 감춰버렸지... 밴쿠버에라도, 미국에라도 간 줄 알았지, 난 또.

모르겠다, 시동을 걸어 차와 함께 수장시키는 것도 방법은 방법일 것이다... 생각 같아선 내가 사준 옷들, 구두들, 핸드백이며... 그 전부를 구겨넣어 함께 빠뜨리고 싶지만... 모르겠다, 다 들어갈 수나 있을는지... 아니, 아직 갖고 있기나 할까? 모르겠다... 핸들에 묻은 지문을 지우고 운전석에 앉힌 다음, 그리고... 모르겠다, 그러고 싶지도 않다. 그냥 쉽게 잡히고... 죽인 이유를 밝히고 싶다, 그랬으면 좋겠다. 결국 나도 끝장이지만... 언제 내 삶이 막장 아니었던가. 막장이나 끝장이나... 끝장이나 막장이나... 모르겠다, 인생에 또 무엇이 남았는지 알 순 없지만 어쨌거나 공평. 하다면 그걸로 난 족하다.

숨죽인 쥐처럼 나는 뒷자리의 어둠속으로 스며든다. 그리고 잠든, 얼굴을 물끄러미 바라보았다. 어두웠다. 달빛이 그녀를 비춘다기보다는... 안개의 뜰망이 거르지 못한 달빛의 먼지가 겨우 이마나 콧잔등에 내려앉은 느낌이다. 일할의 얼굴과 구할의 어둠... 그 어둠을 나는 오오래 바라본다. 육년 전에도 이렇듯 널 바라본 적이 있었을까... 모르겠다, 달빛의 먼지를 털어내듯 나는 그녀의 이마를, 코와 볼을 말없이 더듬는다. 그리고 짝,

뺨을 쳤다. 아무런 반응이 없다... 몇대 더 뺨을 쳐보아도 그녀는 미동조차

하지 않는다. 버려두면 한 마리의 홍어처럼 삭고, 발효될 것처럼 역한 술냄새
가 풍겨왔다. 잘... 살았냐? 그만 그런 소리를... 뱉고 말았다. 뜨거운 그 무엇이 입
천장을 온통 벗겨버린 느낌이어서 나는 울컥 소릴 지른다. 잘살았냐고 이 잡것아...
모르... 겠다. 웃는 듯 우는 듯 평온한 얼굴을 바라보며 나는 한숨을 내쉬었다.
나 자신이 기쁜지 슬픈지, 아님 아무렇지 않은지도... 모르겠다. 아무렇지 않
게, 이대로 손을 뻗어 목을 조르고 싶었다. 이대로 움켜쥐면 그걸로 모든 것
이... 목을 잡았다. 따로 살아 있는 한 마리의 동물처럼, 작은 치와와처럼 갸날
픈 맥이 뛰고 있다. 얼마나 시간이 걸릴까, 이 작은 짐승의 몸에서 마지막 숨
이 빠져나가기까지는. 모르... 겠다, 스스로의 손을 나는 거둬들인다. 그건 마
치 안락사가 아닌가... 지나간 삶을 생각한다면... 그렇듯 간단히 죽어선 곤란
하다, 동등하지 않다... 뭔가 다른 방법이 있겠지. 아침까지는 많은 시간이 남
아 있었다. 천천히, 더 천천히... 어차피 버려둬도 도무지 눈을 뜰 상태가 아니
니까. 한 대 더, 나는 뺨을 올려붙인다. 마치, 꿈 같다.

　모르겠다... 강변을 거닐며 담배를 물어도 방법, 그러니까 적확한 방법이 떠
오르지 않는다. 적확한... 보다는 결국 어둠과, 희뿌연 안개의 커튼 속에서 나
는 누군가의 목소리가 듣고 싶었다. 대화를 나눌 만한... 모르겠다, 결국 현우
형의 번호를 눌러버린다. 그래, 성남 넘어갔냐? 어쩌면 다시 못 볼 인간의 목
소리 앞에서 나는 가슴이 뭉클해진다. 네... 아뇨, 형... 뭔 소리냐? 너 지금 어딘
데? 아... 집이에요. 이 인간 이거, 또 몰래 혼자 술 마시다 전화했네. 누군 지금 일

산 뱅뱅이만 세 바퀴짼데. 미안해요 형... 운전중이세요? 콜 기다립니다, 알겠습니까
씨발놈아? 형 그러니까... 그냥이요. 얼씨구, 말하는 거 보니 소주 세 병째네? 야야,
장거리 한탕 했음 잠이나 처자세요, 너 몸 안 좋다며? 술 마신 건 아니구요. 야, 정 마
시고 싶음 강남역에서 일산행 하나 물고 오든지. 하하, 그런데 형... 형은 왜 사세요?

　한동안 현우형은 말이 없었다. 다시 담배를 찾아 부스럭거리는 사이 기침
이, 기침이 터져나온다... 그러니까 어차피 폐암이다, 나는... 모르겠다. 너...
무슨 일 있냐? 진지해진 목소리가 침묵 끝에 이어졌다. 무슨 일... 있는 인생도 아니잖
아요. 너 혹시 사고친 거 아니지? 사고는 무슨... 그냥 형 목소리가 듣고 싶었어요. 아, 이 새끼
누가 들으면 둘이 사귀는 줄 알겠네. 야야, 끊어 임마 이러다 콜 놓친다. 콜 받으
면... 좋으세요? 그럼 넌 안 좋으냐? 사는 게 그런 거지 뭐, 이왕이면 다다익선이고
기본보다는 장거리 환영이고... 안 그냐? 그리고 뚝 전파가 끊어졌다. 이곳의
지형 때문인지... 혹은 안개 때문인지... 모르겠다, 전화는 다시 걸려오지 않았
고, 나도 전화를 걸지 않았다. 적막 속에서 물소리가... 숨죽인 쥐들의 행렬이
다시 어디론가 재게 재게 움직인다. 숨죽인 쥐처럼 나도 다시 세단의 뒷좌석
으로 숨어든다, 문을 잠근다. 전파가 끊어진 휴대폰 같은 얼굴로 그녀는 여전
히 널브러진 상태였다. 왜... 그랬는지는 모르겠다, 그저 나란히 그녀의 곁에
앉아 있다가

　　연주야...

라고 나는 속삭였다. 어떤 대답도 들려오지 않았지만, 대답을 듣고자 던진 말도 아니었다. 내가... 내가 어떻게 사는지 아냐? 그리고 미친놈처럼 혼잣말을 지껄이기 시작했다. 모르겠다, 그리고 어떤 말들을 뱉었는지... 말을 하면서도 알 수 없었다. 더 말을 잇고도 싶었는데 오분도 안돼 머릿속이 텅 비었다. 모르겠다, 오분이면 할 말이 바닥나는 신세가... 그런 신세의 인생이 있다는 사실에 스스로가 공허해진다. 누구 때문인지 아냐? 고개를 숙이고 나는 주먹을 쥐었다. 그리고 희뿌연... 무릎이... 무릎을 보았다, 무릎에... 손을 얹는다, 주먹을 편... 손이, 무릎을 감싸쥔다. 왜, 라기보다는... 그 손을 치마 속으로 집어넣었다. 스타킹이며 팬티며 그런 것들이... 안개처럼 자욱한 느낌이다. 몸을 돌려 나는 그녀와 마주앉는다. 무릎 아래까지 그 전부를 끌어내리고... 손을... 찔러넣었다. 뭔가 따뜻한 어떤 부위가 검지와 중지에 간단히 와 닿지만 어떤 감정도 흥분도 일지 않는다. 그런데 오빠, 그런데 오빠... 줄 듯 줄 듯하면서 한번도 주지 않았지, 카드를 아무리 긁어도... 아무런 감정도 없이, 그래서 발기가 가능할 것 같았다. 어깨를 숙여 힘을 주자 무방비의 다리가 참 쉽게도 벌어졌다. 어디선가 흘러나온 끈적한 점액이 그래서 손가락을 적시고 또 적신다.

모르겠다

의외의 냄새를, 나는 맡는다. 뭐지 이건... 이 아니라 이것은 실제로 익숙한

향(香)이다. 정액... 이었다. 모르겠다, 잠깐 내가 망연자실한 이유를... 단골이신데, 오늘 골뱅이 되셨네요... 속삭이던 웨이터의 얼굴과, 네온과, 그때까지는 횡설수설하던 그녀의 얼굴... 그런 것들이 한꺼번에 떠올랐다. 졌다. 내가 졌다 연주야... 그런 마음이었다. 휴지를 찾아 손을 닦고서 나는 다시 차 밖으로 뛰어나왔다, 도망쳐... 나왔다. 부스럭, 점점 줄어가는 담뱃갑을 괜히 구기며 그리고 후 연기를 내쉬었다. 애써 강의 공기와, 안개의 무릎 근처에 선 검푸른 나무들... 말하자면 그런 것들을 폐와 눈 속에 담고 또 담았다. 힐끗 시간을 확인하니 세시가 거의 가까워오고 있었다. 스타킹을 벗어던진 느낌으로 안개는 듬성해졌지만, 역시나 아무것도 보이지 않는 하늘이다. 강 쪽을 향해 나는 멀리, 최대한 멀리... 불붙은 꽁초를 집어던진다. 쥐들의 행렬이 흩어지기라도 하듯, 일순 물소리 크게 들린다.

모르겠다... 그래도 도망간 인간들은, 배... 배가 터지게 먹고사는 줄 알았다... 제발... 배가 터지란 생각도... 했었다. 모르겠다, 타인의 행복을 가로채고도 행복할 수 없다면... 인간이 행복해질 도리란 무엇인가, 모르... 겠다. 시계를 본다, 문득 맨유와 아스널의 경기가... 보고 싶다, 지금 이 시간이면... 맨유 레딩 전이 중계되고 있겠지, 그리고 다음주에 맨유와 아스널... 맨유와... 볼 수... 있을까... 모르겠다, 죽는다는 건 결국 담배를 못 피고... 더는 맨유와 아스널 전을 볼 수 없는 것인가... 모르겠다, 더는 나이트를 못 가고... 취할 수도 없는 그런 건가? 모르... 겠다, 생각을 할수록 삶은 더 초라해진다. 나만 그렇겠지, 나만... 그런 거겠지. 그나저나 냉면... 냉면이 먹고 싶다. 어쩌지? 마지막으로... 냉면을 먹은 것이 언제인가... 모르겠다, 기억나는 건 물과 비빔을 놓고 고민했던 것... 왜 그따위가... 모르겠다, 결국 비빔을 맛있게 먹어놓고도... 회, 언제나 회냉면을 시키진 못했다... 늘 비빔보다 오백원이 비쌌다... 고작 오백원 때문에... 그러니까 회냉면이 갑자기 먹고 싶다... 모르겠다, 삶에서 후회를 빼면 뭐가 남는지... 먹으면... 그러니까 남은 삶도 결국엔 후회, 순살코기 같은 후회로 가득 찬 통조림 같은 게 아닌가... 모르... 겠다, 개년아... 결국 너도 나도 동등했다, 했을... 것이다. 기본거리... 뛰다가, 너도 콜을... 그러니까 장거리 콜을 기다린 거지... 결국엔 얼마 더 벌겠다... 모르겠다, 회냉면을... 배가 터...

웩

문을 닫지 않았던가? 등 뒤에서 갑자기 웩웩 소리가 들려온다. 웩 같은 걸 할 줄도 정말 몰랐다. 그런... 시절이 있었다. 말하자면 똥도 안 싸는 줄... 까지는 아니더라도... 열흘에 겨우 한 번, 결국 어쩔 수 없이 메추리알 크기의 귀여운 배설을 하고 그런데 오빠, 그런데 오빠 새처럼 지저귀는 줄 알았다. 말끔히 내려간 변기물처럼... 지나간 세월이다. 잔인하고 참혹한 풍경이었다. 시트는 타조알을 터뜨린 정도의 토사물로 흥건했고, 그녀는 타조알을 까고 죽은 메추리처럼 모로, 꼼짝 않고 쓰러져 있었다. 모르... 겠다, 곧 죽여버릴 인간의 토사물을... 나는 청소하기 시작한다. 트렁크에서 찾은 수건 몇장과 휴지를 이용해... 모르겠다, 아무튼 대충은 바닥을 정리했다. 와중에 주유소에서 받은 듯한 생수가 눈에 띄어 옷과 소매와 얼굴의 얼룩까지도... 나는 닦아준다... 모르겠다, 이유는 알 수 없지만... 남은 몇겹의 휴지를 정리하다 가지런히 그것을 반으로 접었다, 접어, 그리고 보드라운... 그것으로 그녀의 샅을 닦아주었다.

팬티와 스타킹을 입혀주고 운전석에 앉으니 더없이 마음이 복잡해진다. 모르겠다... 어떤 짓을 했다 해도, 죽은 시체만큼은 깨끗해야겠지... 창문을 모두 내리고 나는 담배를 피워 문다. 눈앞의 어둠 앞에서... 결국 복잡한 생각보다는 함께 죽자, 는 생각이 들었다. 벨트를 매고 달려, 강 속으로 뛰어들면 충분할 것 같았다. 잘... 안 죽더라... 현우형의 말도 귓가에 떠올랐다. 모르... 겠다, 그냥 목을 조르는 것이 더 나을래나... 아무튼 마지막 담배를 피워올리며 나는 눈앞의 어둠을 끝없이 응시했다. 어디선가 음악이...

분명 음악이었다. 오디오가 꺼져 있었으므로 나는 잠시 긴장을 해야 했다. 소리를 찾아 차 안을 뒤졌다, 핸드백 속이고... 휴대폰이었다. 남편인가? 전화를 받지 않았다. 벨소리는 한참을 이어졌고... 결국 끊어진 후 한 통의 문자로 전환되었다. 자기 자? 모르겠다... 주소록엔 비밀번호가 채워져 있었고... 나는 한참을 망설인 끝에 그 번호로 전화를 걸었다. 여보세요? 저음의, 남자 목소리였다. 모르... 겠다... 밤늦게 죄송합니다, 일산서 강력계 송호경 형삽니다. 남자는 적잖이 당황한 기색이었다. 혹시 이 전화기 사용자의 보호자 되십니까? 아니라고 남자가 대답한다. 새벽에 이분이 시신으로 발견되어서요... 신분증도 없고 해서 현재 연고자를 찾고 있습니다. 주소록이 잠겨 있고 또 이 번호가 가장 최근에 수신된 번호라서요. 협조 좀 부탁드립니다. 아마 전화를 잘못 건 것 같다고 남자는 얘기한다. 문자도 보내셨는데... 결국 수사가 진행되면 결과가 다 나옵니다. 머뭇, 망설이던 남자가 목소릴 죽여 얘기한다. 비밀로 해줍니까? 일체 비공개입니다. 아... 전 잘 모르구요, 채팅해서 몇번 만난 분입니다. 오늘 나이트에 같이 가자고 했는데 제가 못 가서요... 전화는 혹시 나이트에서 나왔나 싶어 한 거구요. 기혼이십니까? 뭐, 그쪽도 그렇고... 저도... 마찬가지. 혹시 이분 댁 전화번호는 아십니까? 번호는 모르고 얼핏 남편하고 남남이다, 집도 아예 따로 산다... 그렇게 알고 있습니다. 저도 술 마시며 들은 얘기라... 전 오늘 정말 본 적이 없고요, 뭐 남편과 거의 원수관계다... 이혼해도 애를 뺏길 거 같다... 실례지만 성함이 어떻게?

　　모르겠다

　　담배도 떨어졌고, 나는 눈앞의 어둠을 말없이 바라볼 뿐이다. 밤은 깊고, 여전히 길은... 모르겠다, 어디로 가야 할지 나는 문득 알 수 없었다. 이대로 같이 죽어도 좋을 것 같고, 죽이고서 내 길을 걸어가도 좋을 것 같고... 그냥 이대로 여기 있어도 좋을 것 같았다. 시계를 본다. 새벽 네시... 다시 짙어진 안개가 스멀스멀 무릎 아래로 내려간 스타킹을 끌어올리고 있다. 촘촘하고 부드럽고... 결이 고운 공기다. 폐암에 대한 고민을 잠시 하다가... 모르겠다, 그런데 오빠 그런데 오빠... 오래전의 목소리가 귓가를 어지럽힌다. 모르... 겠다, 아무리 망가져도 결국 인간이 흘리는 것은 눈물과 콧물, 침... 그것뿐인가... 모르겠다, 그래봤자 인간이 일반적으로 흘리는 것들이고... 그외엔 없는 걸까? 모르... 겠다, 어둠속에서 자꾸만 물소리가 크게 들린다. 어쩌지, 어쩌지... 안개 속의 어둠을 나는 끝까지 응시한다, 마치 환(幻)... 같다 저 어둠은, 저 물소리는... 그런데 오빠 그런데 오빠... 어쩌지, 어쩌지... 담배가 딱 한 대만 더 있어도... 아마도 나는 다른 결정을 내릴 수 있을 텐데... 모르겠다, 더 늦기 전에 모든 걸 끝내야 한다... 더 늦기 전에... 몸을 일으켜 나는 그녀의 허리에 벨트를 채운다, 창문을 올리고 문을 잠근다.

    그런데 연주야...

    넌... 넌 왜 이러고 사냐? 그래봤자 일반적으로 흘리는 눈물을, 나는 조금 흘리고 만다. 콧물과 침이 입안 어딘가에 고이는가도 싶었지만... 모르겠다, 어차피 인간은 인간일 뿐이니까. 동등하게... 나도 벨트를 맨다. 그리고 시동을... 건다, 걸었다. 잠시 사라졌던 물소리가 커다란 굉음으로 전환되어 폐 속을 가득 메우는 느낌이다. 격랑(激浪)이다. 눈앞의 어둠을 나는 다시 응시한다. 즈려, 즈려... 액셀을 밟아본다. 밤은 깊고 길은 멀고, 힘을 다해 나는 액셀을 밟는다.

바라던 바, 격하게 눈앞의 어둠이 다가선다.

꿈을 꾸듯... 칠년 전의 여름이 떠오른다. 수많은 인생의 여름날이 있겠지만, '그 여름날의 오후'를 말하지 않고선 내 인생을 설명할 수 없는 그런 오후가... 있다. 그런데 오빠, 그런데 오빠... 연주와 함께 여행을 갔었다, 라고는 해도 정확하게는 그녀의 여동생도 함께였고... 더 정확하게는 콘도에, 운전에, 모든 경비에... 또 무거운 짐을 들어줄 얼간이로서... 였다. 세 살 터울의 여동생이 함께였어도 계곡의 강바람을 맞으며 나는 행복했었다. 그런데 오빠, 그런데 오빠... 여동생과 떨어진 곳에서 몰래 키스를 나누기도 했고... 그런데 오빠, 우리집이 얼마나 보수적인데... 더는 욕심을 낼 수 없었지만 그래도 좋았다. 나무와 숲, 수면으로 쏟아지던 그 수많은 반짝임... 여동생의 이름은 경주였다. 말하자면 처제... 가 될 거라 믿었으므로, 지금도 또렷이 그 이름을 기억하고 있다. 혼자 떨어져 헤엄을 치던 경주가 갑자기 손을 허우적거리기 시작했다. 연주의 비명이 들리고... 나는... 뛰어들었다. 다른 어떤 생각도 들지 않았다. 죽을힘을 다해... 결국 나는 경주를 끌어올리고... 탈진해버렸다. 뒤늦게 달려온 안전요원이 아니었다면, 아마도 그때 나는 한 덩이의 납처럼 물속 깊이 가라앉았을 것이다. 빠져들던 그 느낌을... 그때, 물속의 그 풍경을 나는 지금도 잊지 못한다. 가슴은 답답했지만... 동생을 끌어안은 연주의 얼굴을 쉽게 떠올릴 수 있었다. 물속에 번진 태양의 얼룩이... 나를 감싸는 느낌이었다. 가물가물한 의식 속에서... 그것은 일반적으로... 아름답다고 할 수 있는 풍경이었다.

그때... 죽었어야 한다고, 내내 생각했다. 그때 죽었으면 얼마나 좋았을까... 생각했었다, 그런 내 마음... 모르... 겠다, 아무것도 모르고 죽을 수 있다는 건 얼마나 큰 축복인가... 반짝이는 것으로 가득한 세상은... 언제 사라졌던가... 사라진, 것인가... 모르겠다, 그때 나는 반짝였던가? 물을 마시며... 폐가, 폐는 아마도 그 후로 서서히 고장난 게 아니었을까? 모르... 겠다, 그때 본 물속의 무늬를... 잊을 수 없다, 폐에 가득 물을 채

우고... 그때 죽었으면 얼마나 좋았을까, 연주야... 그때 너는 반짝였었니? 물속에서... 그러니까 그때 내가 본 그것은 무엇이었을까... 몹시도 반짝이던... 반짝, 였던...

모르겠다... 이곳이 어딘지는 모르겠지만, 내비게이션의 설정이 틀리지 않다면 연주의 집 근처가 분명하다. 진입로 쪽의 편의점에서 나는 담배와 물을 샀고, 몇번 근처의 골목을 돌다 적당한 위치에 차를 세웠다. 다섯시... 아직 캄캄한 새벽이고, 여즉 길고 긴 새벽이다. 우선 담배를 한 대 피우고 나는 연주의 벨트를 풀어주었다. 눈을 뜨려면 아직 한참의 시간이 더 필요할 것 같았다. 키를 핸드백에 넣어두고 자리를 떴다가... 오십 미터쯤 걷다가... 다시 돌아왔다. 말하자면... 지갑을 뒤져 운전비를 챙기고, 그리고 문을 닫으려는데... 해쓱하게 빛을 잃은 작은 얼굴이 두 눈에 들어왔다. 어두운 골목이었다. 모르... 겠다, 해가 뜰 때까지는 곁에 있어주자는 생각이... 그래서 들었다, 먼동이 틀 때까지는... 인상을 찌푸리며 나는 담배를 꺼내 문다. 많은 길을 달렸지만

지금, 눈앞의 저 길은 생소하다... 저 밤길... 여전히 밤은 길고, 길은 멀겠지만... 모르겠다, 맨유 레딩 전은 끝났을지... 누가 이겼을까 누가, 장거리 콜을 받은 쪽은 누구일까... 모르... 겠다, 아무리 콜을 받아도 이토록 길은 이어져 있는데, 멀고... 또 밤은 깊기만 한데... 여전히... 아무것도 보이지 않는 하늘이다. 누군가의 곁에 신이 없다면... 누군가의 곁에 인간이라도 있어야 하는 거겠지. 앉는다, 뒷자리의 어둠속으로... 나는 스며든다. 구토의 흔적이 아

직 남은 시트 위에... 앉는다, 문득 졸립고... 졸립지만 나는 눈앞의 어둠을 응시한다, 어슴푸레... 결국엔... 문득 무언가 싸늘하고 부드러운 것이 살며시 내 어깨를 누르는 것을 느낀다. 보지 않아도 연주의, 졸음에 겨워 무거워진 머리였다. 손을... 손을 한번만 잡아줄까 하다가... 만다, 모르겠다... 머리 위로는 아무것도 보이지 않는 밤이지만,

아치

12월 19일. 월(月). 날씨 맑음. 오늘의 운세. 돼지띠. 59년생. 그간 지루하게 기다려온 일이 드디어 결실을 맺는다. 관제수 있어 곧 관청 드나들 일이 생기겠구나. 한겨울의 추위, 덩크슛으로 날려버린다. 가자! 농구대잔치의 열기 속으로. 기다려라 월드컵, 축구대표팀 전훈 현장. 제 전부를 보여줄 거예요. 십억! 신비주의 가수 K 모바일 누드집 전격 계약. 전 정말 억울합니다! 피소 탤런트 L 최근 심경 단독 인터뷰. 알기 쉬운 성(性) Q&A. 귀두가 너무 작아요. 현대의학 많은 해결책 있어, 가까운 병원을. 본격 기업만화 회전의자. 흐흐흐 두꺼비가 보냈더냐? 스스로가 알 텐데, 널 노리는 인간이 한둘이 아니란 걸. 흐흐 말이 필요없겠군. 이하동문이다. 스슥. 슉. 휙. 퍽. 뻐억. 으억. 쿵. 털썩. 호호 기다렸어요. 날 어떻게? 몰랐어요? 이 바닥 소문이 초고속 인터넷이란 거. 스슥. 휘릭. 움찔. 주물주물. 아흥. 낼름. 부욱. 아흑. 아아아앙. 퍽퍽. 크어. 과연...

한 손에 백억을 쥔 남자답게... 이 기술도... 하악. 115회 복권당첨 발표. 572... 화제 포토. 또 섹시 컨셉? 가수 H 공연 도중 또 가슴 노출.

설렁탕 나왔습니다.

휘릭. 신문을 덮는다. 따끈한 김이 모락, 피어오른다. 좋은 냄새다. 후추를 치고 파를 듬뿍 얹는다. 크게 썬 김치 무 하나를 첨벙 국물에 담근다. 신문 다 보셨습니까? 동년배로 뵈는 택시기사가 슬쩍 신문을 집으며 묻는다. 나는 고개를 끄덕인다. 김순경님. 주인이 털썩 맞은편 의자에 걸터앉는다. 고기 더 얹어드릴까요? 이것도 많은데... 라며 고개를 가로젓는다. 어이 아줌마! 홀을 오가던 여자 하나를 주인이 큰 소리로 외쳐 부른다. 뭐 하고 있어, 우리 김순경님 은 고기 좀 듬뿍 얹어드려야지. 됐다고 나는 손사래를 친다. 이래야 하나 저래야 하나, 중국에서 온 사십줄의 아줌마가 길 잃은 소처럼 머뭇, 한다. 우두커니

서서 뭐 해요. 커피 뽑아드려야지. 커피를 마시며 나는 주인의 하소연을 들어준다. 주차 문제다. 그러니까 옥외광고물 아닙니까. 저것도 법이 있는데 저 자리에 저렇게 세워놓으니 진짜 난감한 거 아닙니까? 말도 안 통하고... 원래 차 한 대 대는 자린데. 한번 주의를 줄게요. 나는 자리를 일어선다. 어이구야 우리 김순경님 바쁘신데 하며 주인은 돈을 받지 않는다. 슬쩍 오천원을 카운터에 얹어놓고 나는 식당을 나선다. 모자를, 쓴다. 옆집은 게임장이다. 경계에

선 커다란 허수아비 풍선이 겨울바람에 춤을 춘다. 그 앞에서 나는 담배를 피워 문다. 아리아리 쓰리쓰리 아라리요 아리아리. 스피커에서 나오던 노래가 갑자기 확, 줄어든다. 점원 하나가 셔츠 바람으로 뛰쳐나온다. 경례를 붙이더니 헤 하는 얼굴로 굽실거린다. 수율까지만 봐주십쇼. 지난주에 오픈해서요. 헤헤 하는 점원에게 음악이 너무 커, 라고 나는 얘기한다. 알겠습니다. 다시 헤하며 점원이 경례를 붙인다. 물끄러미 설렁탕집 주인이 창 너머로 보고 있음을 느낀다. 다들, 먹고살아야 할 사람들이다. 별일 없이

　별탈 없이, 먹고산다면 나로선 그만이다. 십이년 관할인 이 골목을 그래서 나는 좋아한다. 지긋지긋한 면도 없잖아 있지만 사람 사는 곳이란 게 다 그런 거라 생각한다. 국물이 있고 신문이 있고 다툼도 있고 사고도 있다. 있게, 마련이다. 지지고 볶고 데치고 끓이고 튀기고 푹푹 삶으며 살아간다. 빌어먹는 사람 없이 벌어, 먹고 살아간다. 그래도 가을엔 금발(金髮)의 은행나무가 즐비해 있던 골목이다. 봄이면 곧 꽃도 필 것이다. 피겠지, 언제고 또 한번도 그러지 않은 적 있었던가. 뚜. 무전기가 울린다. 별생각 없이 나는 무전을 받는다. 선배님, 하는 윤경위의 목소리가 전해진다. 다급하다. 뭔 일인데? 아치에 남자 하나가 올라갔다고 신고가 들어왔습니다. 아치에? 예 그렇습니다. 다급히, 나는 현재의 위치를 일러준다. 그럼 그렇지, 결실은 무슨 결실. 늘 그랬듯 오늘의 운세는 맞은 적이 없다.

꼭 이런 날 길이 막힌다. 비상등을 켜고 사이렌을 울려도 도무지 답이 없다. 핸들을 잡은 이순경의 얼굴이 붉으락, 또 푸르락한다. 초조해하는 신참의 얼굴을 보자니 괜스레 웃음이 나온다. 복숭아처럼 피부가 흰 친구다. 붉거나 푸르다기보다는, 그래서 황도가 되고 백도가 되는 느낌이다. 걱정 마. 갈 때까진 절대 안 죽어, 말을 뱉고는 나는 담배를 꺼내 문다. 진짜로 죽는 인간들은 난간에서 뛰어내린다. 아치까지 올라가 고래고래 떠들지 않는다. 아무도 말릴 수 없고, 아무도 잡을 수 없다. 한강이 보이기 시작한다. 어디선가 캐럴이 들려오고 나는 문득 통조림에 든 황도가 먹고 싶어진다. 일이 끝나면 꼭 황도를 먹을 테다.

아치에 오르는 인간의 목적은 죽음이 아니다. 대개 억울함을 호소하거나, 알아주길 바라는 거다. 그래서 말려주길 바라고, 또 외로워서다. 들어주고 달래주고 말려주고 함께해줄 누군가를 간절히 기다리는 것이다. 그 사실을 안 것도 경험을 통해서다. 관할을 옮기고 그간 숱한 인간들의 손을 잡고 아치를 내려왔다. 표창을 받은 적도 있다. 처음엔 목숨을 구한 거라 스스로 여겼는데 그게 아니었다. 어느 순간 알 수 있었다. 어떻게든 살고 싶어 그들이 아치에 올랐다는 사실을. 사업에 실패하고, 연인에게 버림받고, 빚더미에 올라선 인간들이 그럼에도 불구하고 살아야 할 이유를 이곳에서 찾는 것이다. 확 담배를 비벼 끈다. 사는 게 힘든 만큼 죽는 것도 힘든 일이다. 사는 것도 죽는 것도 모두가 제기랄, 피식 불꽃을 잃은 장초(長草)가 자살자의 시신처럼 싸늘하게 식어간다.

딱 한 사람, 아치에서 뛰어내린 이가 있었다. 손을 뻗으며 머릿속의 퓨즈 같은 게 타는 느낌이었다. 아들을 잃었다는 오십줄의 아줌만데 이런저런 얘기를 잘 나누다 갑자기 뛰어내렸다. 대기해 있던 119 덕분에 목숨은 건졌는데 문제는 그다음이었다. 알고 보니 어지간히 사는 집의 주부였고 남편과도 아무런 문제가 없었다. 게다가 두 명의 자녀가 더 있었다. 이러시면 안되죠 아주머니, 말은 했지만 도무지 그 이유를 알 수 없었다. 인간은 알 수 없다. 저렇게 교회가 많아도, 결국 죽을 사람은 죽고 살 사람은 사는 건가. 잘, 모르겠다. 다들 별탈없이 먹고살면 좋겠다. 별일없이, 나도 순찰만 했으면 좋겠다. 사람 좀 살자.

생계형이네.

뭐가요? 딱 보니 생계형이란 말이다. 현장에 도착하면 맨 먼저 인물을 살핀다. 성별, 연령대, 옷차림... 대충 그런 걸로도 자살의 동기를 미뤄 짐작할 수 있다. 삼십대 초반의 남자였다. 게다가 저 간지... 아, 간지를 보는 순간 한숨이 절로 나왔다. 요즘 저런 간지는 어디서도 찾기 힘들다. 경찰이 아니라면, 대한민국에 요즘도 저런 사람이 있나? 고개를 갸웃할 정도의 간지다. 저 외형으로 사업을 했을 리 없다. 연애를... 했을 리는 더더욱 없다. 무엇보다 21세기다. 경찰이 아니면 만나기 힘든, 그런 인간이다. 세번째 아치의 정상에서 사내는 고함을 치고 있었다. 이순경 담배 있나? 예, 있습니다. 담배를 한 갑 나는 더 챙긴다. 때에 따라 담배는 좋은 선물이자 수단이 될 수 있다. 아아 손 시려. 냉혹한 세상처럼 아치의 표면은 차갑고 서늘하다. 내려오면 국밥이나 한 그릇 사줘야지, 나는 생각한다. 21세기에 한강다리의 아치를 오른 인간이다. 누구라도 온정을 베풀어야 하는 거겠지.

어이, 갑니다. 진정하시고! 지금 갑니다. 고함을 지른 후 나는 아치를 오르기 시작한다. 선배님 조심하십시오. 이순경이 초조한 음성으로 중얼거린다. 통제나 잘해. 힐끗 돌아보니 찬바람에 천도복숭아가 된 얼굴이 예, 라며 떨고 있다. 아치의 경사면을 나는 익숙하게 올라선다. 사내와 처음으로 눈을 마주쳤다. 초점이 없고, 눈두덩이 몹시 부어 있다. 사내의 간지가 좀더 선명해진다. 일반과 노숙의 중간인가, 아니 노숙 쪽으로 휠 기울어 있다. 오지 마! 오지 말란 말이야. 늘 듣는 말이다. 묵묵히 나는 좀더 아치를 기어오른다. 오지 마, 더 오면 뛰어내린다! 이런 전형적인 타입을 봤나, 생각하며 나는 예? 라고 큰 소리로 반문한다. 안 들린다는 듯, 그리고 한 걸음 더 아치의 능선을 올라선다. 씨발 진짜 뛸 거야! 협박하듯 사내가 버럭 고함을 지른다. 알았습니다, 알았습니다, 하고 그제야 나는 접근을 중지한다. 아치의 능선이란 게 그렇다. 삼분의 이를 넘어야 엎드리거나 앉을 수 있다. 안정된 자세로 오래 얘기를 나눌 수 있는 것이다. 팔꿈치에 체중을 싣고 비스듬히 나는 자세를 잡는다. 다리 밑엔 이미 119 구조선들이 진을 친 상태다. 휴우, 나는 한숨을 돌린다. 어쨌거나 사람은 살아야 한다. 이 사람아, 오늘 내가... 이 김남한(金南漢) 순경이 너의 형이 돼줄게. 모자를 벗으며 나는 속으로 중얼거린다. 바람이 분다. 살려야겠다.

무슨 사연인진 몰라도 이러면 안됩니다. 예? 낳아주신 부모님을 생각해야죠. 다 필요없어. 난 죽을 거야. 죽을 거라구! 흐느끼던 사내가 오열하기 시작한다. 펑펑 어린애처럼 울음을 터뜨리더니 한쪽 팔소매로 스윽 콧물을 닦는다. 사내의 오른손에 붕대가 감겨 있다. 감은 지 이틀은 된 누렇고 얼룩진 붕대다. 손을... 다쳤습니까? 대답이 없다. 어쨌거나 계속 대화는 이어야 한다. 지금 보니까 아저씨 참 젊네. 앞길이 구만리 같은 양반이구만. 대답이 없다. 이럴 때 한 발짝 더 나는 다가선다. 오지 말라고 했잖아! 말이 말같이 안 들려? 수류탄이라도 든 기세로 사내가 협박을 한다. 알았어요, 알았다고. 일단 우리 얘기나 좀 나눕시다. 이유를 알아야 도움을 주든가 하지. 도움? 하고 사내가 소릴 지른다. 화난 얼굴이다. 도움은 무슨 도움, 니들이 언제 도와준 적 있어? 지금 도와주려는 거 아닙니까? 그래서 이렇게 올라온 거고. 뻥치지 마! 어허, 젊은 사람이 속고만 살았어요? 거짓말!

정말!

거짓말! 아, 정말이라니까. 우선 빨리 형 아우가 되는 게 좋다. 점잖은 큰형님처럼, 신중하고 은근하게 나는 정말이라니까를 외쳤다. 나는 경찰 안 믿어.

도와달라고 해도 못 본 척했잖아! 도와달라고 언제 얘기했어요? 영등포에서 맞을 때... 인걸이랑 그 새끼들이 나 패고 돈 빼앗을 때 니들 가만히 있었잖아. 이건 또 뭔 소린가. 그러니까 일단 앉아요, 앉아보라고. 우리 앉아서 얘기합시다. 진정하고... 응? 차근차근 다 얘기하라고. 이 무전기 보이지? 이거 폼 아니야. 인걸이? 그런 새끼 무전 한번 때리면 그날로 바로 구속이야. 그러니까 앉아봐요, 제발 앉으라고. 나는 질적으로, 응? 질적으로 다른 경찰이야. 자네 지금 서른인가? 서른둘? 내 막냇동생이 서른넷이야. 그래서 참 동생 같고 그래서 내가 더 미치겠다니까. 형님 있어?

없어.

그러니까 앉아봐, 앉으라고. 우선 앉혀야 한다. 앉기만 하면 절반은 성공이다. 땅에 붙은 몸의 면적이 넓을수록 인간은 쉽게 뛰어내리지 않는다. 앉아라 앉아, 속으로 주문을 외우며 나는 담배를 꺼내 문다. 그건 그렇고 이놈 보통 고집이 아니다. 날도 추운데 어디서 이런 놈이 나타난 걸까. 추운데 우리 담배나 피면서 얘기하자고. 담배 펴... 요? 머뭇, 하더니 고개를 끄덕인다. 자기 담배 있어? 없어... 나는 아무것도 없어, 아무것도 없는 사람이야. 잘 걸렸다. 떡밥을 반죽하는 심정으로 나는 존댓말을 던진다. 내가 그쪽으로 갈 수는 없고... 자, 불붙여서 줄 테니까 받아요. 서로 손 뻗으면 잡을 수 있을 거 같애. 칙, 칙, 치직, 칙. 망할 놈의 바람. 점퍼 깃을 세워 나는 바람을 막아본다. 칙, 칙,

칙, 칙. 아... 나... 그만 돌이 나가버린다. 담배 안 줄 거야? 여전히 우뚝 선 놈이 팔짱을 끼고 소리친다. 돌이 나갔는데, 라며 나는 슬며시 꼬리를 내린다. 갑자기 담배가 확, 피고 싶다.

라이터는 있어.

아슬아슬 나는 아예 한 갑을 건네주었다. 파아. 놈이 주머니에서 꺼낸 건 가스 터보라이터였다. 아무것도 없다더니 라이터 좋은 거네. 대꾸도 않고 놈은 깊이 연기를 들이켠다. 후. 길고 긴 한숨이 하얀 연기의 비늘을 달고서 후, 하고 쏟아진다. 바늘에 걸렸다 떨어지는, 입이 찢어진 채 도망치는 물고기 같다. 물고기 같은 한숨이다. 한 줌으로, 한강을 향해 뛰어든다. 주운 거야... 나는 진짜 아무것도 없는 사람이야. 방생(放生)하듯 놈이 라이터를 미끄럼 태워 내려보낸다. 그 물고기를, 나는 말없이 손으로 낚아챈다.

담배에 확, 불을 붙인다. 긴장된 그 무엇이 그래서 조금씩 풀어지는 기분이다. 라이터 좋으면 아저씨 다 가져... 난 아무것도 필요없어. 아무것도 필요없는 사람이야. 그러니까 내가 말하잖아. 일단 앉아봐, 앉아서 우리 얘기하자고. 사람이 죽기를 결심했는데 그 속은 얼마나 썩고 문드러졌겠어, 응? 그러니 속이라도 한번 시원하게 털어놔봐. 죽을 땐 죽더라도 최소한 억울하지는 않아야지, 안 그래? 그러니까 일단 앉아, 앉아보라고. 앉지도 않고 아무 말도 없다.

후비적후비적 꽁초를 접더니 점퍼 윗주머니에 쑤셔넣는다. 비닐점퍼다. 아니, 비닐이라기보다는 비니루다. 그런 느낌이다. 거참 내가 보니 형씨는 법 없이도 살 사람인데... 엄청 억울한 일을 당한 거지? 그치? 그러니까 앉아봐 형씨, 앉아서 애길 해보라고. 나는... 하고 놈이 다시 울음을 터뜨린다. 나는

손을 다쳤어.

붕대를 감은 손이 다시 콧물을 닦는다. 아니 아예, 소매에 코를 푼다. 시골에서 농사도 못 짓고... 나도 말이야... 나도 돈 벌어서 보란 듯이 떵떵거리고 싶었어... 으힝. 강물이 흘러간다. 인천 쪽으로... 그리고 또 어디로... 저기 저여자애... 광고판에 크게 웃고 있는 애... 낯이 익다. 어디서 봤더라? 신문이다. 누드였던가, 가슴 노출이었던가... 아무튼 나도 한숨이 나온다. 21세기다. 이런 친구가 어디 숨어 있다 아치에 오른 걸까. 이 사람아, 하고 일단 운을 뗀다. 세상살이란 게... 그렇잖아. 손 다쳤다고 인생이 끝나는 거 아니야. 아직 젊고... 좋았다 나빴다 또 좋았다 하면서 응? 인생이 그런 거잖아. 내일 해가 뜰지, 내일 자네가 복권을 맞을지 그건 아무도 모르는 거야. 그러니 앉아, 일단 앉아봐.

일을, 이제 일도 못하잖아! 공장에서도 짤렸어. 방세도 얼마나 밀렸는지 알아? 나보고 어떻게 살라는 거야. 이 사람아, 내가 약속할게. 일자리 찾아보면

얼마든지 있어. 자네가 왜 못해? 이만큼 젊은데. 거짓말 마. 배운 놈도 일자리가 없는데 나 같은 놈을 누가 써. 비정규직 이제 지겨워. 부끄럽게 사는 것도 지긋지긋해. 날 제발 죽게 내버려둬. 그리고 놈이 으아아아 괴성을 지른다. 으아아아 나도 가슴을 쥐어뜯는다. 요즘은 자살도 인터넷에서 하고... 모여서... 뭐 그런 추세 아닌가? 모르긴 해도 그런 게 21세기의 추세다. 한강다리에 올라 그것도 아치에 올라... 아이구 이 친구야, 연기와 함께 나도 한숨을 쉰다. 어쨌거나 사람은 살아야 한다. 슬며시 나는 비장의 카드를 꺼내든다. 품속에 넣어온 사진이다.

이 사람아, 이거 좀 보고 얘기해. 그리고 앉아, 제발 좀 앉으라고. 뭔데? 자, 하고 나는 손을 뻗는다. 간당간당 내민 사진을 놈이 넙죽 채어간다. 육이오 때 사진이야. 잘 봐..거기 그 개미떼 같은 거 보이지? 전부 사람들이야. 그 장소 어딘지 모르겠어? 바로 여기야, 한강다리. 바로 이 아치에... 끊어진 아치를... 응? 건너가겠다고, 가서 살겠다고 그렇게 매달려 있는 거야. 그렇게 해서 아직 살고 있는 사람들 많아. 왜 없겠어. 그 사람들 속에 지금 판검사가 없을 것 같애? 사장도 있고 회장도 있고, 의사도 교수도... 떵떵거리고 사는 사람 많아. 그 사람들이 가진 게 있었나? 다들 맨주먹으로 일어섰지. 그게 삶이야, 그게 인생이고! 인생이고, 에서 나는 버럭 고함을 지른다. 삼년 전에 스크랩해둔 사진인데 종종 이곳에서 비장의 카드가 된다. 생계형에게는 특히나 그러하다. 놈의 표정에 움찔 변화가 인다. 고삐를 늦추면 안된다. 딴 데도 아니고 여기서 죽겠다는 건 말이야, 역사의 현장에 대한 모독이야! 그분들께 죄송하지도 않아? 그때 살겠다고 여기 매달려 있던 분들이 지금 자네 모습을 보면 뭐라 하겠어? 당신 아버지도 거기 계셨을지 몰라. 당신 진짜 이러면 안돼.

놈은 잠시 생각에 잠기는 눈치였다. 순박한 인간이다. 벼랑에 몰려 겨우 생각한 게 자살인 인간이다. 도둑질도, 사기를 칠 생각도 못하는 여린 인간이다. 보아하니 당하고 또 당한 인간이다. 당한 걸 갚을 줄도, 말할 줄도 모르는 인간이다. 나는 갑자기 가슴이 뭉클하다. 경찰을 해보면 알 수 있다. 대한민국엔 아직도 이런 인간이 너무 많다. 저기... 저 여자애가 십억을 쥐어도... 아무리 크게 웃고 있어도... 그렇다. 다들 먹고살아야 할 인간이다. 오십년 전 여길 건너던 사람들은 상상이나 했을까? 21세기에도 이 아치를 오르는 인간이 있다는 사실을. 옷 한번 벗으면 십억을 버는 인간이 생길 거란 사실을... 알았을까? 자신들의 후손이 또 그렇게 갈라질 거란 걸, 알았을까? 아직도 강은 흐르고... 어딘가로 흐르고... 아치에 올라야 하는 인간들이 있다, 널려 있다. 내몰리고 도망칠 수밖에 없는 인간들이 있다. 나는 담배를 꺼내 문다. 밀린 방세 정도는 내가 대신 줄 수도 있지 않을까. 스륵, 아치에 미끄럼을 태워 놈이 사진을 내려보낸다. 비장의 카드를, 나는 회수한다.

　사진 멋지네.

　이놈이 제법 여러가지 하는 놈이네, 라고 나는 생각한다. 사람 허파도 뒤집을 줄 알고. 통통 부은 눈두덩을 하고 툭 던지는 놈의 말에 나는 잠깐 〈업무상 스트레스〉를 받는다. 아마도 암의 원인이래지. 앉아봐, 일단 앉아봐. 짜증 섞인 목소리가 그래서 나왔다. 그래, 나는 부끄러운 인간이야. 다... 필요없어. 털썩 놈이 주저앉는다. 앉고 싶어 앉았다기보다는, 어지러워 보였다. 열이 있는 사람처럼 이마를 감싼 채 큰 소리로 훌쩍거린다. 어이, 하고 불러도 대답이 없다. 이름이 어떻게 돼? 역시나 대답이 없다. 이것도 인연인데 이름 정도는 알아야 하지 않겠어? 대답이 없다. 아... 추워 죽겠네. 이제 그만하고 우리 내려갑시다. 나도 힘들고... 당신 배는 안 고파? 고파, 하고 놈이 중얼거린다. 어제부터

굶었어.

　자자, 우리 손잡고 내려가자. 요 아래... 저기 청파동에 대구탕집 골목 알아? 내가 그거 사줄게. 우리 가서 소주나 한잔하자고. 여기 당신만 올라온 거 아니야. 나랑 같이 내려간 사람만도 열두 명이 넘어. 다 잊고 새출발한 선배들 많다니까. 살다보면 누구나 이럴 수 있는 거야. 인생 선배로서... 내가 다 형으로서 하는 말이니까 믿고 내려와. 대구탕은 무슨 대구탕! 불쑥 고개를 든 놈이 다시 걸쭉하게 말을 뱉었다. 감옥 보낼 거면서. 아, 나... 감옥 안 가. 이 사람아. 살겠다고 맘먹은 사람을 왜 감옥에 보내겠어? 감옥 가는 거 다 알아. 무전무죄 유전유죄(無錢無罪 有錢有罪), 나는 가면 십년이야. 다 알아.

　무전무죄 유전유죄? 나 참... 으음... 이 사람이 참 아는 것도 많네. 죽으면 지식이 아깝겠다 이 사람아. 그러니까 당신이 죽으면 그게... 나라로서도 큰 손실이야. 당신 부모... 응? 가문을 생각해도 그렇고... 그리고 감옥 쉽게 가는 거 아니야. 엄연히 법이 있고 규정이란 게 있어. 내가 깨놓고 얘기할게. 나흘 구류야, 구류. 구류가 뭔지 알아? 파출소에서 뜨끈한 밥 먹고... 나하고 소주도 한잔하고... 그러고 나가면 돼. 그건 빨간줄도 안 그여. 왜? 내 재량으로 자네 술 한잔 못 사줄까봐? 세상 그렇게 차갑지만은 않아.

주르륵. 또 놈이 눈물을 흘린다. 감기가 왔는지 나도 콧물이 난다. 편도선이 또 따끔거린다. 재발(再發)이다. 자, 우리 그만 내려가자. 눈 딱 감고 정붙이다 보면 미운 정도 들고 고운 정도 들고... 세상이 그런 거잖아. 그나저나 이름이나 좀 알자. 오늘부터 내가 자네 형 할 테니까. 괜한 소리가 아니고 내 동생이 꼭 자네 또래라니까. 참 열심히 살던 놈인데 오년 전에 교통사고로 죽었어. 살아 있으면 서른넷이야. 보면 볼수록 자꾸 그놈 생각이 나서 나도 지금 미치겠다니까. 자네 마음 돌리면 나도 그냥 동생이 살아왔구나 생각할게. 콜?

거짓말이다. 위로 형님만 세 분이다. 아치에 처음 온 게 팔년 전이다. 우연히 올라와 진땀을 뺐는데, 어떻게 마음을 돌려서 자살을 막았다. 그후 지서에선 일만 생기면 나를 찾았다. 아치 하면 김순경, 김순경 하면 아치. 표창을 받고 나자 아예 전담이 되었다. 잡지에서 취재를 나온 적도 있다. 그리고 점점 거짓말이 늘어갔다. 평소엔 진실 백 퍼센트 진실남인데 아치에만 올라오면 술술 거짓말이 나오는 거다. 연기(演技)랄까, 그런 게 될 때도 있다. 좋아서 하는 거짓말은 아니지만, 그렇다. 진실만으론 사람을 살릴 수 없다. 내 생각은 그렇다.

안 가.

아저씨는 먹고살 만한 사람이잖아. 경찰이니까 무시도 안 당할 거고. 결혼도 했을 거고... 나는... 먹고살 수가 없어. 아니... 살기야 살겠지. 근근이 입에

풀칠은 한다는 거 나도 알아. 그래서 어쩌라고? 이렇게 무시당하면서 칠십까지 살까? 백살까지... 방에서 딸딸이 치면서 살면 뭐해? 노력해봤냐고... 그런 얘기 나한테 하지도 마. 나처럼 열심히 산 사람 있음 나와보라 해! 손 다치기 전까지... 나 백수 같은 놈 아니야. 그래, 별 볼일 없는 일거리지만... 내가 얼마나 열심히 일했는지 알아? 월급 못 받은 적은 많아도 일 쉰 적은 한번도 없어. 응? 그런 거 알기나 해? 좋아, 다 좋아. 무시해도 좋고 짤라도 좋아. 이제 이렇게는 살기 싫다는 거야. 백살까지 살면 뭐해. 난 촌에 땅도 없어. 우리 부모도 땅 없었어. 부모도 죽었고... 아무것도 없어. 난... 아무것도 없는 사람이야. 먹고살 만하면서... 나한테 이래라저래라 하지 마. 죽겠다는데, 내가 죽겠다는데 왜 그래. 씨발...

내 라이터 내놔!

니 라이터... 자. 옹졸한 놈... 불이나 한번 당기고 나는 라이터를 건네준다. 후. 짜증은 나지만 얘길 한다는 건 좋은 징조다. 게다가 앉았다. 살릴 수 있다고 나는 확신한다. 먹고살 만하다고? 이 사람아... 내 얘기도 좀 들어볼래? 나 멀쩡해 보이지? 건강해 보이지? 나 후두암이야. 초기라고는 해도 실은 옷벗고... 응? 수술받고 요양해야 할 사람이야. 여기 목 있는 데 잘 봐. 속이 늘 얼마나 부어 있는지 알아? 이게 편도선으로 보여? 그래도 일하고 있어. 옷 안 벗어. 비밀로 하고 계속 일해. 담배도 그냥 계속 펴. 왜? 낙은 이거밖에 없으니까.

당연한 얘기지만 편도선이다. 술술, 오늘 이거 말 좀 되는데.

옷을... 못 벗어. 왜? 월급 받아야 하거든. 동생은 혼자몸이지? 난 달라. 아버지가 살아 있고 딸만 셋이야. 우리 아버지 중풍이야. 마누라하고... 그래서 맨날 싸워. 실은 미안해서 할 말도 없어. 지금 구년째야. 당뇨까지 있어. 한 달에 대충 백 들어가. 인슐린 알아? 인슐린... 땅이고 집이고 나도 받은 거 없는 사람이야. 차라리 돌아가시면 얼마나 좋아? 그래도 어쩌겠어, 살아서 숨을 쉬는데... 스토리 좋다. 물론 거짓말이지만 어둑한 표정으로 나는 길게 연기를 뱉는다. 퉤, 침도 한번 뱉어준다.

딸들 이제 시집보내야 돼. 곧 그럴 나이야. 이것들 공부시킨다고 돈도 별로 못 모았어. 줄줄이... 이제 겁나. 요새 딸 시집보내려면 돈 얼마나 드는지 알아? 겁나 죽겠어. 그래, 또 대출받아야겠지. 그때 가서 옷을 벗든가, 퇴직금을 또 어떻게 하든가. 그래, 어떻게든 되겠지. 그렇다고 끝인가? 나는, 그리고 내 마누라는 어떻게 살아야 돼? 요즘 아들도 부모 안 모시는 세상이야. 딸들? 다 자기 잘나서 대학 나오고 전문대 다니는지 알아. 큰놈이 직장이랍시고 다니는데... 돈? 다 지 옷 사고 핸드폰 사는 데 쓸 뿐이야. 부모한테 용돈 안 줘. 참, 첫 월급 때 빨간 내복 한 벌 받긴 받았다. 나란히 빨간 내복만 입고 우리 내외 팔십까지 살까? 그럼 어쩔까? 답은 양로원밖에 없어. 요새 양로원 돈 없으면 못 들어가. 연금 해봤자 얼마겠어? 답이 안 나온다고. 그래도 살고 있어. 나도 그

런 사람이야. 말하고 보니

이건 사실이 아닌가.

하마터면 담배를 떨어뜨릴 뻔했다. 심하게, 나는 기침을 한번 한다. 경찰이
니까... 무시 안 당하겠다고? 아니야, 엄청 당해. 직급에... 또 박봉에... 동창회
안 나간 지 벌써 십년째야. 못 나가겠어. 동창회란 게 원래 잘 풀린 놈들끼리
모이는 거겠지만... 그래, 아무리 그래도 골프 한번 안 쳐본 놈 나밖에 없더라.
다들 억억 하고, 응? 그 인간들 모이면 동남아 가서 골프 치니 어쩌니 그래. 술
만 마시면 룸살롱이야. 경찰? 동생도 알잖아, 경찰이고 뭐고가 어딨어. 돈 없
으면 무시당하는 거지. 그리고 경찰이라고 다 똑같은 경찰 아니야. 계급 말해
봐야 알 턱도 없고... 그래, 군대로 치면 준위 있지? 말하자면 그런 거야. 나도
대학 못 나왔어. 그러니 어째, 새카만 후배들이 선배님 해주면 고마운 줄 알아
야지. 그래도 난 이 직업이 좋아. 천직이라 믿고 열심히 살아왔어. 나도 동생
이상으로 열심히 살아온 사람이야. 그런데 세상이 알아주나? 어이 동생... 나
이 나이에 경차 몰아. 딸내미들 공부시키느라 진짜 돈 없어. 쪽박이야. 물론 고
생은 동생이 더 했겠지만... 그래, 사람 사는 게 다 그래. 이렇게 이렇게 사는
거야. 이것도

사실이다.

나는 진하게, 남은 불씨를 당긴다. 짤막해진 꽁초가 문득 남은 내 인생 같다. 심한 기침이 연이어 터져나온다. 몰라서 그렇지, 이 편도선 이거... 진짜 후두암 아닐까? 말하자면 봄부터 재발이 너무 잦다. 황사 때문이려니, 했는데 문득 안일했구나 생각이 드는 거다. 지난봄이면 빨간 내복 입고서 마냥 좋았을 때다. 빨간 내복 입고서... 그럴 때가 아니었는데. 아니다. 이건 망상이다. 잠시 그만 감상에 빠져버렸다. 업무상 스트레스란 게 이래서 무서운 거다. 세차게 머릴 흔들고 나는 다시 놈과 대면한다. 눈두덩의 붓기가 그새 더 심해진 듯하다. 원래는 어떤 상판일까. 그래도 난 자살은 안해. 왜? 억울해서. 이렇게 죽으면 우리 인생이 얼마나 억울하겠어. 응? 우리 인생이 뭐야 도대체! 참, 아까 인걸이라 그랬나? 동생 돈 뺏었다는 놈 말이야. 우선 내가 그 돈부터 찾아줄게. 그건 내 약속할 수 있어. 끔벅끔벅 허공을 응시하던 놈이 슬며시 고개를 가로젓는다.

인걸이도 나쁜 놈 아니야.

나쁜 놈은 나쁜 놈인데... 나쁜 놈은 아니야. 사채 내가 빌려쓰고 이자 못 갚은 거야. 나 같은 놈한테 누가 대출을 해줘. 손잡고 내려가서 은행 가봐? 이자가 더러워서 그렇지 그래도 그런 놈 말고 누가 나한테 돈을 빌려줘. 돈 될 건덕지 일러주는 것도 그런 놈들이야. 이런저런 명의도 팔아주고... 또 콩팥도 팔아준다 하고. 그러니... 은행보다는 낫잖아. 억울하긴 해도 어쩌겠어. 은행도 무시하고 세상도 무시하는데... 아저씨도 나 무시하잖아. 내가? 내가 동생을 왜 무시해. 아까도 내 말했잖아, 사람 팔자 아무도 몰라. 게다가 얼마나 젊어, 응? 거짓말 마! 거짓말 아니라니까. 거짓말! 정말! 그럼 나 같은 놈한테 딸줄 수 있어?

줄 수... 있지!

정신만 바짝 차리면 준다. 사람이 정신만 곧으면 언제고 다시 일어서. 못할 일이 뭐 있어? 나도 맨주먹으로 시작했는데. 세상이 돈이 다가 아니야 이 사람아. 정신을 안 차리니까 무시하는 거지. 입을 쥐어뜯고픈 거짓말이다. 아무리 정신이 바로 박혀도 이런 놈한테 딸 못 준다. 딸이 알면 바로 가출이고, 나는 마누라한테 전치 이주다. 그리고 무엇보다... 세상은 돈이 다다. 거의, 그렇다. 업무상 스트레스가 또 한번 밀려온다. 멍하니, 갑자기 놈이 하늘을 올려본다. 그리고 들썩들썩 울부짖기 시작한다. 나... 정신 이상한 놈 아니야. 정신... 바로 박힌 놈이란 말이야. 술도 안 마시고... 열심히 돈 모으려 얼마나 발버둥쳤는지 알아? 내가 뭘 잘못했는데... 죽어라 일한 거밖에 없어... 피곤해서... 너무 피곤해서 사고난 게 내 잘못이야? 방법이 없잖아, 방법이! 그래... 맞아. 무전무죄 유전유죄야... 다 내가 못난 놈이고... 내 잘못 맞아. 그래서 죽겠다는데 왜 그래... 더는... 더는... 히잉.

제발 좀... 전철 타면 힐끗거리면서 눈 깔지 마. 니들... 다 들려 씨발년들... 어디서 냄새 나지 않니... 속닥거리지 좀 마. 방세... 방세 좀 그만 올려 씨발... 왜 사람을 의심해... 열심히 일하고 있는 사람을... 이삿짐 없어졌는데 왜 나만 잡고 지랄이야... 그래, 씨발 내가 그랬다고 쳐. 다 좋아, 아무것도 필요없어. 그런데 좆같이... 씨발... 벌레 보듯 보지 말란 말이야... 사람이 살려고... 살겠다고... 살아보겠다고 하는데...

씨발...

좆같이...

울부짖음이 그치지 않는다. 실컷 울도록 나는 내버려둔다. 경험해봐서 안다. 우리 아버지 우리 어머니 다 나오고... 벅벅 가슴을 긁어 전부 토한 후에야 내려갈 것이다. 아무한테도 못한 얘기... 아무도 들어주지 않는 얘기... 그걸 하기 위해 이 난리를 피우는 거다. 토하지 않으면 살 수가 없는 거다. 팔꿈치가 아프다. 잠시 일어나 나는 강물을 내려다본다. 기분 탓인지 주위가 어둑한 느낌이다. 아니, 실제로 맑은 날씨가 아니었다. 일기예보도 믿지 않은 지 오래다. 인생의 날씨는 더더욱 그러하다.

눈(雪)이다.

보풀처럼 작고 가볍지만, 눈이다. 편편(片片) 비늘처럼 반사되던 여린 것들이 이내 곧 부화된 치어처럼 허공을 가득 메운다. 풀려, 떼를 지어 쏠려다닌다, 나린다, 드리운다. 은빛 눈부신 저... 물 반, 고기 반. 아치에 올라 눈을 맞는 건 처음이다. 성큼 나는 놈의 곁으로 다가선다. 오라고도 하지 않고 오지 말라고도 하지 않는다. 더더욱 뛰어내리진 않을 것이다. 숨이 죽은 배춧잎처럼, 놈의 넋두리도 점점 보드라운 것이 되어간다. 눈 속에서, 아주 보드라운 씨발과 좆 같이가 더더욱 보드라운 것으로 변해만 간다. 문득, 기도 같다.

그래도 살아야지 이 사람아.

라고 나는 중얼거린다. 제기랄, 중얼거린다. 제기랄, 그 말밖엔 할 수가 없는 거다. 중얼중얼 놈의 기도는 끝이 없다. 나는 담배를 꺼내 문다. 발치에 놓아둔 라이터를 집어도 놈은 아무런 반응이 없다. 후. 기도처럼 긴 연기가 허공을 향해 흩어진다. 도심 반대쪽으로 정체된 차들이 끝없이 늘어서 있다. 개미떼 같고, 문득 오십년 전 사진 속의 사람들 같다. 아치를 오르고, 끊어진 철교에 뒤엉켜 있던 사람들 같다. 내려가자, 라고 나지막이 말해보지만 놈은 여전히 반응이 없다. 놈과 함께, 저 차들과 함께, 나도 문득 끊어진 아치 위에 엉켜 있는 느낌이다. 놈의 기도가 끝이 났다. 마침 눈발이 세상을 가렸을 때였고, 나는 경험으로 아치를 내려설 때가 되었단 걸 알 수 있었다. 차들의 경적 소리가 심하게 들려왔다. 이제 곧 저 피난민들의 행렬 속으로 나도 합류할 것이다. 합류해야 하는데

문득 눈발이

눈앞을 휘몰아친다. 편도선이, 후두암이 아닌 편도선 때문에... 다시 기침이 터져나온다. 문득, 나도 가기가 싫다. 나도 한번쯤, 이곳에서 뛰어도 좋겠다는 생각이 드는 것이다. 나는 강을 내려다본다. 평소보다 강은 더욱 검어 보이고, 여느 때보다 인생의 무게는 가볍게 느껴진다. 바로 이런 기분일까? 구두의 절반 정도를 아치의 바깥으로 내밀어본다. 위태, 하다. 그 위태가 곧 위안으로 뒤바뀐다. 오십년을 더 살아도 여전히 이 아치에 뒤엉켜 있겠지, 하마터면 구두의 앞굽에 체중을 더 실을 뻔한다. 하마터면

그랬다. 즐거운 성탄 되세요! 환하게 웃는 가수 K의 미소를 보며 툭, 하고 나는 사내의 어깨에 손을 얹는다. 같이 갑시다. 같이... 내려갑시다. 이제 형 동생 할 마음도 없는데 사내가 형님... 하며 내 다리를 붙잡는다. 알겠으니까 이제 갑시다. 조곤조곤 나는 다시 사내의 어깨를 어루만진다. 눈사람의 어깨처럼 차고 서늘한 어깨다. 가서 대구탕도 먹고... 내가 잘 아는 설렁탕집도 있으니까... 형님... 저는 이제... 형님... 제가 잘못했습니다. 조심조심 중심을 옮기

면서도 사내의 얼굴이 계속 내 팔을 파고든다. 잘못한 거 없어요... 없다니까, 라고 나는 속삭인다. 녹고 있는 눈사람처럼 사내의 몸이 휘청한다. 이순경! 하고 나는 아래를 향해 외친다. 급히 올라온 이순경이 조심스레 사내의 이동을 거들기 시작한다. 사내의 몸이 이윽고 움직인다. 불상(佛像)을 옮기는 기분이다. 눈발은 자꾸만 어른거리고, 빵빵대는 차들... 저 철교에 매달린 천불천탑, 아치에 올라선 천불천탑... 연등(燃燈)처럼 하나 둘 가등은 켜지기 시작하고, 속수, 무책으로 나는 쏟아지는 눈 속에 서 있다. 젖지 않은, 사내가 앉았던 그 자리에 커다란 눈사람 같은 것이 녹아 있는 듯하다. 웬일일까, 그 눈사람에게 나는 진심으로 미안해진다.

이제 아치를 내려선다.

合(膝)

* 이 작품은 BC 17000년, 현재의 함경남도 이원 철산 지역을 배경으로 쓰인 것입니다.

우는 며칠째 돌을 갈고 있다.

동이 트기도 전이어서 동굴 안은 캄캄했다. 달조차 뜨지 않은 밤이었으나 무릎이 잠기도록 눈이 쌓인 날이었다. 희미한 눈빛에 의지해 우는 묵묵히 돌을 갈고 또 갈았다. 우는 초조했다. 언제 또 폭설이 쏟아질지 알 수 없는 일이었다. 굴의 안쪽에선 누와 새끼가 자고 있었다. 누는 간간이 코를 골았는데 어쩌면 그것은 누의 배에서 나는 소리일 수도 있었다. 좀처럼 돌은 갈리지 않았다. 우가 아끼는 가장 단단한 돌이었다.

윽.

손등을 타고 미끄러진 돌이 우의 손가락을 강하게 짓이겼다. 우의 입에서 신음이 새나왔으나 굴을 지나는 바람소리가 워낙 세고 큰 것이었다. 다친 손가락을 입에 물고 우는 재빨리 자신의 피를 거둬들였다. 뭔가 여문 것이 혀에 걸리기도 했다. 바스러진 작은 손톱이었다. 아끼고 아껴 그것을 씹는데 왠지 그동안은 허기가 가시는 기분이었다. 물렁해진 손톱을 삼키려다 말고 우는 일어나 누의 곁으로 다가간다. 곤히 잠든 새끼와 누를 확인하기엔 굴속이 너무 깊고도 어두웠다. 우는 하마터면 새끼를 밟을 뻔했다. 새끼는 누보다도 부드럽고 따스했는데 아직, 살아 있기 때문이었다.

우는 새끼의 입을 들추었다. 몇개의 작은 이빨... 그러나 아직 어금니가 돋지 않았다. 돌가루가 묻은 우의 손가락을 타고 가냘픈 숨이 전해져왔다. 우는 돌처럼 굳어 몇번이고 그 숨을 음미하고 음미했다. 새끼에겐 젖이 필요했고 누의 젖은 며칠째 말라 있었다. 우는 누를 더듬었다. 누의 입술은 거칠고 침조차 말라 있었다. 입에 머금은 손톱을 꺼내 우는 조심스레 누의 혀 위에 올려놓았다. 누는 잠시 꿈틀했으나 잠을 깬 것은 아니었다. 곤하디곤한 잠에 빠져서도 누는 스르르 그것을 씹기 시작했다. 우는 한동안 그 곁을 떠나지 않았다. 물러서는 짐승처럼 서서히 어둠이 굴을 빠져나가고 있었다.

우는 다시 돌을 갈기 시작했다. 칼을 원했다면 일은 쉬웠을 것이다. 돌을 찧어 깨뜨리고 날이 잘 선 덩어리를 취하면 그만이었다. 잠시 손을 멈추고 우는 자신이 갈던 돌의 표면을 확인해본다. 우에게 필요한 건 홈이 있는 창이었다. 기다란 홈이 파인 날카로운 창. 커다란 동물의 배에 박혀 쉼 없이 피를 흘리게 만들 돌창이었다. 더없이 단단한 돌이었으나 야트막한 홈이 생긴 것도 사실이었다. 마련해둔 말린 넝쿨을 만져보기도 했다. 도끼로 쓰던 자루도 곁에서 뒹굴었으나 우는 다시금 자신의 돌을 집어들었다. 서걱대고 삐걱대며 바람이 바삐 계곡을 빠져나갔다. 아무리 바람이 바삐 불어도 한결 더 바쁜 것은 우가 돌을 가는 소리였다.

누가 눈을 떴을 때는 이미 해가 굴의 절반을 스며 있었다. 이 사이에 낀 이상한 찌꺼기를 뱉으려다 누는 무작정 그것을 삼켜버렸다. 그것이 흙이거나 혹은 벌레라도 상관없는 일이었다. 누는 오랫동안 아무것도 먹지 못했다. 녹아내리는 듯 몸이 아팠으나 보다 절실한 것은 젖을 만드는 일이었다. 칭얼대는 새끼를 안아들고 누는 말라비틀어진 자신의 젖을 물린다. 아무리 빨아도 배부를 리 없는 젖이었다. 누는 힘없이 새끼의 얼굴을 바라본다. 깨물고 보채던 몸부림도 이제는 지나간 일이었다. 더는 그럴 만한 힘이 새끼에겐 남아 있지 않았다.

우는 묵묵히 자루에 창을 묶고 있었다. 제대로 파인 홈은 아니지만 더는 사냥을 미룰 수 없는 상황이었다. 몇번이고 매듭을 확인하고는 여러 개의 돌칼도 자루에 챙겨 넣었다. 우는 일어나 단단히 창을 거머쥐었다. 어깨에 멘 자루도 여느 때보다 무겁게 느껴졌다. 누와 눈이 마주쳤으나 우는 별다른 말을 하지 않았다. 말은 먹을 수 있는 것이 아니었고 우와 누에게 필요한 건 먹을 것이 전부였다. 우는 대신 누의 눈을 읽었다. 그런 우의 눈을, 누도 읽을 수 있었다. 서로의 눈 속엔 많은 이야기가 담겨 있었다.

우는 곧바로 굴을 나섰다. 눈을 머금은 하늘은 아니었으나 자비롭다는 느낌도 들지 않는 하늘이었다. 매서운 바람이 우의 코를 꼬집고 지나갔다. 몇번이고 뒤를 돌아보고 싶었으나 우는 고개를 돌리지 않았다. 돌아보지 않아도 굴의 입구에 기대선 누의 시선을 느낄 수 있었다. 그보다 당장 바위와 바위 사이에 쌓인 눈을 조심해야 했다. 혹시나 귀를 기울여도 보았으나 짐승의 기척은 느껴지지 않았다. 사슴뿔에 찍혔던 옆구리가 시려오기 시작했다. 까마득한 옛날의 일인데도 사냥을 나설 때마다 그 자리가 지끈거렸다. 잠시 걸음을 멈추고 우는 허리에 찬 검치호랑이의 이빨을 꺼내 이마를 문질렀다. 역시나 오랜, 우만의 의식(儀式)이었다. 의식을 끝내고서 우는 자신도 모르게 뒤를 돌아보았다. 누의 모습은 보이지 않았다.

†

우는 평지에 다다랐다. 계곡에 비해 눈이 얕았으나 역시나 자비로운 풍경은 아니었다. 세계는 희고, 희고, 희고, 희었다. 그리고 우는 혼자였다. 창을 거머쥔 손에서 스르르 힘이 빠져나가는 걸 우는 느꼈다. 어깨에 멘 자루가 갑절은 무거워진 것도 사실이었다. 희고, 희고, 희고, 흰 세계에서 혼자는 곧 죽음을 의미했다. 자신이 아닌 다른 것을 먹어야만 우는 살아갈 수 있는 존재였다. 누도, 그의 새끼도 마찬가지가 아닐 수 없었다.

근처의 작은 바위에 올라 우는 찬찬히 사방을 둘러보았다. 움직이는 것이 없었으므로 발자국으로 보이는 그늘이라도 있나 샅샅이 지면을 눈으로 더듬었다. 바람에 실린 작은 소리를, 그 속에 섞인 냄새를 낚는 일도 소홀히 하지 않았다. 바람은 투명했다. 그리고 우는 여전히 혼자였다. 호랑이의 이빨로 다시 이마를 문지르며 우는 자신이 혼자가 아니기를 빌고 또 빌었다. 아니, 혼자여도 좋다고 우는 생각했다. 어딘가 죽은 짐승의 시체가 얼어 있다면 그보다 좋은 일은 없을 거란 생각이었다. 여느 때보다 뜨거운 입김이 우의 입에서 피어올랐다.

우는 혼자였다.

죽은 짐승의 시체조차도 우와 함께하지 않는 세상이었다. 바위에서 내려온 우는 그나마 희미한 몇군데의 그늘을 둘러보기 시작했다. 그도 꽤 긴 거리였으나 우에겐 애초부터 포기의 자유가 주어져 있지 않았다. 허기진 배를 부여잡고 우는 걷고 또 걸었다. 발목이나 무릎이 빠질 때마다 짙고 깊은 발자국이 새겨지고 이어졌다. 하늘에 있는 누군가가 보았을 때 그것은 길게 베인 두 줄의 상처와도 같은 것이었다. 마지막 그늘에 이르러서야 우는 걸음을 멈추었다. 그늘은 아무것도 아니었고 먹을 수 있는 것도 아니었다. 거친 숨을 뱉으며 우는 사방을 둘러보았다. 행여 자신을 노리는 짐승이 있다면 그나마도 다행한 일이 아닐 수 없었다.

눈이 내리기 시작했다.

우는 잠시 절망했으나 실은 절망할 아무런 이유가 없었다. 덮여도 그만 쌓여도 그만인 설원을 훑어 우의 시선이 머문 곳은 불 뿜는 산이었다. 우가 아는 '모두'는 저곳을 향해 떠나갔다. 저긴 먹을 것이 있다, 여긴 없어. 모두를 이끄는 추는 그렇게 말했었다. 적어도 '여기'에 관한 한 추의 말은 사실이었다. 묵묵히 눈을 맞으며 우는 모두를 떠올렸다. 모두는 먹을 것을 구했을까? 알 수 없는 일이었다. 모두가 돌아올지도, 돌아올 수 있을지도 알 수 없는 일이었다.

혹은 모두가 돌아온다 해도 다시 '모두'가 될 수 있을지 알 수 없었다. 우와 누에게는 이제 먹을 것이 남아 있지 않았다.

혹한이 시작된 것은 오래전이었다. 더 오래전에 '모두'는 계곡에 정착했고 우는 개중에서도 손꼽히는 사냥꾼이었다. 부족함이 없는 생활이었다. 큰 사슴을 쫓아 계곡을 누볐으며 사슴의 살은 한없이 기름지고 부드러웠다. 털코끼리를 잡은 적도 많았다. 수컷들은 내내 홈이 진 창을 만들었고 암컷들은 한번도 굴속의 불을 꺼뜨리지 아니했다. 많은 새끼를 낳아 길렀다. 눈보라가 오기까지는, 계곡이 잠길 만큼이나 눈이 내리고 쌓이기 전까지는.

한 줌의 눈을 떠서 우는 허기를 달래었다. 다시 한 줌, 또 한 줌. 벌써 며칠째 우와 누는 눈으로 허기를 달래어왔다. 갈증과 허기가 다른 것임을, 목마름과 배고픔이 다른 것임을 우는 이미 잘 알고 있었다. 이제 모든 것이 한계에 이르렀음도 알 수 있었다. 우에게는 고기가 필요했다. 갈증과 허기의 차이만큼이나 삶과 죽음도 다른 것이기 때문이었다.

눈보라는 많은 것을 사라지게 만들었다. 코끼리들이 줄고 사슴도 자취를 감추었다. 먹이가 줄면 줄수록 호랑이의 습격이 잦아만 갔다. 우가 서 있는 평지까지 사냥을 나서는 일도 잦아졌다. 그나마 빈손으로 돌아오는 일이 날이 갈수록 허다해졌다. 사슴들은 강을 건넜어. 발 빠른 루가 돌아와 얘기했다. 코끼리떼를 쫓아간 쿠는 돌아오지 않았다. 저곳으로 가야 한다고 늙고 현명한 추는 불 뿜는 산을 가리켰다. 모두가 이곳을 떠나야 했지만 '모두'가 이곳을 떠난 것은 아니었다. 누는 매우 열이 심했고 새끼를 밴 누의 배는 작은 산처럼 솟아 있었다. 우의 새끼였다. 누를 뺀 '모두'를 추는 이끌어야 했는데 우는 누의 곁을 떠날 수 없었다.

나는 남겠다고, 우는 말했다.
추는 별다른 말을 하지 않았다.
다만 우를 가리켜
너는 죽는다고, 짧게 말했다.

나는 죽는다고, 눈을 씹으며 우는 중얼거렸다. 추의 말은 틀린 적이 없었으나 우는 아직까지 살아 있었다. 풀이 돋으면 다시 계곡으로 돌아올 거라 추는 약속했다. 만약 풀이 돋지 않으면 누와 새끼를 데리고 모두를 찾아오라고도 했다. 모두는 떠나가며 우와 누를 위해 사슴의 뒷다리 두 짝을 남겨주었다. 모두가 돌아올 때까지, 혹은 모두를 찾아갈 때까지 우는 누와 새끼를 책임져야 했다. 또 한 줌의 눈을 씹으며 나는 산다고, 우는 중얼거렸다. 우는 미친 듯이 호랑이의 이빨을 꺼내 이마를 문질렀다. 이마는 곧 부어올랐고 우의 입김은 더욱 거칠어졌다.

우는 걸었다.

무작정 걸은 것은 아니었으나 작정을 하고 걷는 것도 아니었다. 주변엔 몇 개의 산이 있었는데 우가 고른 것은 계곡과 평지 사이에 선 가파른 야산이었다. 바위가 많아 가기를 꺼리던 곳이었고 강이 시작되는 곳이어서 살얼음이 많은 곳이었다. 마침 그편에서 바람이 오긴 했으나 딱히 어떤 냄새가 실린 것은 아니었다. 그것은 본능이었다. 허기에 지친 우의 무릎이 벌써 여러 번 꺾이고 꺾이었다. 그렇게 걷는 길이었고 앞만 보고 걷는 길이었다. 눈이 내리는 길이었고 눈이 쌓이는 길이었다. 곧지도, 그렇다고 휘지도 않은 작정과 무작정 사이의 길이었다.

낯선 길은 위험했다. 몇번이고 발을 헛디뎠고 틈새의 눈들이 무너져 아찔한 벼랑이 제 모습을 드러내기도 했다. 눈에 젖은 가죽옷이 우의 어깨를 짓누르기 시작했다. 건질 것 없는 바람의 체취에 귀와 코가 지친 지도 오래였다. 찬 바람을 맞으며 그래도 우는 걷고 또 걸었다. 한 발 한 발, 눈 속에 박힌 발을 뽑아 들 때마다 뜨거운 입김이 쏟아져나왔다. 우의 입김이 뜨거우면 뜨거울수록 바람의 입김은 차고, 싸늘했다.

†

얼마를 걸었을까. 폭이 좁은 협곡을 지나 우는 검게, 죽어 있는 숲을 발견했다. 처음 와보는 숲이었다. 탄성이나 탄식이 나올 법한 풍경이었으나 우에겐 그럴 만한 힘이 남아 있지 않았다. 꼭대기가 보이지 않을 만큼 나무들은 키가 컸고 땅에 붙박인 밑동들은 바위처럼 웅장했다. 살아 있다면 더없이 울창했을 숲이었다. 그리고 그것은 울창한 죽음으로 변해 있었다.

무표정한 얼굴로 우는 근처의 나무를 살피기 시작했다. 코끼리들이 이빨을 갈던 곳인지 파이고 뭉개진 흔적을 곳곳에서 볼 수 있었다. 날카로운 흔적은 사슴의 것이었다. 고스란히 흔적들은 남아 있었으나 그것은 다들 오래전의 것이었다. 몇그루의 나무를 더 짚어본 후 우는 천천히 숲속을 걷기 시작했다. 숨이 가빠왔다. 오르막이 없는 순탄한 길인데도 산을 오를 때보다 걸음이 무거웠다. 움직이는 어떤 것도 보이지 않았다. 먹을 것의 소리도 먹을 것의 냄새도 채집되지 않았다. 우는 오로지 죽음의 냄새만을 맡을 수 있었다. 죽음의 소리는 고요했고 죽음은 결코 움직이지 않는 것이었다. 울창한 죽음 속에서 우는 홀로이 움직이고 있었다. 우는 그 사실을 간과하고 지났는데, 우를 둘러싼 죽음은 더없이 평화롭고 편안한 것이었다.

배가 아프기 시작했다. 참고, 참고, 참고, 참았던 배고픔이 밀려온 것이었다. 잊으려 이를 악물었으나 소용없는 일이었다. 우는 어지러웠다. 잠시 하늘을 올려보았는데 우가 여지껏 봐온 하늘은 아니었다. 간신히 몇발짝을 더 내어딛다 우는 풀썩 주저앉았다. 뿔을 들이밀어 배를 찢고 들어온 사슴 한 마리가 뚜벅뚜벅 내장을 짓밟고는 빠져나가는 느낌이었다. 우의 입에서 비명이 터져나왔다. 어떤 맹수의 습격에도 비명을 지르지 않던 우였다. 그리고 곧, 누와 새끼의 입에서도 터져나올 비명이었다. 눈 위에 드러누워 우는 비 오듯 땀을 흘렸다. 추위에, 또 두려움에 온몸이 떨리기 시작했다. 우는 울고 있었다. 가장 포악한 짐승은 우의 배 속에서 살고 있었다. 잡을 수도, 먹을 수도 없는 짐승이었다.

혼미해진 우의 눈앞에
오래전 잡았던 사슴의 눈이 떠올랐다.
죽기 전의 눈이었고
티 없이 맑고 허망한 눈이었다.

왜?

라고 사슴은 물었다.

여태 한번도 듣지 못한, 뜻을 알 수 없는 말이었다.

왜?

라고 사슴이 다시 물었다.

우는 말없이

사슴의 눈을 바라볼 뿐이었다.

그것은 차차 누의 눈으로 변해갔고 아직 이름도 짓지 않은 새끼의 눈으로 변해갔다. 우는 세차게 머리를 저었으나 눈앞의 신기루는 우를 놓아주지 않았다. 자꾸만 잠이 몰려왔다. 죽어가는 사슴처럼 우는 우두커니 두 눈을 껌벅였다. 누! 하고 우는 울부짖었다. 새끼의 눈이 누의 눈으로, 그리고 다시 사슴의 눈으로 돌아갔다. 누! 우는 다시 부르짖었다. 우는 누를 걱정했고 누의 품에 안겨 있을 새끼를 걱정했다. 아무 소용도 없는 걱정이었으나 우가 우인 이상 피할 도리가 없는 걱정이었다. 자꾸만 눈이 감겨왔다. 배 속의, 짐승의, 배 속에 들어온 듯 우의 시야가 어두워졌다. 우는 한결

편안해졌다.

†

우를 깨운 것은 냄새였다.

먹을 것의 냄새였다. 먹을 것과 관련된, 희미한 냄새였다. 굳어 있던 우의 몸이 벼락을 맞은 듯 꿈틀거렸다. 우는 일어섰다. 추위에 굳은 몸이 꿈쩍도 안했으나, 일어섰다. 얼어붙은 손가락이 말을 듣지 않는데도 우는 끝끝내 창을 찾아 거머쥐었다. 배 속의 고통은 어디로 갔는가. 우를 괴롭히던 짐승은 이미 우를 뛰쳐나가 냄새가 나는 곳을 향해 달려가고 있었다. 머리를 세차게 흔들고 난 후 우도 그 뒤를 따라 뛰기 시작했다. 갑자기 숲이 술렁이는 느낌이었다.

우는 달리고 또 달렸다.

눈 녹은 땅 위를 달릴 때처럼 우의 발은 가벼웠다. 죽은 나무들이, 울창한 죽음의 울타리들이 우를 에워싸고 있었으나 우는 모든 것을 간과하고 간과했다. 냄새가 조금씩 가까워지고 있었다. 부릅뜬 우의 두 눈에 핏기가 서리기 시작했다. 멎을 뻔했던 우의 심장은 동굴을 밝히는 횃불처럼 뜨겁게 불타올랐다. 우는 이미 울창한 '삶'이었다.

우가 멈춰선 곳은 숲이 거의 끝나가는 비탈진 언덕이었다. 거대한 바위 몇 개가 장벽처럼 둘러진 오목한 지형이었다. 발자국이 있는 것은 아니었으나 희미한 냄새의 정체를 우는 확인할 수 있었다. 그것은 똥이었다. 거대한 짐승이 누고 간 한 무더기의 똥이었다. 그리고 아직, 얼지 않은 똥이었다. 두 눈을 반짝이며 우는 그 앞으로 다가섰다. 희미해진 눈발이 마저 그치어 마치 그 순간 우를 둘러싼 세계가 멈춰선 듯하였다.

코끼리의 똥이라기엔 작은 느낌, 사슴의 것이라기엔 큰 느낌의 똥이었다. 노련한 우의 눈에도 짐승의 정체를 한눈에 파악하기 힘들었다. 살짝 덮인 눈을 걷어내고 우는 손가락을 찔러보았다. 딱딱해진 표면을 어느정도 지나자 채 굳지 않은 똥의 내부가 손끝으로 전해져왔다. 차지 않았다. 우를 에워싼 공기에 비해 미지근한 편이었고, 딛고 선 땅에 비하면 따뜻한 느낌이었다. 손가락을 빼낸 우는 살짝 그것을 맛보았다. 가늠하기가 쉽지 않았으나 우는 직감으로 짐승의 윤곽을 그려낼 수 있었다. 이것은 굶주린 늙은 코끼리의 똥이라고, 우는 생각했다. 뜯어낸 똥을 자루에 담고 우는 주의 깊게 사방을 둘러보았다. 이제 우는

혼자가 아니었다.

가까운 바위에 올라 우는 지형을 파악했다. 코끼리에겐 코끼리들의 길이 있고 우에겐 그 길을 짚어내는 경험과 지혜가 있었다. 복잡한 지형은 아니었다. 협곡과 낮은 구릉이 전부였는데 협곡으로 난 길은 가파르고 얼어 있었다. 숲에서 뻗어나간 완만한 능선으로 우의 시선이 고정되었다. 신맛이 없는 뜻이었다. 놈은 결코 젊지 않으며 자취로 보아 무리가 있는 것도 아니었다. 놈은 병들었거나 홀로 죽음을 기다리는 중이라고 우는 생각했다. 우는 이미

능선을 오르고 있었다. 눈 아래가 단단한 돌이어서 오히려 걷기가 수월했다. 흥분을 가라앉히고 우는 침착하게 자신의 눈과 귀를 열어놓았다. 늙은 코끼리라면 그리 멀리 이곳을 벗어나지 못했을 터였다. 병든 코끼리라면 더더욱 그럴 것이고 운이 좋다면 거의 죽어가는 노쇠한 몸에 손쉽게 창을 꽂을 수도 있을 터였다. 능선은 곧 위아래로 나뉘었는데 우는 코끼리가 갔을 아래쪽을 피해 가파른 바윗길을 타기 시작했다. 바위는 낮은 절벽을 이루며 아래쪽의 골짜기와 평행을 유지하고 있었다. 놈을 찾는다 하더라도 우에겐 우선 관찰이 필요했다. 놈에 비해 우는 터무니없이 작고 약한 짐승이었다.

우는 이동을 시작했다. 몸은 절벽 위를 걸었으나 절벽과 골짜기를 함께 걸었다고도 말할 수 있다. 잘 단련된 발이 눈과 빙판을 가려가며 숨죽인 걸음을 이어갔다. 그리고 두 눈은 아래의 골짜기를 걷고 있었다. 놈의 발자국은 보이지 않았다. 눈만 내리지 않았다면, 하고 우는 하늘을 탓하지도 않았다. 우의 머

릿속은 눈처럼 깨끗했다. 우의 코는 바람과 하나였고 예민한 두 발은 절벽에 스며 있었다. 돌을 갈 때와 같은 표정으로 우는 한 걸음 한 걸음 앞을 향해 나아갔다. 늘 그래왔듯 우의 사냥은 치밀하고 조심스러웠다. 다시 눈이 내리기 시작했으나

우는 동요하지 않았다. 얼마를 걸었을까. 완만히 낮아진 절벽은 멀리서 골짜기와 만나 다시 하나의 길이 되었다. 우가 숨을 죽인 것은 시야에 잡힌 지형의 변화를 확인한 즈음이었다. 우는 걸음을 멈추었다. 그리고 조심스레 근처의 바위에 몸을 숨겼다. 가죽옷에 쌓인 눈을 털고 창의 매듭을 단단히 고쳐 묶었다. 냄새를 맡은 것은 아니었다. 그러나 우는 분명한 소리를 들을 수 있었다. 먹을 것의 소리… 놈의 소리였다. 하필 등 뒤에서 바람이 불었으나 교활한 대기를 탓하지도 않았다. 노련한 사냥꾼답게 우는 소리만으로 거리를 가늠했다. 놈은 결코 멀리 있지 않다. 눈을 파서 얻은 흙과 자루 속의 똥을 뭉쳐 우는 자신의 몸에 바르기 시작했다. 얼굴과 손등, 그리고 가죽옷에도 남은 것을 발라주었다. 냄새를 최대한 숨기고 우는 다시 전진하기 시작했다. 놈의 소리가 또 들려왔다. 놈은 굼, 하고 울었다.

굼

하고, 우도 속으로 중얼거렸다. 소리가 나는 바로 위까지 우는 기다시피 느

리게 걸어갔다. 공기의 움직임을, 놈의 체취를 느낄 수 있었다. 절벽 가장자리에 몸을 걸치고 우는 조심스레 얼굴을 내밀었다. 내리는 눈과 흐린 하늘, 골짜기 아래의 경사진 땅을 볼 수 있었다. 죽은 나무와 부러진 가지들, 뒤엉킨 바위와 얼어붙은 강을 볼 수 있었다. 그리고 우는 놈을 볼 수 있었다. 거대한 놈이었다. 우가 보았던 어떤 코끼리보다도 놈은 크고, 웅장했다.

기력을 다한 듯 놈은 다리를 꿇고 앉아 있었다. 큰 각도로 휘어진 너덜너덜한 상아가 놈의 나이를 말해주고 있었다. 적갈색의 털은 윤기를 잃었고 정수리와 어깨 근처엔 군데군데 털이 빠져 있었다. 굼, 하고 놈이 울었다. 힘없이 축 늘어진 놈의 코에서 허덕이듯 허연 콧김이 피어올랐다. 어쩐지 그것은 엄숙하고 처연한 광경이었다.

한때 놈은 젊었을 것이다.
그리고 한동안
무리의 우두머리였을 거라고 우는 생각했다.
물론 그것은 우의 시각일 뿐이었다.
하늘에 있는 누군가가 보았을 때
둘은 그저
아주 잠시 살아 있는 것들이었다.

이빨을 끌며 놈이 괴로운 듯 머리를 흔들었다. 눈두덩의 털에 엉긴 누런 눈곱을 우는 볼 수 있었다. 호랑이의 이빨을 꺼내 우는 마지막으로 자신의 이마를 긋고 또 그었다. 의식이 주는 용기에 비해 우의 체력은 턱없이 고갈되어 있었다. 빠르고 쉽게 이 싸움을 끝내야 한다고, 우는 생각했다. 움직일 만한 작은 바위를 골라 우는 자신의 창을 깔아넣었다. 납작한 돌 하나를 그 아래에 괴며 우는 누를 떠올렸다. 몇개의 작은 돌을 주변에 더 받쳐주었다. 모난 돌 하나하나가 굶주린 새끼를 떠올리게 했다. 우는 다시 창을 거머쥐었다. 이제 모든 힘을 짜내야 할 순간이 온 것이었다. 아래를 한번 확인한 후 우는 창을 누르기 시작했다. 내버려둬도 살날이 얼마 남지 않은 놈이었으나

우에겐 지금 당장
고기가 필요했다.

†

우는 달렸다.

계곡과 골짜기가 만나는 곳을 돌아, 헐떡이며 놈이 있는 곳까지 달려갔다. 여전히 같은 자세로 놈은 꿈쩍도 않고 그 자리에 앉아 있었다. 창을 겨누고 우는 한 발 한 발 놈을 향해 다가섰다. 작은 바위긴 해도 놈의 머리 위로 떨어지는 걸 분명 눈으로 확인한 터였다. 부르튼 우의 입에서도, 늘어진 놈의 주둥이에서도 거친 입김이 피어올랐다. 살았는지 죽었는지 놈은 눈을 절반쯤 뜨고 있었다. 당장 달려가 배를 찌르고 싶었으나 우는 섣불리 움직이지 않았다. 코끼리의 꾐에 빠져 죽은 용맹한 투가 떠올랐다. 늙은 코끼리만큼 교활한 건 없다던 추의 말도 잊지 않았다. 놈의 눈이 껌벅였다. 놈은 살아 있었다.

굼! 하고 우가 외쳤으나 놈은 우를 바라만 볼 뿐이었다. 인간을 겪어본 눈이었고 인간을 잘 아는 눈이었다. 다가갈 듯 다가설 듯 주변을 맴돌면서 우는 놈의 심중을 떠보려 애를 썼다. 놈은 여전히 꿈쩍도 하지 않았다. 우는 돌을 주워 던지기 시작했다. 정말이지 죽어가는 듯 놈은 피할 생각도 하지 않았다. 그래도 우는 놈을 의심했다. 여지껏 놈이 덫을 놓은 거라면 이제 우의 차례였다. 우는 돌아서서 경사가 심한 비탈을 향해 걷기 시작했다. 창을 축 늘어뜨리고 최대한 느리게 걷고 또 걸었다. 놈이 일어서는 소리도 달려오는 소리도 들리지 않았다. 비탈길에 거의 이른 후에야 우는 뒤돌아 놈을 쳐다보았다. 커다란 놈의 머리가 두 다리 사이에 완전히 묻혀 있었다. 어쩐지 우는 쓸쓸한 기분이 들었다. 터벅터벅 우는 놈을 향해 걸어갔다.

놈은 거의 죽어가고 있었다. 가끔 어깨를 들썩이긴 했으나 어떤 위험도 위협도 느껴지지 않았다. 정말 큰 코끼리였다. 휘어져나온 상아의 키가 우와 거의 맞먹을 정도였다. 늙고 굶주리지 않았다면 '모두'가 왔다 해도 어찌할 상대가 아니었다. 윤기를 잃은 거뭇한 털 위로 눈발이 나리고 있었다. 긴장이 풀린 우의 머리칼에도 어느새 소복이 눈이 쌓여 있었다. 이제 창을 꽂아야 할 시간이었다. 창끝의 날을 잘 살핀 후 우는 어깨 위로 창을 들어올렸다. 축 늘어진 가죽 덕분에 뼈와 뼈 사이를 눈으로도 쉽게 분간할 수 있었다. 우는 실수를 하지 않았으나 순간 단 한번 눈을 깜박인 것도 사실이었다.

지극히 짧은 순간이었다. 갑자기 일어선 거대한 몸집이 우를 삼키고도 남을 웅장한 어둠을 이루었다. 쿰! 하고 놈이 울부짖었다. 커다란 상아가 우의 다리를 스친 것도, 넘어진 우의 몸 위로 휘감긴 코가 닥쳐든 것도 한순간의 일이었다. 잽싸게 몸을 굴리지 않았다면 죽은 투의 배처럼 우의 배에서도 창자가 터져나왔을 터였다. 상아와 코를 피해 우는 몇번이고 눈 위를 굴러야 했다. 놈은 함부로 힘을 낭비하지 않았다. 놈의 공격은 조용했고, 그래서 더

무섭게 느껴졌다.

가까스로 우는 놈을 빠져나왔다. 다리를 긁히긴 했으나 큰 상처는 아니었

다. 허기와 공포가 한꺼번에 몰려왔지만 우는 그 순간까지도 자신의 창을 놓지 않았다. 놈은 이때를 노려 마지막 힘을 아껴둔 듯했다. 둘은 잠시 서로를 노려보았다. 놈은 우뚝 선 채였고 우는 주저앉아 무릎을 꿇은 채였다. 끝내 창을 쥐고는 있었으나 우에겐 마지막 힘이란 것조차 남아 있지 않았다. 꿈, 하고 놈이 울었다. 우는 아무 말도 하지 않았다. 할 수, 없었다.

놈이 앞발을 구르기 시작했다. 살길은 어디인가. 우는 주변을 둘러보았다. 잠시 살길이야 있겠으나 그것이 살길이란 생각도 들지 않았다. 도망을 친다 한들 다시 희고, 희고, 희고, 흰 세계가 전부일 뿐이었다. 우는 누를 떠올렸다. 그리고 새끼를 떠올렸다. 사냥을 해야 했다. 살아만 돌아가서는 될 일이 아니었다. 살아, 남아, 모두가 돌아오기를 기다려야 했다. 혹은 모두를 찾아가야 했다. 아무리 벅찬 상대라 할지라도 우는 놈을 잡아야만 했다. 놈은 큰 짐승이고 우는 작은 짐승이었다. 바위가 많은 장소가 유리했다. 절벽 가까이엔 바위가 많았으나 놈이 버티고 서 있었다. 그곳으로 가야 했다. 우는 움직여야 했는데 일어설 수가 없었다. 다리에 힘이 들어가지 않았다. 호랑이의 이빨을 만져도 보았으나 우는 당장 자신의 발로 자신의 살길을 찾아야 했다. 살길은 어디인가. 어디로, 어떻게 가야 하는가. 우는 그 순간 많은 생각을 했다.

놈의 돌진에 눈보라가 일었다. 빠르고 힘찬 걸음은 아니었으나 폭이 크고 육중한 걸음이었다. 우는 굴러 놈의 상아를 피했고 다시 몇바퀴를 더 구른 후 절벽을 향해 뛰기 시작했다. 힘이 없는데도, 대체 어떤 힘이 자신을 잠시 살게 하는지 알 수 없었다. 쿰! 뒤따라오며 놈이 울부짖었다. 가까이, 더 가까이 그 소리가 우를 따라붙었다. 바위엔 눈이 쌓여 있었다. 작은 돌들을 딛고 올라 우는 눈 덮인 바위를 오르기 시작했다. 따라붙은 놈의 울음이 바위 앞에서 잠시 멈칫, 했다. 놈의 코가 닿지 않는 곳까지 우는 바위를 올라야 했다. 그것만이 또 잠시, 우가 살 수 있는 길이었다. 우는 그 순간 아무런 생각도 할 수 없었다.

판판한 곳에 올라 우는 잠시 숨을 골랐다. 하지만 잠시였다. 우는 곧바로 놈의 코와 싸워야 했다. 창을 휘둘러 우는 맞섰다. 뒤는 절벽이었다. 놈이 가까이 올 수 없는 오른쪽 바위를 올라야 했다. 그럴 새가 없었다. 두세 번 놈의 코끝을 베기도 했으나 소용없는 일이었다. 드러누워 몸을 감춰도 놈은 냄새로 우의 위치를 알 수 있었다. 창을 뻗는 팔의 움직임이 점점 무뎌지기 시작했다. 우는 더 힘을 짜보았으나 자꾸만 자신의 창이 줄어드는 느낌을 받아야 했다. 줄어든 것은 우의 창뿐이 아니었다. 점차 줄어들기는 놈의 코도 마찬가지였다.

우는 숨을 토했다. 부풀어오른 가슴이 불 뿜는 산처럼 숨을 토하고 또 토했다. 몇발짝 물러선 놈도 거친 숨을 뿜어내고 있었다. 창을 쥔 손이 심하게 떨려왔다. 팔도 다리도 지금은 잠시 우의 것이 아닌 듯했다. 그만두고 싶다고 우는 생각했으나 우에겐 그런 자유가 주어져 있지 않았다. 우는 '계속'해야만 했다. 겨우 몸을 일으켜 우는 바위에 등을 기댔다. 창을 짚고 일어서는 일이 하늘을 지고 일어서는 일 같았다. 놈은 여전히 바위 주변을 맴돌았다.

놈이 다가서는 걸 확인하고 우는 오른쪽 바위를 향해 발을 뻗었다. 코가 닿지 않는 곳에서 잘하면 놈의 옆구리에 창을 꽂을 수도 있을 것 같았다. 눈을 깜박인 것은 아니었다. 놈에게서 눈을 뗀 것도 아니었다. 분명 바위를 밟았을 뿐인데 갑자기 시야가 격하게 일그러졌다. 몸이 붕 뜨는 걸 느꼈고 하늘과 땅이 뒤집히는 걸 보았다. 다만 창을 놓지 않은 채 우는 바위를 타고 아래로 미끄러졌다. 우는 울부짖었다. 다리가 찢어진 듯 격렬한 고통이 온몸을 관통했다. 바위 틈새의 눈을 밟았음을, 떨어진 후에야 우는 알 수 있었다. 우의 비명처럼 길고

가느다란 틈이었다.

쿵. 눈을 짓이기며 놈이 다가오고 있었다. 도망을 치려 했으나 몸이 움직이지 않았다. 날카롭고 좁다란 틈 안에 우의 발목이 끼어 있었다. 힘을 주었다. 빠지지 않았다. 힘을 주면 줄수록 부어오른 발목이 터질 듯 아파왔다. 쿵. 자유로운 다리로 다시 놈이 한 발짝 더 다가왔다. 미친 듯 다리를 당겨대다 우는 창을 휘두르기 시작했다. 창이 닿지도 않는 거리에서 놈은 물끄러미 우를 내려다보고 있었다. 놈을 향해 우는 고함을 질렀다. 나리는 눈의 무게조차, 공기의 무게조차 이기지 못하는 고함이었다. 그렇게 한동안

둘은 서로를 바라보았다. 놈은 더 다가서지 않았고 울부짖지도 않았다. 내뿜는 콧김을 우의 창끝이 휘저을 수 있을 만큼 가까운 거리였다. 우는 계속 으르렁거렸으나 먼 길을 달려온 바람만큼은 아니었다. 제풀에 지친 창을 우는 서서히 아래로 떨어뜨렸다. 거칠던 놈의 숨소리도 어느새 차분히 가라앉아 있었다. 시간이 멎은 듯한 풍경이었다. 절벽 저편에서 이편을 바라보듯 놈은 미동도 않고 우를 바라만 보았다. 온몸이 떨려왔다. 이제 우는 자신의 죽음을 기다릴 뿐이었다. 너는 죽는다. 현명한 추의 말이 작은 눈사태처럼 우의 영혼을 덮쳐오기 시작했다. 여전히 눈이 쏟아지고 있었다. 죽은 것들은 묻히고

산 것들은 눈을 털며
자리를 떠야 할 시간이었다.

✝

우는 혼자 남아 있었다.

바위의 틈에 발목을 붙들린 채 눈을 맞으며 떨고 있었다. 우를 짓이기거나 밟지 않고, 놈은 등을 돌려 자신의 길을 걸어갔다. 지친 걸음이었고 무거운 걸음이었다. 스스로의 눈을 의심했지만 멀어지는 놈의 뒷모습을 바라보며 우는 자신의 '삶'을 확인할 수 있었다. 잠시의 삶이었다. 서서히 멀어지는 놈을 보며 우는 울고 또 울었다. 그것은 매우 복잡한 울음이었다. 우는 감사한 마음이었고 또 그만큼 놈의 고기가 절실히 필요했다.

발목은 더욱 부어올라 있었다. 힘을 주면 줄수록 바위는 더 강한 힘으로 우의 발목을 잡아끌었다. 창을 끼워 틈을 벌리려고도 했으나 허사였다. 서서히 어둠이 밀려들고 있었다. 우의 어깨와 머리칼에도 이미 눈이 수북이 쌓인 지 오래였다. 지쳐 숨을 내쉬고 들이켤 때마다 배고픔보다 강한 추위가 우의 내장을 얼리려 들었다. '잠시'의 삶이 서서히 끝나가고 있음을 우는 직감했다. 어둠에 스미는 눈발을 바라보며 우는 멍한 표정으로 누와 새끼를 떠올렸다. 너는 죽는다던 추의 목소리가 어둠속 어딘가에서 또다시 들려오기 시작했다. 점점 의식이 희미해지고 있었다. 우는 많은 것들을 떠올렸는데 그중 가장 생생한 것은 우를 바라보던 놈의 눈빛이었다. 혼미해진 의식 때문일까. 그것은 낮의, 환영 속의, 사슴의 눈과 매우도 닮아 있었다. 다만 살아 있는 눈이었고, 늙고 허망한 눈이었다.

왜?

라고 놈은 물었다.
여전히 뜻을 알 수 없는 말이었다.
왜?
라고 놈이 다시 물었다.
우는 말없이
어둠속의 눈을 바라볼 뿐이었다.

그리고 검고
검고
검푸른 시간이
흐르고
또 흘렀다.

끄악.

우는 울부짖었다. 행여 맹수가 올 수도 있었으나 우는 또다시 더 큰 비명을
질렀다. 돌칼을 내려찍을 때마다 피가 튀고 또 튀었다. 아악. 어금니를 깨문 채
우는 경련을 일으켰다. 충혈된 두 눈이 튀어나올 것만 같았다. 우는 지금 자신

의 다리를 자르고 있다. 단단했던 종아리의 근육이 이미 반쯤 잘려나가 뼈가 드러난 상태였다. 자신의 뼈를 본 것은 처음이었다. 뼈는 어둠속에서도 희미한 빛을 발했고, 곧 피에 덮여 그 빛이 바래었다. 언제 혀를 깨물었는지 우의 입 안에도 피가 가득 고여 있었다. 이제 끝이라고, 뼈만 자르면 된다고 우는 자신을 달래었다. 우의 손이 돌칼을 다시 치켜들었다. 끄아아아악. 날이 선 비명이 어둠을 잘랐으나 뼈는 잘리지 않았다. 우는 잠시 정신을 잃었고, 또 잠시 후

뼈를 후벼파는 냉기가 우를 깨웠다. 피를 머금은 턱이 요동을 치기 시작했다. 다시 정신을 잃지 않기 위해 우는 누를 떠올리고 새끼를 떠올렸다. 그리고 호랑이의 이빨을 떠올렸다. 허리춤의 그것을 찾아 쥐고 우는 맹렬히 자신의 이마를 문질렀다. 어둠속에서 내려본 종아리는 이미 ‘우’가 아닌 부분이 더 많은 편이었다.

바닥을 더듬어 찾은 돌칼은 이미 반으로 쪼개져 있었다. 땀과 눈물, 피와 침을 삼켜가며 우는 생각을 거듭했다. 코끼리를, 또 사슴을 자를 때를 떠올리기 시작했다. 어떤 돌칼로도 짐승의 다리뼈를 자를 순 없었다. 애당초 시작이 잘못되었음을 우는 비로소 깨닫기 시작했다. 숨을 헐떡이며 우는 창을 집어들었다. 그리고 다른 손으로 자신의 뼈와 뼈 사이를... 무릎을 만져보았다. 그것은 따뜻했고, 아직은 ‘우’의 일부였다. 우는 힘차게
창을 치켜들었다.

†

우는 눈 속을 걷고 있다.

희고, 희고, 희고, 흰 세계였다. 동이 트기엔 시간이 일렀으나 그래도 드러
난 흐릿한 계곡의 윤곽을 볼 수 있었다. 이윽고 우는 혼자가 아닌 기분이 들었
다. 어둠속에서 그는 내내 혼자였고 졸음을 쫓기 위해 쉬지 않고 혼잣말을 중
얼거렸다. 그 속엔 누의 이름이 있었고 새끼의 이름이 있었다. 우가 아는 모두
의 이름도 있었다. 그리고 대부분은 의미를 알 수 없는 말들이었다. 새끼에겐
'굼'이란 이름을 붙여야겠다고 우는 생각했다. 새끼가 '크'고

고기를 많이 얻는 사내가 되기를 우는 바랐다. 걸음은 느리고 상처는 아물
지 않았다. 피는 말라붙은 것이 아니라 얼어붙어 있었다. 그래도 우는 잠시 살
아 있다. 그리고 한동안 살아갈 생각을 한다. 피 묻은 창이 깊이, 또 깊이 우의
한쪽 다리가 되어 눈 속에 박히었다. 발을 뽑듯 창을 뽑는 우의 옆구리엔 고기
가 끼여 있었다. 희고, 희고, 희고, 흰 세계에서

우가 구할 수 있는 마지막 고기였다. 다행히 자루는 가벼웠다. 무거운 돌칼

을 모두 버리고 우는 빈 자루에 잘리어나간 살점들을 담아두었다. 이제 다시는 사냥을 못하리란 걸 우는 잘 알고 있었다. 굼과 누가 살아 있기를 우는 바랐다. 모두가 돌아오기를 우는 바라고 또 바랐다. 그리고 계속 의미 없는 혼잣말을 이어가고 이어갔다. 왜? 라고도 우는 중얼거렸다.

춥고 어두운
눈 속이었다.

두번째 소설집을 세상에 낸다.
첫 소설집《카스테라》이후 5년 만의 일이다.

특별한 일은 아니다, 아니므로
가능한 객관적이라 볼 수 있는 사실들만 말하고 싶다.

그사이
나는 두 편의 장편과 스물네 편의 단편을 썼고
《더블》은 그 단편들 중 열여덟 편을 추려 묶은 것이다. 나라는 이름의
그는
아마도 기쁠 것이다.

뒤늦게, 굳이, 두 권의 책을 묶어 출간하는 이유는
LP 시절의 〈더블 앨범〉에 대한 그의 로망 때문이다.

언젠가 꼭 한번은
그에게 더블 앨범을 안겨주고 싶었다. 그라는 이름의
나도
기쁘다.

이 책의 모든 단편은
누군가에게 주는 선물로 씌어진 것이다.

그들이
또 당신이 기뻐한다면 좋겠다.

지난 5년 사이에도 많은 일들이 있었다.

나는 조금 뜨거워졌는데
이제 막 워밍업을 마쳤기 때문이다.

그는 조금 차가워졌는데
예전에 비해 조용한 인간이 되었기 때문이다.

그걸로 된 거라고

우리는 합의를 보았다.

약력이며 추천사, 또 해설 같은 것을 모두 걷어낸다.
이런 나와도
그런 그와도 무관한 일들이기 때문이다.

더 열심히 쓰겠다.

아마도 이것이
나와 그가 말할 수 있는 가장 객관적인 사실일 것이다.

†

박신규 이상술 김성남 황진
책을 엮느라 수고해준 이들에게
특히 박윤정 씨와

강세철 형께 감사드린다.
표지의 모티프가 되어준 멕시코 루차 리브레의 전설 —
엘 산토(El Santo)와 블루 데몬(Blue Demon)
두 분의 영전에도
삼가 감사의 큰절을 올리는 바다.

나의 전부인 아내에게

다른 누구보다
두 권의 책을 끝까지 읽어준 당신에게

진심으로 감사드린다.

2010년 11월 11일
박민규

side A

근처 ⋯『문학사상』2008년 8월호

누런 강 배 한 척 ⋯『문학사상』2006년 6월호

굿바이, 제플린 ⋯『내일을 여는 작가』2006년 겨울호

깊 ⋯『문학동네』2006년 겨울호

끝까지 이럴래? ⋯『현대문학』2010년 9월호

양을 만든 그분께서 당신을 만드셨을까? ⋯『문학동네』2008년 여름호

굿모닝 존 웨인 ⋯ 웹진「크로스로드」2007년 6월호

축구도 잘해요 ⋯『문학동네』2005년 봄호

크로만, 운 ⋯『문학과사회』2007년 가을호

side B

낮잠 ⋯『문예중앙』2007년 여름호

루디 ⋯『창작과비평』2010년 봄호

龘龘 ⋯『창작과비평』2008년 봄호

비치보이스 ⋯『현대문학』2005년 11월호

아스피린 ⋯『아시아』2006년 겨울호

딜도가 우리 가정을 지켜줬어요 ⋯『현대문학』2009년 11월호

별 ⋯『현대문학』2008년 1월호

아치 ⋯『현대문학』2007년 1월호

슬(膝) ⋯『문예중앙』2010년 가을호

박민규 소설집
더블 side B

초판 1쇄 발행 / 2010년 11월 11일
초판 3쇄 발행 / 2010년 11월 22일

지은이 / 박민규
펴낸이 / 고세현
책임편집 / 이상술
펴낸곳 / (주)창비
등록 / 1986년 8월 5일 제85호
주소 / 413-756 경기도 파주시 교하읍 문발리 513-11
전화 / 031-955-3333
팩시밀리 / 영업 031-955-3399 편집 031-955-3400
홈페이지 / www.changbi.com
전자우편 / literat@changbi.com
인쇄 / 영신사

ISBN 978-89-364-3715-2 03810

        978-89-364-3588-2 (전2권)